中外哲學典籍大全

總主編　李鐵映　王偉光

中國哲學典籍卷

宋元明清哲學類

閑道録

〔明〕沈壽民　撰

雍繁星　整理

中國社會科學出版社

圖書在版編目（CIP）數據

閑道録／（明）沈壽民撰；雍繁星整理．—北京：中國社會科學出版社，2022.3

（中外哲學典籍大全．中國哲學典籍卷）

ISBN 978－7－5203－9534－2

Ⅰ.①閑…　Ⅱ.①沈…②雍…　Ⅲ.①中國文學—古典文學—作品綜合集—明代　Ⅳ.①I214.82

中國版本圖書館 CIP 數據核字（2022）第 025225 號

出 版 人　趙劍英
項目統籌　王　茵
責任編輯　王　茵
特约編輯　崔芝妹
責任校對　趙　威
責任印製　王　超

出　　版　中国社会科学出版社
社　　址　北京鼓樓西大街甲 158 號
郵　　編　100720
網　　址　http://www.csspw.cn
發 行 部　010－84083685
門 市 部　010－84029450
經　　銷　新華書店及其他書店

印　　刷　北京君昇印刷有限公司
裝　　訂　廊坊市廣陽區廣增裝訂廠
版　　次　2022 年 3 月第 1 版
印　　次　2022 年 3 月第 1 次印刷

開　　本　710×1000　1/16
印　　張　28.5
字　　數　337 千字
定　　價　99.00 元

中外哲學典籍大全

學術委員會

總編輯委員會

主　任　王立勝

副主任　馮顔利　張志强　王海生

委　員（按姓氏拼音排序）

陳　鵬　陳　霞　杜國平　甘紹平　郝立新　李　河　劉森林　歐陽英　單繼剛

吴向東　仰海峰　趙汀陽

綜合辦公室

主　任　王海生

總序

中外哲學典籍大全的編纂，是一項既有時代價值又有歷史意義的重大工程。

中華民族經過了近一百八十年的艱苦奮鬥，迎來了中國近代以來最好的發展時期，迎來了奮力實現中華民族偉大復興的時期。中華民族衹有總結古今中外的一切思想成就，才能並肩世界歷史發展的大勢。爲此，我們須編纂一部匯集中外古今哲學典籍的經典集成，爲中華民族的偉大復興、爲人類命運共同體的建設、爲人類社會的進步，提供哲學思想的精粹。

哲學是思想的花朵，文明的靈魂，精神的王冠。一個國家、民族，要興旺發達，擁有光明的未來，就必須擁有精深的理論思維，擁有自己的哲學。哲學是推動社會變革和發展的理論力量，是激發人的精神砥石。哲學解放思維，净化心靈，照亮前行的道路。偉大的時代需要精邃的哲學。

一　哲學是智慧之學

哲學是什麼？這既是一個古老的問題，又是哲學永恒的話題。追問哲學是什麼，本身就是「哲學」問題。從哲學成爲思維的那一天起，哲學家們就在不停追問中發展、豐富哲學的篇章，給出一個又一個答案。每個時代的哲學家對這個問題都有自己的詮釋。哲學是什麼，是懸疑在人類智慧面前的永恒之問，這正是哲學之爲哲學的基本特點。

哲學是全部世界的觀念形態，精神本質。人類面臨的共同問題，是哲學研究的根本對象。本體論、認識論、世界觀、人生觀、價值觀、實踐論、方法論等，仍是哲學的基本問題和生命力所在！哲學研究的是世界萬物的根本性、本質性問題。人們可以給哲學做出許多具體定義，但我們可以嘗試用「遮詮」的方式描述哲學的一些特點，從而使人們加深對何爲哲學的認識。

哲學不是玄虛之觀。哲學來自人類實踐，關乎人生。哲學對現實存在的一切追根究底、「打破砂鍋問到底」。它不僅是問「是什麼」(being)，而且主要是追問「爲什麼」(why)，特別是追問「爲什麼的爲什麼」。它關注整個宇宙，關注整個人類的命運，關注人生。它關心柴米油鹽醬醋茶和人的生命的關係，關心人工智能對人類社會的挑戰。哲學是對一切實踐經驗的理論升華，它關心具體現象背後的根據，關心人類如何會更好。

哲學是在根本層面上追問自然、社會和人本身，以徹底的態度反思已有的觀念和認識，從價值理想出發把握生活的目標和歷史的趨勢，展示了人類理性思維的高度，凝結了民族進步的智慧，寄託了人們熱愛光明、追求真善美的情懷。道不遠人，人能弘道。哲學是把握世界、洞悉未來的學問，是思想解放、自由的大門！

古希臘的哲學家們被稱爲「望天者」，亞里士多德在形而上學一书中說，「最初人們通過好奇—驚讚來做哲學」。如果說知識源於好奇的話，那麼產生哲學的好奇心，必須是大好奇心。這種「大好奇心」衹爲一件「大事因緣」而來，所謂大事，就是天地之間一切事物的「爲什麼」。哲學精神，是「家事、國事、天下事，事事要問」，是一種永遠追問的精神。

哲學不衹是思維。哲學將思維本身作爲自己的研究對象，對思想本身進行反思。哲學不是一般的知識體系，而是把知識概念作爲研究的對象，追問「什麽才是知識的真正來源和根據」。哲學的「非對象性」的思想方式，不是「純形式」的推論原則，而有其「非對象性」之對象。哲學之對象乃是不斷追求真理，是一個理論與實踐兼而有之的過程，是認識的精粹。哲學追求真理的過程本身就顯現了哲學的本質。天地之浩瀚，變化之奥妙，正是哲思的玄妙之處。

哲學不是宣示絶對性的教義教條，哲學反對一切形式的絶對。哲學解放束縛，意味著從一切思想教條中解放人類自身。哲學給了我們徹底反思過去的思想自由，給了我們深刻洞察未來的思想能力。哲學就是解放之學，是聖火和利劍。

哲學不是一般的知識。哲學追求「大智慧」。佛教講「轉識成智」，識與智相當於知識與哲學的關係。一般知識是依據於具體認識對象而來的、有所依有所待的「識」，而哲學則是超越於具體對象之上的「智」。

公元前六世紀，中國的老子説，「大方無隅，大器晚成，大音希聲，大象無形，道隱無名。夫唯道，善貸且成」。又説，「反者道之動，弱者道之用。天下萬物生於有，有生於無」。對道的追求就是對有之爲有、無形無名的探究，就是對天地何以如此的探究。這種追求，使得哲學具有了天地之大用，具有了超越有形有名之有限經驗的大智慧。這種大智慧、大用途，超越一切限制的籬笆，達到趨向無限的解放能力。

哲學不是經驗科學，但又與經驗有聯繫。哲學從其作爲學問誕生起，就包含於科學形態之中，是以科學形態出現的。哲學是以理性的方式、概念的方式、論证的方式來思考宇宙人生的根本問題。在亞里士多德那裏，凡是研究實體（ousia）的學問，都叫作「哲學」。而「第一實體」則是存在者中的「第一個」。研究第一實體的學問稱爲「神學」，也就是「形而上學」，這正是後世所謂「哲學」。一般意義上的科學正是從「哲學」最初的意義上贏得自己最原初的規定性的。哲學雖然不是經驗科學，却爲科學劃定了意義的範圍、指明了方向。哲學最後必定指向宇宙人生的根本問題，大科學家的工作在深層意義上總是具有哲學的意味，牛頓和愛因斯坦就是這樣的典範。

哲學不是自然科學，也不是文學藝術，但在自然科學的前頭，哲學的道路展現了；在文學藝術的山頂，哲學的天梯出現了。哲學不斷地激發人的探索和創造精神，使人在認識世界的過程中，不斷達到新境界，在改造世界中從必然王國到達自由王國。

哲學不斷從最根本的問題再次出發。哲學史在一定意義上就是不斷重構新的世界觀、認識人類自身的歷史。哲學的歷史呈現，正是對哲學的創造本性的最好説明。哲學史上每一位哲學家對根本問題的思考，都在爲哲學添加新思維、新向度，猶如爲天籟山上不斷增添一隻隻黄鸝翠鳥。

如果説哲學是哲學史的連續展現中所具有的統一性特徵，那麽這種「一」是在「多」個哲學的創造中實現的。如果説每一種哲學體系都追求一種體系性的「一」的話，那麽每種「一」的體系之間都存在着千絲相聯、多方組合的關係。這正是哲學史昭示於我們的哲學多樣性的意義。多樣性與統一性的依存關係，正是哲學尋求現象與本質、具體與普遍相統一的辯證之意義。

哲學的追求是人類精神的自然趨向，是精神自由的花朵。哲學是思想的自由，是自由的思想。

中國哲學，是中華民族五千年文明傳統中，最爲内在的、最爲深刻的、最爲持久的精神追求和價值觀表達。中國哲學已經化爲中國人的思維方式、生活態度、道德準則、人生追求、精神境界。中國人的科學技術、倫理道德，小家大國、中醫藥學、詩歌文學、繪畫書法、武術拳法、鄉規民俗，乃至日常生活也都浸潤着中國哲學的精神。華夏文化雖歷經磨難而能够透魄醒神，堅韌屹立，正是來自於中國哲學深邃的思維和創造力。

先秦時代，老子、孔子、莊子、孫子、韓非子等諸子之間的百家争鳴，就是哲學精神在中國的展現，是中國人思想解放的第一次大爆發。兩漢四百多年的思想和制度，是諸子百家思想在争鳴過程中大整合的結果。魏晋之際，玄學的發生，則是儒道冲破各自藩籬，彼此互動互補的結果，形成了儒家獨尊的態勢。隋唐三百年，佛教深入中國文化，又一次帶來了思想的大融合和大解放，禪宗的形成就是這一融合和解放的結果。兩宋三百多年，中國哲學迎來了第三次大解放。儒釋道三教之間的互潤互持日趨深入，朱熹的理學和陸象山的心學，就是這一思想潮流的哲學結晶。

與古希臘哲學强調沉思和理論建構不同，中國哲學的旨趣在於實踐人文關懷，它更關注實踐的義理性意義。中國哲學當中，知與行從未分離，中國哲學有着深厚的實踐觀點和生活觀點，倫理道德觀是中國人的貢獻。馬克思説，「全部社會生活在本質上是實踐的」，實踐的觀點、生活的觀點也正是馬克思主義認識論的基本觀點。這種哲學上的契合性，正是馬克思主義能够在中國扎根並不斷中國化的哲學原因。

「實事求是」是中國的一句古話。今天已成爲深邃的哲理，成爲中國人的思維方式和行爲基準。實事求是就是解放思想，解放思想就是實事求是。實事求是毛澤東思想的精髓，是改革開放的基石。只有解放思想才能實事求是。實事求是就是中國人始終堅持的哲學思想。實事求是就是依靠自己，走自己的道路，反對一切絶對觀念。所謂中國化就是一切從中國實際出發，一切理論必須符合中國實際。

二　哲學的多樣性

實踐是人的存在形式，是哲學之母。實踐是思維的動力、源泉、價值、標準。人們認識世界、探索規律的根本目的是改造世界，完善自己。哲學問題的提出和回答，都離不開實踐。馬克思有句名言：「哲學家們只是用不同的方式解釋世界，而問題在於改變世界！」理論只有成爲人的精神智慧，才能成爲改變世界的力量。

哲學關心人類命運。時代的哲學，必定關心時代的命運。對時代命運的關心就是對人類實踐和命運的關心。人在實踐中產生的一切都具有現實性。哲學的實踐性必定帶來哲學的現實性。哲學的現實性就是强調人在不斷回答實踐中各種問題時應該具有的態度。

哲學作爲一門科學是現實的。哲學是一門回答並解釋現實的學問，哲學是人們聯繫實際、面對現實的思想。可以説哲學是現實的最本質的理論，也是本質的最現實的理論。哲學始終追問現實的發展和變化。哲學存在於實踐中，也必定在現實中發展。哲學的現實性要求我們直面實踐本身。

哲學不是簡單跟在實踐後面，成爲當下實踐的「奴僕」，而是以特有的深邃方式，關注着實踐的發展，提升人的實踐水平，爲社會實踐提供理論支撑。從直接的、急功近利的要求出發來理解和從事哲學，無異於向哲學提出它本身不可能完成的任務。哲學是深沉的反思，厚重的智慧，事物的抽象，理論的把握。哲學是人類把握世界最深邃的理論思維。

哲學是立足人的學問，是人用於理解世界、把握世界、改造世界的智慧之學。「民之所好，好之，民之所惡，惡之。」哲學的目的是爲了人。用哲學理解外在的世界，理解人本身，也是爲了用哲學改造世界、改造人。哲學研究無禁區，無終無界，與宇宙同在，與人類同在。

存在是多樣的，發展是多樣的，這是客觀世界的必然。宇宙萬物本身是多樣的存在，多樣的變化。歷史表明，每一民族的文化都有其獨特的價值。文化的多樣性是自然律，是動力，是生命力。各民族文化之間的相互借鑒，補充浸染，共同推動著人類社會的發展和繁榮，這是規律。對象的多樣性、複雜性，決定了哲學的多樣性；即使對同一事物，人們也會産生不同的哲學認識，形成不同的哲學派别。哲學觀點、思潮、流派及其表現形式上的區别，來自於哲學的時代性、地域性和民族性的差异。世界哲學是不同民族的哲學的薈萃，如中國哲學、西方哲學、阿拉伯哲學等。多樣性構成了世界，百花齊放形成了花園。不同的民族會有不同風格的哲學。恰恰是哲學的民族性，使不同的哲學都可以在世界舞臺上演繹出各種「戲劇」。即使有類似的哲學觀點，在實踐中的表達和運用也會各有特色。

人類的實踐是多方面的，具有多樣性、發展性，大體可以分爲：改造自然界的實踐，改造人類社會的實踐，完善人本身的實踐，提升人的精神世界的精神活動。人是實踐中的人，實踐是人的生命的第一屬性。實踐的社會性决定了哲學的社會性，哲學不是脱離社會現實生活的某種遐想，而是社會現實生活的觀念形態，是文明進步的重要標誌，是人的發展水平的重要維度。哲學的發展狀况，反映着一個社會人的理性成熟程度，反映著這個社會的文明程度。

哲學史實質上是自然史、社會史、人的發展史和人類思維史的總結和概括。自然界是多樣的，社會是多樣的，人類思維是多樣的。所謂哲學的多樣性，就是哲學基本觀念、理論學說、方法的異同，是哲學思維方式上的多姿多彩。哲學的多樣性是哲學的常態，是哲學進步、發展和繁榮的標誌。哲學是人的哲學，哲學是人對事物的自覺，是人對外界和自我認識的學問，也是人把握世界和自我的學問。哲學的多樣性，是哲學的常態和必然，是哲學發展和繁榮的内在動力。一般是普遍性，特色也是普遍性。從單一性到多樣性，從簡單性到複雜性，是哲學思維的一大變革。用一種哲學話語和方法否定另一種哲學話語和方法，這本身就不是哲學的態度。

多樣性並不否定共同性、統一性、普遍性。物質和精神，存在和意識，一切事物都是在運動、變化中的，是哲學的基本問題，也是我們的基本哲學觀點！

當今的世界如此紛繁複雜，哲學多樣性就是世界多樣性的反映。哲學是以觀念形態表現出的現實世界。哲學的多樣性，就是文明多樣性和人類歷史發展多樣性的表達。多樣性是宇宙之道。

哲學的實踐性、多樣性，還體現在哲學的時代性上。哲學總是特定時代精神的精華，是一定歷史條件下人的反思活動的理論形態。在不同的時代，哲學具有不同的内容和形式，哲學的多樣性，也是歷史時代多樣性的表達。哲學的多樣性也會讓我們能够更科學地理解不同歷史時代，更爲内在地理解歷史發展的道理。多樣性是歷史之道。

哲學之所以能發揮解放思想的作用，在於它始終關注實踐，關注現實的發展；在於它始終關注著科學技術的進步。哲學本身没有絶對空間，没有自在的世界，只能是客觀世界的映象，觀念形態。没有了現實性，哲學就遠離人，就離開了存在。哲學的實踐性，說到底是在説明哲學本質上是人的哲學，是人的思維，是爲了人的科學！哲學的實踐性、多樣性告訴我們，哲學必須百花齊放、百家争鳴。哲學的發展首先要解放自己，解放哲學，就是實現思維、觀念及範式的變革。人類發展也必須多途並進，交流互鑒，共同繁榮。采百花之粉，才能釀天下之蜜。

三 哲學與當代中國

中國自古以來就有思辨的傳統，中國思想史上的百家争鳴就是哲學繁榮的史象。哲學是歷史發展的號角。中國思想文化的每一次大躍升，都是哲學解放的結果。中國古代賢哲的思想傳承至今，他們的智慧已浸入中國人的精神境界和生命情懷。

中國共産黨人歷來重視哲學，毛澤東在一九三八年，在抗日戰争最困難的條件下，在延安研究哲學，創作了實踐論和矛盾論，推動了中國革命的思想解放，成爲中國人民的精神力量。

中華民族的偉大復興必將迎來中國哲學的新發展。當代中國必須有自己的哲學，當代中國的哲學必須要從根本上講清楚中國道路的哲學道理。中華民族的偉大復興必須要有哲學的思維，必須要有不斷深入的反思。發展的道路，就是哲思的道路，文化的自信，就是哲學思維的自信。哲學是引領者，可謂永恒的「北斗」，哲學是時代的「火焰」，是時代最精緻最深刻的「光芒」。從社會變革的意義上説，任何一次巨大的社會變革，總是以理論思維爲先導。理論的變革，總是以思想觀念的空前解放爲前提，而「吹響」人類思想解放第一聲「號角」的，往往就是代表時代精神精華的哲學。社會實踐對於哲學的需求可謂「迫不及待」，因爲哲學總是「吹響」這個新時代的「號角」。「吹響」中國改革開放之

「號角」的，正是「解放思想」「實踐是檢驗真理的唯一標準」「不改革死路一條」等哲學觀念。「吹響」新時代「號角」的是「中國夢」，「人民對美好生活的向往，就是我們奮鬥的目標」。發展是人類社會永恒的動力，變革是社會解放的永遠的課題，思想解放，解放思想是無盡的哲思。中國正走在理論和實踐的雙重探索之路上，搞探索没有哲學不成！

中國哲學的新發展，必須反映中國與世界最新的實踐成果，必須反映科學的最新成果，必須具有走向未來的思想力量。今天的中國人所面臨的歷史時代，是史無前例的。十三億人齊步邁向現代化，這是怎樣的一幅歷史畫卷！是何等壯麗、令人震撼！不僅中國歷史上亘古未有，在世界歷史上也從未有過。當今中國需要的哲學，是結合天道、地理、人德的哲學，是整合古今中西的哲學，只有這樣的哲學才是中華民族偉大復興的哲學。

當今中國需要的哲學，必須是適合中國的哲學。無論古今中外，再好的東西，也需要再吸收，再消化，必須要經過現代化和中國化，才能成爲今天中國自己的哲學。哲學是解放人的，哲學自身的發展也是一次思想解放，也是人的一个思維升華、羽化的過程。中國人的思想解放，總是隨著歷史不斷進行的。歷史有多長，思想解放的道路就有多長；發展進步是永恒的，思想解放也是永無止境的，思想解放就是哲學的解放。

習近平説，思想工作就是「引導人們更加全面客觀地認識當代中國、看待外部世界」。這就需要我們確立一種「知己知彼」的知識態度和理論立場，而哲學則是對文明價值核心最精練和最集中的深邃性表達，有助於我們認識中國、認識世界。立足中國、認識中國，需要我們審視我們走過的道路，立足中國、認識世界，需要我們觀察和借鑒世界歷史上的不同文化。中國「獨特的文化傳統」、中國「獨特的歷史命運」、中國「獨特的基本國情」，「決定了我們必然要走適合自己特點的發展道路」。一切現實的，存在的社會制度，其形態都是具體的，都是特色的，都必須是符合本國實際的。抽象的制度，普世的制度是不存在的。同時，我們要全面客觀地「看待外部世界」。研究古今中外的哲學，是中國認識世界、認識人類史，認識自己未來發展的必修課。今天中國的發展不僅要讀中國書，還要讀世界書。不僅要學習自然科學、社會科學的經典，更要學習哲學的經典。當前，中國正走在實現「中國夢」的「長征」路上，這也正是一條思想不斷解放的道路！要回答中國的問題，解釋中國的發展，首先需要哲學思維本身的解放。哲學的發展，就是哲學的解放，這是由哲學的實踐性、時代性所決定的。哲學無禁區、無疆界。哲學是關乎宇宙之精神，是關乎人類之思想。哲學將與宇宙、人類同在。

四　哲學典籍

中外哲學典籍大全的編纂，是要讓中國人能研究中外哲學經典，吸收人類精神思想的精華；是要提升我們的思維，讓中國人的思想更加理性、更加科學、更加智慧。

中國有盛世修典的傳統。中國古代有多部典籍類書（如「永樂大典」「四庫全書」等），在新時代編纂中外哲學典籍大全，是我們的歷史使命，是民族復興的重大思想工程。

只有學習和借鑒人類精神思想的成就，才能實現我們自己的發展，走向未來。中外哲學典籍大全的編纂，就是在思維層面上，在智慧境界中，繼承自己的精神文明，學習世界優秀文化。這是我們的必修課。

不同文化之間的交流、合作和友誼，必須達到哲學層面上的相互認同和借鑒。哲學之間的對話和傾聽，才是從心到心的交流。中外哲學典籍大全的編纂，就是在搭建心心相通的橋樑。

我們編纂這套哲學典籍大全，一是中國哲學，整理中國歷史上的思想典籍，濃縮中國思想史上的精華；二是外國哲學，主要是西方哲學，吸收外來，借鑒人類發展的優秀哲學成果；三是馬克思主義哲學，展示馬克思主義哲學中國化的成就；四是中國近現代以來的哲學成果，特別是馬克思主義在中國的發展。

編纂這部典籍大全，是哲學界早有的心願，也是哲學界的一份奉獻。中外哲學典籍大全總結的是書本上的思想，是先哲們的思維，是前人的足迹。我們希望把它們奉獻給後來人，使他們能够站在前人肩膀上，站在歷史岸邊看待自己。

中外哲學典籍大全的編纂，是以「知以藏往」的方式實現「神以知來」；中外哲學典籍大全的編纂，是通過對中外哲學歷史的「原始反終」，從人類共同面臨的根本大問題出發，在哲學生生不息的道路上，綵繪出人類文明進步的盛德大業！

發展的中國，既是一個政治、經濟大國，也是一個文化大國，也必將是一個哲學大國、思想王國。人類的精神文明成果是不分國界的，哲學的邊界是實踐，實踐的永恒性是哲學的永續綫性，打開胸懷擁抱人類文明成就，是一個民族和國家自强自立，始終佇立於人類文明潮頭的根本條件。

擁抱世界，擁抱未來，走向復興，構建中國人的世界觀、人生觀、價值觀、方法論，這是中國人的視野、情懷，也是中國哲學家的願望！

李鐵映

二〇一八年八月

「中國哲學典籍卷」

序

中國古無「哲學」之名，但如近代的王國維所說，「哲學爲中國固有之學」。「哲學」的譯名出自日本啓蒙學者西周，他在一八七四年出版的百一新論中說：「將論明天道人道，兼立教法的philosophy譯名爲哲學。」自「哲學」譯名的成立，「philosophy」或「哲學」就已有了東西方文化交融互鑒的性質。

「philosophy」在古希臘文化中的本義是「愛智」，而「哲學」的「哲」在中國古經書中的字義就是「智」或「大智」。孔子在臨終時慨嘆而歌：「泰山壞乎！梁柱摧乎！哲人萎乎！」（史記孔子世家）「哲人」在中國古經書中釋爲「賢智之人」，而在「哲學」譯名輸入中國後即可稱爲「哲學家」。

哲學是智慧之學，是關於宇宙和人生之根本問題的學問。對此，中西或中外哲學是共同的，因而哲學具有世界人類文化的普遍性。但是，正如世界各民族文化既有世界的普遍性，也有民族的特殊性，所以世界各民族哲學也具有不同的風格和特色。如果説「哲學」是個「共名」或「類稱」，那麼世界各民族哲學就是此類中不同的「特例」。這是哲學的普遍性與多樣性的統一。

在中國哲學中，關於宇宙的根本道理稱爲「天道」，關於人生的根本道理稱爲「人道」，中國哲學的一個貫穿始終的核心問題就是「究天人之際」。一般説來，天人關係問題是中外哲學普遍探索的問題，而中國哲學的「究天人之際」具有自身的特點。

亞里士多德曾説：「古今來人們開始哲學探索，都應起於對自然萬物的驚異……這類學術研究的開始，都在人生的必需品以及使人快樂安適的種種事物幾乎全都獲得了以後。」「這些知識最先出現於人們開始有閒暇的地方。」這是説的古希臘哲學的一個特點，是與當時古希臘的社會歷史發展階段及其貴族階層的生活方式相聯繫的。與此不同，中國哲學是產生於士人在社會大變動中的憂患意識，爲了求得社會的治理和人生的安頓，他們大多「席不暇暖」地周遊列國，宣傳自己的社會主張。這就決定了中國哲學在「究天人之際」

中首重「知人」，在先秦「百家争鳴」中的各主要流派都是「務爲治者也，直所從言之異路，有省不省耳」（史記太史公自序）。

中國哲學與其他民族哲學所不同者，還在於中國數千年文化一直生生不息而未嘗中斷，中國文化在世界歷史的「軸心時期」所實現的哲學突破也是采取了極温和的方式。這主要表現在孔子的「祖述堯舜，憲章文武」，删述六經，對中國上古的文化既有連續性的繼承，又經編纂和詮釋而有哲學思想的突破。因此，由孔子及其後學所編纂和詮釋的上古經書就以「先王之政典」的形式不僅保存下來，而且在此後中國文化的發展中居於統率的地位。

據近期出土的文獻資料，先秦儒家在戰國時期已有對「六經」的排列，「六經」作爲一個著作群受到儒家的高度重視。至漢武帝「罷黜百家，表章六經」，遂使「六經」以及儒家的經學確立了由國家意識形態認可的統率地位。漢書藝文志著録圖書，爲首的是「六藝略」，其次是「諸子略」「詩賦略」「兵書略」「數術略」和「方技略」，這就體現了以「六經」統率諸子學和其他學術。這種圖書分類經幾次調整，到了隋書經籍志乃正式形成「經、史、子、集」的四部分類，此後保持穩定而延續至清。

中國傳統文化有「四部」的圖書分類，也有對「義理之學」「考據之學」「辭章之學」和「經世之學」等的劃分，其中「義理之學」雖然近於「哲學」但並不等同。中國傳統文化沒有形成「哲學」以及近現代教育學科體制的分科，但是中國傳統文化確實固有其深邃的哲學思想，它表達了中華民族的世界觀、人生觀，體現了中華民族的思維方式、行爲準則，凝聚了中華民族最深沉、最持久的價值追求。

清代學者戴震說：「天人之道，經之大訓萃焉。」（原善卷上）經書和經學中講「天人之道」的「大訓」，就是中國傳統的哲學；不僅如此，在圖書分類的「子、史、集」中也有講「天人之道」的「大訓」，這些也是中國傳統的哲學。「究天人之際」的哲學主題是在中國文化上下幾千年的發展中，伴隨著歷史的進程而不斷深化、轉陳出新、持續探索的。

中國哲學首重「知人」，在天人關係中是以「知人」爲中心，以「安民」或「爲治」爲宗旨的。在記載中國上古文化的尚書皋陶謨中，就有了「知人則哲，能官人；安民則惠，黎民懷之」的表述。在論語中，「樊遲問仁，子曰：『愛人。』問知（智），子曰：『知人。』」（論語顔淵）「仁者愛人」是孔子思想中的最高道德範疇，其源頭可上溯到中國文化自上古以來就形成的崇尚道德的優秀傳統。孔子説：「未能事人，焉能事鬼？」「未知生，焉知死？」（論語先進）「務民之義，敬鬼神而遠之，可謂知矣。」（論語雍也）「智者知人」，在孔子的思想中雖然保留了對「天」和鬼神的敬畏，但他的主要關注點是現世的人生，是「仁者愛人」「天下有道」的價值取向，由此確立了中國哲學以「知人」爲中心的思想範式。西方現代哲學家雅斯貝爾斯在大哲學家一書中把蘇格拉底、佛陀、孔子和耶穌作爲「思想範式的創造者」，而孔子思想的特點就是「要在世間建立一種人道的秩序」，「在現世的可能性之中」，孔子「希望建立一個新世界」。

中國上古時期把「天」或「上帝」作爲最高的信仰對象，這種信仰也有其宗教的特殊性。如梁啓超所説：「各國之尊天者，常崇之於萬有之外，而中國則常納之於人事之中，此吾中華所特長也。……其尊天也，目的不在天國而在世界，受用不在未來（來世）而在現在（現世）。是故人倫亦稱天倫，人道亦稱天道。記曰：『善言天者必有驗於人。』此所以雖近於宗教，而與他國之宗教自殊科也。」由於中國上古文化所信仰的「天」不是存在於與人世生活相隔絶的「彼岸世界」，而是與地相聯繫（中庸所謂「郊社之禮，所以事上帝也」，朱熹中庸章句注：「郊，祀天；社，祭地。不言后土者，省文也。」），具有道德的、以民爲本的特點（尚書所謂「皇天無親，惟德是輔」，「天視自我民視，天聽自我民聽」，「民之所欲，天必從之」），所以這種特殊的宗教性也長期地影響著中國哲學對天人關係的認識。相傳「人更三聖，世經三古」的易經，其本爲卜筮之書，但經孔子「觀其德義而已」之後，則成爲講天人關係的哲理之書。四庫全书總目易類序說：「聖人覺世牖民，大抵因事以寓教……易則寓於卜筮。故易之爲書，推天道以明人事者也。」不僅易經是如此，而且以後中國哲學的普遍架構就是「推天道以明人事」。

春秋末期，與孔子同時而比他年長的老子，原創性地提出了「有物混成，先天地生」（老子二十五章），天地並非固有的，在天地產生之前有「道」存在，「道」是產生天地萬物的總根源和總根據。「道」內在於天地萬物之中就是「德」，「孔德之容，惟道是從」（老子二十一章），「道」與「德」是統一的。老子說：「道生之，德畜之，物形之，勢成之。是以萬物莫不尊道而貴德。道之尊，德之貴，夫莫之命而常自然。」（老子五十一章）老子的價值主張是「自然無爲」，而「自然無爲」的天道根據就是「道生之，德畜之……是以萬物莫不尊道而貴德」。老子所講的「德」實即相當於「性」，孔子所罕言的「性與天道」，在老子哲學中就是講「道」與「德」的形而上學。實際上，老子哲學確立了中國哲學「性與天道合一」的思想，而他從「道」與「德」推出「自然無爲」的價值主張，這就成爲以後中國哲學「推天道以明人事」普遍架構的一個典範。雅斯貝爾斯在大哲學家一書中把老子列入「原創性形而上學家」，他說：「從世界歷史來看，老子的偉大是同中國的精神結合在一起的。」他評價孔、老關係時説：「雖然兩位大師放眼於相反的方向，但他們實際上立足於同一基礎之上。兩者間的統一在中國的偉大人物身上則一再得到體現……」這裏所謂「中國的精神」「立足於同一基礎之上」，就是説孔子和老子的哲學都是爲了解決現實生活中的問題，都是「務爲治者也」。

在老子哲學之後，中庸説：「天命之謂性」，「思知人，不可以不知天」。孟子説：「盡其心者知其性也，知其性則知天矣。」（孟子盡心上）此後的中國哲學家雖然對天道和人性有不同的認識，但大抵都是講人性源於天道，知天是爲了知人。一直到宋明理學家講「天者理也」，「性即理也」，「性與天道合一存乎誠」。作爲宋明理學之開山著作的周敦頤太極圖說，是從「無極而太極」講起，至「形既生矣，神發知矣，五性感動而善惡分，萬事出矣」，這就是從天道講到人事，而其歸結爲「聖人定之以中正仁義而主靜，立人極焉」，這就是從天道、人性推出人事應該如何，「立人極」就是要確立人事的價值準則。可以說，中國哲學的「推天道以明人事」最終指向的是人生的價值觀，這也就是要「爲天地立心，爲生民立命，爲往聖繼絶學，爲萬世開太平」。在作爲中國哲學主流的儒家哲學中，價值觀又是與道德修養的工夫論和道德境界相聯繫。因此，天人合一、真善合一、知行合一成爲中國哲學的主要特點。

中國哲學經歷了不同的歷史發展階段，從先秦時期的諸子百家争鳴，到漢代以後的儒家經學獨尊，而實際上是儒道互補，至魏晋玄學乃是儒道互補的一個結晶；在南北朝時期逐漸形成儒、釋、道三教鼎立，從印度傳來的佛教逐漸適應中國文化的生態環境，至隋唐時期完成中國化的過程而成爲中國文化的一個有機組成部分；宋明理學則是吸收了佛、道二教的思想因素，返而歸於「六經」，又創建了論語孟子大學中庸的「四書」體系，建構了以「理、氣、心、性」爲核心範疇的新儒學。因此，中國哲學不僅具有自身的特點，而且具有不同發展階段和不同學派思想内容的豐富性。

一八四〇年之後，中國面臨着「數千年未有之變局」，中國文化進入了近現代轉型的時期。在甲午戰敗之後的一八九五年，「哲學」的譯名出現在黄遵憲的日本國志和鄭觀應的盛世危言（十四卷本）中。此後，「哲學」以一個學科的形式，以哲學的「獨立之精神，自由之思想」推動了中華民族的思想解放和改革開放，中、外哲學會聚於中國，中、外哲學的交流互鑒使中國哲學的發展呈現出新的形態，馬克思主義哲學在與中國的歷史文化傳統、中國具體的革命和建設實踐相結合的過程中不斷中國化而産生新的理論成果。中華民族的偉大復興必將迎來中國哲學的新發展，在此之際，編纂中外哲學典籍大全，中國哲學典籍第一次與外國哲學典籍會聚於此大全中，這是中國盛世修典史上的一個首創，對於今後中國哲學的發展、對於中華民族的偉大復興具有重要的意義。

李存山

二〇一八年八月

「中國哲學典籍卷」

出版前言

社會的發展需要哲學智慧的指引。在中國浩如煙海的文獻中，哲學典籍占據著重要地位，指引著中華民族在歷史的浪潮中前行。這些凝練著古聖先賢智慧的哲學典籍，在新時代仍然熠熠生輝。

收入我社「中國哲學典籍卷」的書目，是最新整理成果的首次發布，按照内容和年代分爲以下幾類：先秦子書類、兩漢魏晋隋唐哲學類、佛道教哲學類、宋元明清哲學類、近現代哲學類、經部（易類、書類、禮類、春秋類、孝經類）等，其中以經學類占多數。

本次整理皆選取各書存世的善本爲底本，制訂校勘記撰寫的基本原則以確保校勘品質。全套書采用繁體竪排加專名綫的古籍版式，嚴守古籍整理出版規範，並請相關領域專家多次審稿，整理者反復修訂完善，旨在匯集保存中國哲學典籍文獻，同時也爲古籍研究者和愛好者提供研習的文本。

文化自信是一個國家、一個民族發展中更基本、更深沉、更持久的力量。對中國哲學典籍進行整理出版，是文化創新的題中應有之義。中國社會科學出版社秉持「傳文明薪火，發時代先聲」的發展理念，歷來重視中華優秀傳統文化的研究和出版。「中國哲學典籍卷」樣稿已在二〇一八年世界哲學大會、二〇一九年北京國際書展等重要圖書會展亮相，贏得了與會學者的高度讚賞和期待。

點校者、審稿專家、編校人員等爲叢書的出版付出了大量的時間與精力，在此一並致謝。由於水準有限，書中難免有一些不當之處，敬請讀者批評指正。

趙劍英

二〇二〇年八月

點校説明

論中國傳統思想者，常謂「三教合一」或曰「三教争勝」。三教之士，各立統緒，互爲辯難。宋、明諸儒，於排擊釋、道尤力。「閑道」者，防閑衛道也。以閑道録爲名之書即有萬表、沈壽民、熊賜履等人所著多種。沈壽民摘録經史之中反對釋、道二家之言論，編成閑道録十六卷。此書之編纂，正當明末清初「天崩地解」之際。作爲前明遺民，沈氏流離轉徙於浙東山中。是故此書之宗旨，在「救人心而維風俗」，亦必有易代之際士人共有的反思之意。

閑道録原稿十六卷，雍正時，沈壽民之孫沈廷璐刊刻時又增補沈氏及其友朋門生詩文雜著至二十卷。分體（語録、論、書、序、辯、議、詔令、奏疏、傳記等）排列，各體之中又依時代先後編次。

是書流傳稀少，有清華大學圖書館藏雍正四年有本堂刊本。此本之刊刻正當文網嚴密之時，是故剜去避忌字樣甚多。書中「夷」「胡」「虜」等字盡數「留白」。本次整理，因缺乏對校版本，衹能依據書中所録文獻的傳世文本加以校補。又，此書成於兵火荒亂之世，條件艱苦，原稿難免粗疏。有些屬於沈壽民摘録時的文字錯漏，偶爾有删改所摘原文以突出「閑道」宗旨的現象。

由於整理者水準有限，疏失在所難免，敬祈讀者方家指教。

雍繁星

二〇一八年八月

目録

〔一〕原書目録無「對」。按，此書目録與正文前標同繁簡略有不同。今據正文前標目，凡不同處加注説明。
〔二〕原書目録無論、教，正文中有論、教。
〔三〕原書目録有「書事」「跋」。
〔四〕原書目録爲「傳（摘）、行狀（摘）、誌銘（摘）」。

〔一〕原書目録爲「宋名臣言行録（摘）、明玉堂叢語（摘）、客座贅語（摘）、昭亭日抄（摘）」。
〔二〕原書目録爲「諸子鬱離子（摘）、金壘子（摘）、草木子（摘）」。
〔三〕原書目録爲「康濟譜（摘）」。
〔四〕原書目録爲「經濟類編（摘）」。
〔五〕原書目録爲「弋飛時獲（摘）」。

序

崇禎丙子，復薦舉之制。應天巡撫張公國維以吾邑沈耕巖先生應詔。時樞臣楊嗣昌與理臣熊文燦表裏撫賊釀禍不支，耕巖先生具疏劾嗣昌悞國狀兼及奪情之非，留中不報。遂歸。本末詳家傳。甲乙之際，璫孽阮大鋮修怨於東林，欲殺先生。先生匿金華諸山以免，踰三十年而卒。後人檢所著詩古文梓以行世，其未刻者尚有若干卷藏於家。而閑道録崇正黜邪，尤生平所用心者也。文孫元珮丈重爲編次。書成，間以示喆，且命爲序。吁！嗟嗟！後生小子能窺先生之奥而敢於序先生之書以自妄乎哉！乃辭既不獲，而以一言附先生得垂不朽，則又後死者之幸。於是拜手而爲之言曰：

先生之爲是書也，豈偶然哉？聞其編輯始於庚寅四月，正避迹之時，流離奔竄之日。結茅屑榆，兵荒交集，乃惓惓是書，以救人心而維風俗也。夫昔之遭逢不偶者，或發爲詩歌以達其抑塞不平之氣；而抱黍離之痛者，又或網羅聞見以誌其分崩離析之由。先生俱不爾，獨於叛道之異端，引伸而嚴辨之，尤於亂常之佛氏即事而糾繩之。作易者其有憂患，闢楊、墨者其有懼心，先生之爲此，豈偶然哉！蓋有天地而後有萬物，有男女夫婦，有父子君臣上下，而禮義以錯。有聖人而後爲之衣食，爲之宮室，爲之醫藥、埋葬、祭祀，而害至以備、患生以防。此天地之所以著，鬼神之所以幽，孝子之所以不遺其親，忠臣之所以不後其君者也。

後之異氏出而反焉，聖人不作而先王之教不行也。佛自漢時始入中國，仁義禮智、性情中和之德不明，而戒定參和、識心見性之說行；養生送死、惸獨鰥寡之政不明，而法施普養、救度利濟之說行；刑賞黜陟顛倒瞀亂，而因果報應、福田利益之說入人心脾而移人骨髓。聖人生而君君、臣臣、父父、子子，聖人不作而佛氏以興，國家往往受其匪測之禍。而不知聖人明乎義，佛氏貪乎利。貪長生也，而戒定參和；貪琳宮瓊宇、收召生徒也，而普養法施；更貪其魂魄、貪其來世，而爲因果報應。夭壽不貳、修身以俟，志士仁人殺其身以成仁，舍其生以取義，無所貪也，故得以盡其性而全其天。彼悮國庸臣，背棄君父，莫非貪慕顧惜而不學聖人之道之故。如録中永平之萝謂誦經得雨，主事撫臣即報承天府誦經蝗死，繼而報誦經蝗死得雨者各州縣無算。嗚呼！其愚如此，而焉能殺敵以成功！各州縣之誕而阿比如此，而焉能保民以濟國！倡言者媚佛以欺君，天下之人又媚佛爲媒而因以欺其天子，貪富貴而已矣。使爲君者信其説而誦經以却敵，則士卒可不戰、城門可不閉，而國以永寧，爰及苗裔，有是事乎？有是理乎？

秦皇、漢武，求長生者也。亡何，怒扶蘇授刃於趙高矣，巫蠱之變太子自經矣。梁武帝三度捨身，亡何，死於其臣之手矣。故曰：信佛者君不君、臣不臣、父不父而子不子。夫自古貽禍者不必盡由佛氏，而信佛者未有不害於國而亡於家。信佛之深者，明心見性，爲虚無寂滅之教，率天下而無人；信佛之粗者，感應輪迴，爲依阿澒涩之徒，率天下之人而叛棄其君父。先生所以殷憂深懼，而是編之亟亟也歟！自古皆有死，民無信不立，吾儒之教也，先生以之；貪昧隱忍，樂生畏死，佛氏之流毒也，背國者以之。然則先生是編，其生平得力之處，而藉此以龜鑑千秋，又何疑哉！

郡公黄夫子一見此書，嘆其有裨風教，捐俸授梓。公理學起家，施爲次第皆儒者事。刊布此書，蓋非偶然。元珮丈文行高潔，不愧家風，其編次亦非偶然。學者讀是編，以崇正黜邪，庶異氏不致亂吾徒而爲害於天下國家矣！

同里後學孫喆頓首拜譔

序

嗟乎悲夫！貞文先生當天荒地老、流離轉徙、吞聲飲泣之餘，而未嘗一日不以世道人心爲慮也。孔、孟没而微言絶，有宋諸大儒出正學復明。然而高明之士往往惑溺於佛、老之學而不自知。佛、老之害，中於愚不肖者淺，中於高明者深。蓋其言彌近理而大亂真，惟豪傑爲能卓然不爲所惑，辯而闢之。此貞文先生閑道録之所由作也。

按録中千百年來名儒碩德、才人學士單辭片語，凡不惑二氏，足爲吾道干城者，悉會而萃之，使讀者或渙然釋，或憬然悟，或躍然喜。然其書皆片紙雜録，藏于家塾。先生卒後五十餘年，而郡侯黄公從先生文孫元珮得之，乃大嗟賞，將捐俸授梓。元珮復携就其同學孫君二吉參訂成卷，繕寫畢，熉請而卒業焉。嗟乎！先生擊奸一疏，將以救三百年旦夕危亡之宗社也。閑道一書，將以救億萬世沉淪陷溺之人心也。先生之節之峻、功之偉何待言哉！何待言哉！顧先生丁滄桑之變，轉輾匿迹於蘭谿、金華諸山中，蓋十有餘載。其間不能自振，困於饑寒。或風鶴驚心，奔走不暇者數矣。而一不以累其心，獨惓惓於是書，焚膏繼晷，鈎玄提要。而又力不能梓以公諸世，迄今而始得大顯於後人，是則尤可悲也夫！

梁溪後學邵熉拜撰

先大父平生闢佛、老之學甚力，是編手録古今來之不惑於二氏者以爲世訓，其不能無惑者亦録以示戒焉，名曰閑道録，志所懼也。按先四伯父甲子述謂，録始於庚寅四月，是時大父避迹婺州向家源。大兵大饑，轉徙於金華、蘭谿、武義三邑山中，結茅以居，屑榆而食者九年。嗚呼！自古名賢遭時不幸，流離艱苦，度未有如我大父之甚者，而猶殷殷以人心風俗是憂，亟明正學，思挽維而救正之，可不謂顛沛必於是者哉！已而棲隱仙源之黄山，既老始歸卧姑山，又移寓湖陰，未幾捐館舍。嗚呼，忍言哉！歲壬戌夏，先君子返自滇、黔。一日，從四伯父齋中捧是編以歸，痛大父手澤宛然而形影不可復追也。每一展卷，雨涕覆面。璐因竊而藏之，不意忽忽遂已四紀餘矣。嗟乎！大父纂輯於兵戈荒亂之時，而後人不能闡述於承平暇豫之日。家學墜而先德不彰，其何以自處哉！今年春，郡公黄夫子垂訊未刻遺書，璐敬舉以對。公亟取閲之，曰：「是大有裨風教，宜公諸世。」爰授舘餐、給筆札，命璐編次成書。凡六閲月始竣。夫璐以貧窶餬口四方，迄今垂老，猶不得一息之安以排纘先世遺文。兹藉手我公，畢前人未竟之緒，不可謂非厚幸。所慚學識闇淺，承公指示爲多。間携就汪君師退、孫君二吉相與考証參校。適梁溪邵君移山舘郡齋，復加商訂，釐爲二十卷，以告成於我公。公曰：「善。吾當爲子謀授剞劂。」璐拜手曰：「語有之『柯亭之竹，不取爲笛，竹故無恙。爨下之桐，不急斵爲琴，桐其灰燼矣』。先大父墓木已拱，而蠹餘殘編復得永久流傳，先伯父、先君子亦遂藏弆之私，可以不憾。所謂一賜於鞏，及其三世，其感與報宜何以圖之也！」爰述本末，垂示後昆，并告世之學者。

雍正二年歲次甲辰，冬十月朔，不肖孫廷璐謹書

孫　廷瑄　廷璐　廷瑞　廷玠　尊　廷琮　同編

曾孫　弘松　正轍　正軾　弘鼎　正勷　正輿　正玉　同正字

閑道録校訂姓氏

是書蒙惠刻資者，謹列臺銜於各卷首。

參訂與力襄厥成者，誼不敢忘，敬登姓氏。

邵　熉移山　無錫
汪　越師退　南陵
孫　喆二吉　宣城
徐　學敏來　長洲

劉　沛霖起　南陵
陳振宗念繩　歙縣
胡夢龍天御　寧國
劉崧年申及　宣城

湯從周引俟　旌德
程元愈偕柳　宣城
詹天挺左超　宣城
姜本俊萬選　宣城

梅瑑成文常　宣城
施　瑮質存　宣城
姪　天祚煥文
姪孫　振巖于嶙

凡例

先大父生平不欲以講學名，而攘斥佛老甚力。嘗謂異端正學，本是冰炭，而其分界處只在毫忽間。不辯其從生，推其終極，夾雜一分、攙和半點，内而身心性命，外而家國天下，受害不小。老師宿儒，初間亦似平正，到後不知不覺又上彼家船去。正是源頭不清，本領差却也。朱紫陽年十八九時亦惑於佛氏，得延平之論而後盡棄所學，以歸於正。况他人乎！有明中葉，學者淪玄襲虚，講道愈多而學愈晦。大父當搶攘之秋，尤有隱憂。閑道一録，蓋不得已也。

先大父之爲是書也，隨手録輯以待增删，不幸賫志未竟厥緒。廷璐啓笥展讀，校字分編，以程、朱文語列之首二卷。蓋道統之正，辯析之精，自四子、五經外未有過焉者也。曩吕君晚村有朱子文語編，凡語録、論、序、書及詩並入焉，兹因之。局於卷帙，未能盡載。學者盡其精微之藴，又類推以盡其餘可也。外此則文以類分，人以代次。其或人代有一二記憶失真者，以俟再考。

自十卷奏疏以前，皆發其所以然。十一卷詔令以後，皆節録諸文，指其事以實之。又旁引諸子及一家言，反覆以明厥指，而殿之以詩。

先大父原稿悉用諸家論議，不入己作。即朱子與吕伯恭編集周、程、張子諸書以教學者而己之説不與意也。廷璐竊以先侍御古林先生明教説，及先大父姑山集内排異端諸詩文，并雜記等條補諸卷末，吴師街南、杜朋李、梅東渚諸先生附焉。蓋姑山爲大父講學棲隱地，吴、杜、梅皆大父高第弟子也。

篇章間有錯迕，句字不無譌脱，於知者是正，不知者闕焉。不敢妄改金根，貽譏識者。

廷璐質本下愚，少復失學，於古人載籍未能周覽，時懷坐井之憂，深抱面墻之耻。内慚家訓，外負師資，妄事校讎，難免紕繆。伏惟弘博君子時惠教焉。

廷璐謹識

閑道録卷之一

宣城沈壽民耕巖纂輯
孫　廷璐編次
後學　黄元幬校梓

程氏遺書摘

程顥字伯淳，世稱明道先生。河南人。宋。謚純。

先生不好佛語。或曰：「佛之道是也，其迹非也。」曰：「所謂迹者，果不出於道乎？然吾所攻，其迹耳。其道則吾不知也。使其道不合於先王，固不願學也。如其合於先王，則求之六經足矣，奚必佛？」

學者於釋氏之説，直須如淫聲美色以遠之。不爾，則駸駸然入於其中矣。顔淵問爲邦，孔子既告之以二帝、三王之事，而復戒以放鄭聲遠佞人，曰「鄭聲淫，佞人殆」。彼佞人者，是他一邊佞耳，然而於己則危，只是能使人移，故危也。至於禹之言曰「何畏乎巧言令色」。巧言令色，直消言畏，只是須著如此。戒慎猶恐不免。釋氏之學，更不消言常戒，到自家自信後，便不能亂得。

釋氏本怖死愛生爲利，豈是公道？惟務上達而無下學。然則其上達處，豈有是也。元不相連屬，但有間斷，非道也。孟子曰：「盡其心者，知其性也。」彼所謂識心見性是也，若存心養性一段事則無矣。彼故曰出家獨善，便於道體已非矣。或曰：「釋氏地獄之類，皆是爲下根人設此怖令爲善。」曰：「至誠貫天地，人尚有不化，豈有立僞教而人可化乎？」

有問：「若使天下盡爲佛，可乎？」其徒言：「爲其道則可，其迹則不可。」先生曰：「若盡爲佛，則是無倫類，天下却都没人去裏。然自亦以天下國家爲不足治，要逃世網。其説至於不可窮處，他又有一個鬼神爲説。」

聖人至公，心盡天地萬物之理，各當其分。佛氏總爲一己之私，是安得同乎？聖人循理，故平直而易行。異端造作大小，大費力，非自然也，故失之遠。聖人之道，則如在平野之中，四方莫不見也。釋氏説道，譬之以管窺天，只務直上去，惟見一偏，不見四旁，故皆不能處事。

或謂佛之理比孔子爲徑。曰：「天下果有徑理，則仲尼豈欲使學者迂遠而難至乎？故外仲尼之道而由徑，則是冒險阻，犯荆棘而已。」

釋氏無實。

佛言前後際斷，「純一不已」是也，彼安知此哉？子在川上曰：「逝者如斯夫，不舍晝夜。」自漢以來，儒者皆不識此義。此見聖人之心，純亦不已也。詩曰：「維天之命，於穆不已。」蓋曰天之所以爲天也。「於乎不顯，文王之德之純。」蓋曰文王之所以爲文也。純亦不已，此乃天德也。有天德便可語王道，其要只在慎獨。

道之外無物，物之外無道。是天地之間，無適而非道也。即父子而父子在所親，即君臣而君臣在所敬，以至爲夫婦，爲長幼，爲朋友，無所爲而非道。此道所以不可須臾離也。然則毀人倫、去四大者，其分于道也遠矣。故君子之于天下也，無適也，無莫也，義之于比。若有適莫，則于道爲有間，非天地之全也。彼釋氏之學，於敬以直内則有之矣，義以方外則未之有也。故滯固者入于枯槁，疏通者歸于放肆，此佛之教所以爲隘也。吾道則不然，率性而已。斯理也，聖人于易備言之。

人能放這一個身，公共放在天地萬物中一般看，則有甚妨礙？雖萬身，曾何傷！乃知釋氏苦根塵者，皆是自私者也。

伯淳先生嘗語韓持國曰：「如説妄説幻爲不好底性，則請別尋一個好底性來換了此不好底性着。道即性也。若道外尋性，性外尋道，便不是。聖賢論天德，蓋謂自家元是天然完全自足之物。若無所污壞，即當直而行之。若小有污壞，即敬以治之，使復如舊。所以能使如舊者，蓋謂自家本質，元是完足之物。若合修治而修治之，是義也。若不消修治而不修治，亦義也。故常簡易明白而易行。禪學者總是强生事。至如山河大地之説，是他山河大地，又干你何事？孔子道如日星之明，猶患門人未能盡曉。故曰『予欲無言』。如顔子則便默識，其他未免疑問。故曰『小子何述』。又曰『天何言哉？四時行焉，百物生焉』，可謂明白矣。若能于此言上看得破，便信是會禪也。非是未尋得，蓋實是無去處説，此理本無二故也。」

昨日之會，大率談禪，使人情思不樂，歸而悵恨者久之。此説天下已成風，其何能救？古亦有釋氏惑時，尚只是崇説像教，其害至小。今日之風，便先言性命道德。先驅了知者，才愈高明則陷溺愈深。在某則才卑德薄，無可奈何他。然據今日次第，便有數孟子，亦無如之何。只看孟子時，楊、墨之害能有甚？況之今日，殊不足言。此事蓋亦繫時之污隆。清談盛而晉室衰，然清談爲害，却只是閒言談，又豈是今日之害道？今雖故人有一爲此學而陷溺其中者，則既不可回。今只有望于諸君爾，直須置而不論，更休曰且待嘗試。若嘗試，則已化而自爲之矣。要之，决無取其術，大概且是絶倫類，世上不容有此理。又其言待要出世，出那裏去？又其迹須要出家，然則家者，不過君臣父子夫婦兄弟處此等事，皆以爲寄寓。故其爲忠孝仁義者，皆以爲不得已爾。又要得脱世網，至愚迷者也。畢竟學之者不過至似佛。佛者亦懶胡[一]耳！他本是個自私獨善，枯槁山林，自適而

〔一〕「胡」字原缺，據河南程氏遺書卷二上補。

已。若只如是，亦不過世上少這一個人。又却要週遍，謂既得本則不患不週遍。要之，決無此理。今日所患者，患在引取了中人以上者，其力有以自立，故不可回。若只中人以下，自不至此，亦有甚執持。今彼言世網者，只爲些秉彝殄滅不得，故當忠孝仁義之際，皆處于不得已。直欲和這些秉彝都消殺得盡，然後以爲至道也。然而畢竟消殺不得，如人之有耳目口鼻，既有此氣，則須有此識。所見者色，所聞者聲，所食者味，人之有喜怒哀樂者，亦其性之自然。今强曰必盡絶爲得天真，是所謂喪天真也。持國之爲此學者三十年矣，其所得者，儘説得知有這道理，然至于反身而誠，却竟無得處。他有一個覺之理，可以敬以直内矣，然無義以方外。其直内者，要之其本亦不是。譬之贊易，前後貫串，都説得，是有此道理。然須默而成之，不言而信，存乎德行處，是所謂自得也。談禪者雖説得，蓋全未之有得也。

或問：「昔之惑人也乘其迷暗，今之入人也因其高明。既曰高明，又何惑乎？」曰：「今之學釋氏者，往往皆高明之人，所謂知者過之也。然所謂高明，非中庸所謂極高明。如知者過之，若是聖人之知，豈更有過。」

所謂萬物一體者，皆有此理，只爲從那裏來。生生之謂易，生則一時生，皆完此理。人則能推，物則氣昏推不得。不可道他物不與有也。人只爲自私，將自己軀殼上頭起意，故看得道理小了他底。放這身來，都從萬物中一例看，大小大快活。釋氏不知此，只去他身上起意思，奈何那身不得。故却厭惡，要得去盡根塵。爲心源不定，故要得如枯木死灰。然没此理，要有此理，除是死也。釋氏其實是愛身，放不得，故説許多。譬如負販之蟲，已載不起，猶是更取物在身。又如抱石沉河，以其重愈沉，終不道放下石頭，惟嫌重也。

佛氏不識陰陽、晝夜、死生、古今，安得謂形而上者與聖人同乎！

釋氏之説，若欲窮其説而去取之，則其説未能窮，固已化而爲佛矣。只且于迹上考之，其設教如此，則其心果如何。固難爲取其心，不取其迹。有是心，則有是迹。王通言心迹之判，便是亂説。不若且于迹上斷定不與聖人合。其言有合處，則吾道固已有。有不合者，固所不取。如是立定，却省易。

敬以直内，義以方外，合内外之道也。釋氏内外之道不備者也。

伊尹曰：「天之生斯民也，使先知覺後知，使先覺覺後覺。予天民之先覺者也，予將以斯道覺斯民也。」釋氏之云覺，甚底是覺斯道，甚底是覺斯民？

老子之言，是竊弄闔闢者也。

正叔一生不曾看莊、列，非禮勿動勿視，出于天與！從幼小有如是才識。

佛是言印證者，豈自得也！其自得者，雖甚人言亦不動。待人之言爲是，何自得之有！

異教之說，其盛如此，其久又如是。亦須是有命。然吾輩不謂之命也。

程頤字正叔，世稱伊川先生，明道先生弟。謚正。

或問：「佛說性如何？」曰：「佛亦是說本善。只不合將才做緣習。」又問：「佛言生死輪迴，果否？」曰：「此事說有說無皆難，須自己見得。聖人只一句盡斷了，故對子路曰：『未知生，焉知死？』」

儒者其卒多入異教，其志非願也，其勢自然如此。蓋志窮力屈，欲休來，又知得未安穩，休不得。故見人有一道理，其勢須從之。譬之行一大道，坦然無阻，則更不由徑。只爲前面逢着山逢着水。行不得，有礙窒，則見一邪徑，欣然從之。儒者之所以必有窒礙者，何也？只爲不致知。知至至之，則自無事可奪。今有人在異鄉，元無安處，則言某處安，某處不安，須就安處。若已有家，人言他人家爲安，己必不肯就彼。故儒者而卒歸異教者，只爲于己道實無所得，雖曰聞道，終不曾實有之。

問：「易言知鬼神情狀，果有情狀否？」曰：「有之。」又問：「既有情狀，必有鬼神矣？」曰：「説鬼神，便是造化也。」又問：「如名山大川能興雲致雨，何耶？」曰：「氣之蒸成耳。」又問：「既有氣，則莫須有神否？」曰：「只氣便是神也。今人不知此理，纔有水旱，便去廟中祈禱。不知雨露是甚物，從何處出，復于廟中求耶？名山大川能興雲致雨，却都不説着，却只于山川外土木人身上討雨露。土木人身上有雨露耶？」又問：「莫是人自興妖？」曰：「只妖亦無，皆人心興之也。世人只因祈禱而有雨，遂指爲靈驗耳，豈知適然。某嘗至泗州，恰值大聖見，及問人曰如何形狀。一人曰如此，一人曰如彼。只此可驗其妄。興妖之人，皆若此也。昔有朱定亦嘗來問學，但非信道篤者。曾在泗州守官。值城中火，定使兵士舁僧迦避火。某後語定曰：『何不舁僧迦在火中？若爲火所焚即是無靈驗，遂可解天下之惑。若火遂滅，因使天下尊敬可也。此時不使事，更待何時？』惜乎定識不至此。」

問：「敬還用意否？」曰：「其始安得不用意。若能不用意，却是都無事了。」又問：「敬莫是静否？」曰：「纔説静，便入于釋氏之説。」

問：「至誠可以蹈水火，有此理否？」曰：「有之。」曰：「列子言商丘開之事，有乎？」曰：「此是聖人之道不明，後莊、列之徒各以私智探測至理而言也。」曰：「巫師亦能如此，誠耶？欺耶？」曰：「此輩往往有術，嘗懷一個欺人之心，更那裏得誠來？」

趙景平問：「子罕言利與命與仁，所謂利者，何利？」曰：「不獨財利之利。凡有利心，便不可。如作一事，便尋自家穩便處，皆利心也。聖人以義爲利，義安處便爲利。若釋氏之學，皆本于利，故便不是。」

「維天之命，於穆不已」，自是理自相續不已，非是人爲之。如使可爲，雖使百萬般安排，也須有息時。只爲無爲，故不息。中庸言「不見而章，不動而變，無爲而成。天地之道，可一言而盡也」。使釋氏千章萬句，説得許大無限説話，亦不能逃此三句。只爲聖人説得要，故包含無盡。釋氏空週遮説爾，只是許多。

中庸言無聲無臭，勝如釋氏言非黄非白。

先生言某家治喪，不用浮屠。在洛亦有一二人家化之，自不用。釋氏道場之用螺鈸，蓋胡〔二〕人之樂也。今用之死者之側，是以其樂臨死者也。天竺之人重僧，見僧必飯之，因使作樂于前。今乃以爲之于死者之前，至如慶禱〔三〕亦雜用之，是甚義理！如此事被他欺慢，千百年無一人理會者。

伯温問：「祭用祝文否？」曰：「某家自來相承不用。今待用也。」又問：「有五祀否？」曰：「不祭。此全無義理。釋氏與道家説鬼神，甚可笑。道家狂妄尤甚，以至説人身上耳目口鼻皆有神。」

孔子之時，道雖不明，而異端之害未甚，故其論伯夷也以德。孟子之時，道益不明，異端之害滋深，故其論伯夷也以學。道未盡乎聖人則推而行之，必有害矣。故孟子推其學

〔二〕「胡」字原缺，據河南程氏遺書卷十補。又，「先生」，河南程氏遺書作「正叔」。
〔三〕「慶禱」二字原缺，據河南程氏遺書補。

術而言之也。夫辟邪説以明先王之道，非拔本塞源不能也。

問：「釋氏臨終亦先知死，何也？」曰：「只是一個不動心。釋氏平生，只學這個事，將這個做一件大事。學者不必學他，但燭理明，自能知。只如邵堯夫事，他自如此，亦豈嘗學也。孔子曰『未知生，焉知死』，人多言孔子不告子路，此乃深告之也。」

問：「老子書如何？」曰：「老子書，其言自不相入處如冰炭，其初意欲談道之極玄妙處，後來却入做權詐者上去。老子之後有申、韓，看申、韓與老子道甚懸絶，然其源乃自老子來。蘇秦、張儀，則更是取道遠。初，蘇秦學于鬼谷，其術先揣摩其如何，然後押闔。押闔既動，後用鈎鉗鈎其端，然後鉗制之。其學既成，辭鬼谷去。鬼谷試之，爲張儀説所動。然其學甚不近道，人不甚惑之。孟子時已有置而不足論也。

莊子齊物。夫物本齊，安俟汝齊？凡物如此多般，若要齊時，別去甚處下手。不過得推一個理一也。物未嘗不齊，只是你自家不齊，不干物不齊也。

孟敦夫問：「莊子齊物論如何？」曰：「莊子之意，欲齊物理耶？物理從來齊，何待莊子而後齊？若齊物形，物形從來不齊，如何齊得？此是莊子見道淺，不奈胸中所得何，遂著此論也。」

問：「神仙之説有諸？」曰：「不知如何。若説白日飛昇之類則無。若言居山林間，保形鍊氣以延年益壽則有之。譬如一爐火，置之風中則易過，置之密室則難過。有此理也。」又問：「楊子言聖人不師仙，厥術異也。聖人能爲此等事否？」曰：「此是天地間一賊。若非竊造化之機，安能延年。使聖人肯爲，周、孔爲之久矣。」

人有語導氣者，問先生曰：「君亦有術乎？」曰：「吾夏葛而冬裘，飢食而渴飲。節嗜欲，定心氣，如斯而已矣。」

今異端之害，道家之説更没可闢，惟釋氏之説，衍蔓迷溺至深。今日是釋氏盛而道家蕭索。方其盛時，天下之士往往自從其學，自難與之力争。惟當自明吾理，吾理自立則彼不必與争。然在今日，釋氏却未消理會，大患者却是介甫之學，譬之盧從史在潞州，知朝廷將討之，當時便使一處逐其節度使。朝廷之議要討逐節度者，而李文饒之意，要先討潞州，則不必治彼而自敗矣。如今日却要先整頓介甫之學，壞了後生學者。

釋氏之學，更不消對聖人之學比較。要之必不同，便可置之。今窮其説，未必能窮得他。比至窮得，自家已化而爲釋氏矣。今且以迹上觀之，佛逃父出家，便絶人倫，只爲自家獨處于山林。今鄉里豈容有此物？大率以所賤所輕施于人，此不惟非聖人之心，亦不可爲君子之心。釋氏自己不爲君臣、父子、夫婦之道，而謂他人不能如是。容人爲之，而己不爲，别做一等人。若以此率人，是絶類也。至如言理性，亦只是爲死生。其情本怖死愛生，是利也。

先生之盩厔，時樞密趙公瞻持喪居邑中，杜門謝客，使侯騭語以釋氏之學。先生曰：「禍莫大于無類。釋氏使人無類，可乎？」騭以告趙公。公曰：「天下知道者少，不知道者衆，自相生養，何患乎無類也。若天下盡爲君子，則君子將誰使？」侯子以告。先生曰：「豈不欲人人盡爲君子哉？病不能耳。非利其爲使也，若然，則人類之存，不賴于聖賢，而賴于下愚也。」趙公聞之笑，曰：「程子未知佛道弘大耳。」先生曰：「釋氏之道誠弘大，吾聞傳者以佛逃父入山，終能成佛。若儒者之道，則當其逃父時已誅之矣，豈能俟其成佛也。」

釋氏有出家出世之説。家本不可出，却爲他不父其父，不母其母，自逃去固可也。至于世則怎生出得？既道出世，除是不戴皇天，不履后土始得。然又却渴飲而飢食，戴天而履地。

聖人之教，以所貴率人，釋氏以所賤率人。學佛者難吾言，謂人皆可以爲堯、舜則無僕隸。正叔言人皆可以爲堯、舜，聖人所願也。其不爲堯、舜，是所可賤也，故以爲僕隸。

先生曰：「曾見韓持國説有一僧，甚有所得。遂招來相見，語甚可愛。一日謁之，其僧出，暫憩其室，見一老行。遂問其徒曰爲誰，曰乃僧之父，今則師孫也。因問僧如何待之，曰待之甚厚。凡晚參時，必曰此人老也，休來。以此遂更不見之。父子之分，尚已顛倒矣。」

佛氏只是以死生恐動人，可怪二千年來無一人覺此，是被他恐動也。聖賢以生死爲本分事，無可懼，故不論死生。佛之學爲怕死，故只管説不休。下俗之人固多懼，易以利動。至如禪學者，雖自曰異此，然要之只是此個意思，皆利心也。籲曰：「此學不知是本來以公心求之後有此蔽，或本只以利心上得之？」曰：「本是利心上得來，故學者亦以利心信之。莊生云『不怛化』者，意亦如此也。楊、墨之害，在今世則已無之。道家之説，其害猶小。惟佛學今則人人談之，瀰漫滔天，其害無涯。舊嘗問學佛者傳燈録幾人，云千七百人。某曰敢道此千七百人，無一人達者。果有一人見得聖人朝聞道夕死可矣，與曾子易簀之理，臨死須尋一尺布帛裹頭而死，必不肯削髮胡〔二〕服而終。是誠無一人達者。禪者曰此迹也，何不論其心？曰心迹一也，豈有迹非而心是者？正如兩脚方行，指其心曰『我本不欲行，他兩脚自行』，豈有此理？蓋上下本末内外都是一理也，方是道。莊子曰『遊方之内』，『遊方之外』者，方何嘗有内外，如此則是道有隔斷，内面是一處，外面又别是一處，豈有此理？學禪者曰『草木鳥獸之生，亦皆是幻』。曰『子以爲生息于春夏，及至秋冬便却變壞，便是爲幻，故亦以人生爲幻，何不付與他？物生死成壞，自有此理，何者爲幻』？」

釋氏言成住壞空，便是不知道。只有成壞，無住空。且如草木初生既成，生盡便枯壞也。他以謂如木之生，生長既足，却自住，然後却漸漸毁壞。天下之物，無有住者。嬰兒一生，長一日，便是減一日，何嘗得住？然而氣體日漸長大，長底自長，減底自減，自不相干也。

〔二〕「胡」字原缺，據河南程氏遺書補。

問釋氏理障之説。曰：「釋氏有此説，謂既明此理，而又執持是理，故爲障。此錯看了理字也。天下只有一個理。既明此理，夫復何障？若以理爲障，則是已與理爲二。」

學佛者多要忘是非，是非安可忘得？自有許多道理，何事忘爲？夫事外無心，心外無事。世人只被爲物所役，便覺苦事多。若物各付物，便役物也。世人只爲一齊在那昏惑迷暗海中，拘滯執泥坑裏，便事事轉動不得，没着身處。

問：「某嘗讀華嚴經，第一真空絶相觀，第二事理無礙觀，第三事事無礙觀。譬如鏡燈之類，包含萬象，無有窮盡。此理如何？」曰：「只爲釋氏要周遍。一言以蔽之，不過曰萬理歸于一理也。」又問：「未知所以破他處？」曰：「亦未得道他不是。百家諸子，個個談仁説義，只爲他歸宿處不是，只是個自私，爲輪迴生死。却又善遁，纔窮着他，便道我不是爲這個。到了寫在册子上，怎生遁得？且指他淺近處，只燒一文香，便道我有無窮福利。懷了這個心，怎生事神明？」

聖人之言依本分，至大至妙事，語之若尋常，此所以味長。釋氏之説，纔見些，便驚天動地，言語走作，却是味短。只爲乍見，不是聖人見慣。

釋氏于死生之際，不動者有二：有英明不以爲事者，亦有昏愚爲人所誤，以前路自有去處者。

釋氏之學，不可道他不知，然總是自私自利規模。何以言之？天地之間有生便有死，有樂便有哀。釋氏所在便須覓一個纖〔一〕奸打訛處。言免生死，齊煩惱，卒歸于自私。老氏之學，便挾些權詐。若言與之乃意在取之，張之乃意在翕之。又大意在愚其民而自智。然則秦之愚黔首，其術蓋亦出于此。

禪家出世之説，如閉目不見鼻，然鼻自在。

學者之流，必談禪者，只爲無處撈摸，故須入此。

今之學禪者，平居高談性命，至于世事，往往直有都不曉者，此只是實無所得也。

問：「惡物外如何？」曰：「是不知道者也。物安可惡！釋氏之學便如此。釋氏要屏事，不問這事是合有耶？合無耶？若是合有，又安可屏？若是合無，自然無了，更屏甚麽？彼方外者，苟且務静，乃遠迹山林之間，蓋非明理者也。世方以爲高，惑矣！」

〔一〕「纖」疑當作「纖」。中華書局本二程集卷十五作「纖」，注謂「一作綴」。後世引程子此語或作「閃奸」。

凡物之散，其氣遂盡，無復歸本原之理。天地之化，自然生生不窮，更何資既反之氣以爲造化哉！况既返之氣已散，豈有復在天地之間，造化又焉用此既散之氣！其造化自有生氣。至于海水，潮因陽盛而涸，陰盛而生。亦不是將已涸之水來生，水自能生。往來屈伸者，只是理也。

閑道録卷之一終

閑道録卷之二

宣城沈壽民耕巖纂輯
孫　廷璐編次
後學　黃德鑄校梓

朱子文語摘

朱熹字元晦，世稱晦庵先生。婺源人。隨父韋齋公徙閩。宋。謚文。

朱子曰：「某年十五六時，亦嘗留心於佛。一日在劉病翁所會一僧，與之語。其僧只相應和了説，也不説是不是。却與劉説『某也理會得個昭昭靈靈底禪』。劉後説與某，某遂疑此心更有要妙處在，遂去扣問他。見他説得也煞好。又去赴試時，便用他意思去胡說。是時文字不似而今細密，由人粗說。試官爲某説動了，遂得舉。後赴同安任，時年二十四矣，始見李先生。與他說，李只說不是。却疑李先生理會此未得，再三質問。先生爲人簡重，却不甚會說，只教看聖賢言語。某遂將禪來權倚閣起，意中道禪亦自在，且將聖人書來讀。讀來讀去，一日復一日，覺得聖賢言語漸漸有味，却回頭看釋氏之說，漸漸破綻罅漏百出。」又曰：「某少時未有知，亦曾學禪。只李先生極言其不是。後來考竟，却是這邊長。才這邊長了一寸，那邊縮了一寸，到今消鑠無餘矣。」又曰：「初見延平，說得無限道理也。曾去學禪，李先生云：『公恁地懸空理會得許多道理，而面前事却理會不下。道亦無他玄妙，只在日用間着實做工夫處，便自見得。』某後來方曉得他說，故今日不至於無理會耳。」又曰：「某初師屏山籍溪，學於文定。又好佛老，以文定之學，爲論治道則可，而道未至。然於佛老，亦未有見。屏山少年能爲舉業，官莆田，接塔下一僧，能入定數日。後乃見了老，歸家讀誦儒書，以爲與佛合，故作聖傳論。後屏山先亡，籍溪在，某自見於此道未有所得，乃見延平。」云云。

釋氏只四十二張經〔一〕是古書，餘皆中國文士潤色成之。維摩經亦南北時作。道家之書，只老子、莊、列及丹經而已。丹經如參同契之類，然已非老氏之學。清浄、消災二經，皆模倣釋書而誤者。度人經、生神章，皆杜光庭譔。最鄙俚是北斗經。蘇子瞻作儲祥宫記，説後世道者只是方士之流，其説得之。

釋氏合下見得一個道理空虚不實，故要得超脱，盡去物累，方是無漏，爲佛地位。其他有惡趣者，皆是衆生餓鬼。只隨順有所修爲者，猶是菩薩地位，未能作佛也。若吾儒合下見得個道理便實，故首尾與之不合。

釋氏便不分善惡，只尊向他底便是好人，背他底便入地獄。以此則若是個殺人的，一尊向他便可升天矣。

或問：「浮屠氏既不足信，然世間人爲惡死，若無地獄治之，彼何所懲？」朱子曰：「且説堯、舜、三代之時，無浮屠，乃比屋可封。及其後有浮屠，而惡者滿天下。若爲惡者必待死而後治之，則生人立君又焉用！」

〔一〕原文如此，通常作四十二章經。

問：「佛家言刦數，如何？」朱子曰：「他亦説天地開闢，但理會不得。其書到末刦，人皆小，先爲火所燒成刦灰，又爲風所吹，又爲水所淹，水又成地，自生五穀，天上人自飛下來喫，復成世界。他不識陰陽，便恁地亂道。」

佛固西戎之美，蓋將以身化其國人，慈悲惻怛，淡泊無欲，布施捨身，粗衣蔬食。凡其動作語言，皆欲以止其國中之亂耳。彼見華夏之人，膠膠役役，日以事物嬰心，於是鼓其誕説，以解釋其迷惑。持作用是性之説，即以爲妙道之所存。持無所歸着之説，即求以超乎有無之表。世之高才明智，見其遺去物累，一歸於空，靡然從之。反謂西覺之妙，勝于吾儒。不知聖人之教，每因人之性而不拂焉。故父子有親，君臣有義，夫婦有別，長幼有序，朋友有信，是皆不可須臾離者。今其言曰「必棄而君臣，去而父子，禁而夫婦，而求所謂清浄寂滅者」[一]，其徒桀黠者又從而廣之曰「但願空諸所有，不願實諸所無」。吁！此非所謂號空不踐實歟？

近世學者，溺于佛學，以聖賢之言爲卑近，而不滿于其意。顧天理民彝，有不容殄滅

[一] 韓愈原道文，略有不同。

者，則又不敢盡叛吾説以歸于彼。兩者交戰于胸中，而不知所定。于是因其近似之言，以附會而説合之。凡吾教之以物言者，則挽而附之于己。以身言者，則引而納之于心。苟以幸其不異于彼，而便于出入兩是之私。至于聖賢之本意，則雖知其不然，而有所不顧也。蓋其心自以吾之所見，已高于聖賢，可以咄嗟指顧而左右之矣。又况推而高之，鑿而深之，使其精神氣象，有加于前，則吾又爲有功于聖賢，何不可者。而不自知其所謂高且深者，是乃所以卑且陋也。此近世雜學之士心術隱微之大病，不但講説異同之間而已。

道家之學，出于老子。其所謂三清，蓋倣釋氏三身爲之耳。佛氏所謂三身，法身者，釋迦之本性也；報身者，釋迦之德業也；肉身者，釋迦之真身也。今之宗其教者，遂分爲三像而駢列，則既失其指矣。而道家之徒，欲倣其所爲，遂尊老子爲三清：原始天尊、太上道君〔一〕、太上老君，而昊天上帝反坐其下。悖戾僭逆，莫此爲甚。且玉清元始天尊既非老子之法身，太上道君又非老子之報身，設有二像，又非與老子爲一，而老子又自爲三清太上老君，蓋倣釋氏之失而又失之也。况莊子明言老聃之死，則聃亦人鬼耳，豈可僭居

〔一〕「道君」二字原缺，據朱子語類卷一二五補。

可也。

昊天上帝之上哉？老子之學，盡當毀廢。假使不能盡去，則老氏之學但當自祀其老子、關尹、莊子、列子之徒，而天地百神自當領于天子之祠官，而不當使道家預之，庶乎其可也。

莊周、列禦寇本楊朱之學，故其書多引其語。莊子説「子之于親也，命也，不可解于心」。臣之于君，則曰「義也，無所逃于天地之間」。是他看得君臣之義，却似是不得不奈何，須着自服他，更無一個自然相胥爲一體處。故孟子以爲無君，此類是也。

唐憲宗晚好神仙，詔天下求方士。李道古薦山人柳泌能合長生藥。詔泌居興唐觀煉藥。上服金丹，多躁怒，暴崩。初，上與宰相語及神仙，李藩對曰：「秦始皇、漢武帝學仙之效，俱載前書。太宗服天竺僧長年藥致疾，此古今之明戒也。陛下春秋鼎盛，當勵志太平，宜拒絶方士之説。苟道盛德充，人安國理，何憂無堯、舜之壽乎？」後武宗、宣宗輩，亦皆以餌金丹而暴崩。史記氣久必散，人説神仙，一代説一項。漢世説安期生，其後不復説。唐以來説鍾、呂，今又不復説。看來他亦只是養得十分分外壽考，終又不能不散。

「歸根」本老氏語，畢竟無歸，這個何曾動！此性只是天地之性，當初不是自彼來入此，亦不是自往而復歸，如月影在這盆水裏，除了盆水，這影便無了。豈是這月影又飛在天上去歸那月裏？又如這花，落便無這花，豈歸那裏去，又復生枝上哉？

人死終歸于散，散亦未便散盡，故祭祀有感格之理。然已散者不可復聚。釋氏却謂人死者鬼，鬼復爲人。如此則天地間常只是許多氣來來去去，更不由造化生生。必無是理也。

問：「禮記言魂氣歸于天，與張子形潰反原之説如何？」朱子曰：「魂氣歸于天，是消散了。正如烟火騰上，有散而已。」

論理大概是如此。然亦有死而未遽散者，亦有冤恨而未散者，然亦不皆如此。死則氣散，泯然無迹，是其常也。有託生者，是偶然聚得。又去凑着生氣，亦能再生。然非其常也。問：「人死爲禽獸，恐無此理。人嘗見永春人家生子，身有猪毛皮者，何也？」曰：「此不足怪。向見藉溪借事，一兵胸前有猪毛，睡作猪鳴，只是禀得猪氣耳。」

張九韶曰：按朱子此語，尤可證輪迴之説。蓋所呼之氣既出，而所吸之氣即生。非所謂吸之氣即所呼之氣也。造化之理，生生不窮。明乎此，則輪迴之説不足辯矣。

佛初入中國，只説修行，未有許多禪底話説。天下只是這道理，終是走不得。如佛、老雖是滅人倫，然自是逃不得。如無父子，他却拜其師爲父，以弟子爲子，長者爲師兄，少者爲師弟。但他只護個假的，聖賢便存得真的。

老氏之學，只是自家占得十分穩便，方纔做。纔有一毫于己不便，便不肯做。

楊、墨之道，不見于後世。説者皆曰孟子之功也。而韓愈論秦人之禍，與後世不見經書之全，皆以禍起楊、墨。謂孟子之功，能存什一於千百，固不能使之息滅也。竊謂楊子之學，後爲老子；墨氏之學，本之晏嬰。申、韓慘刻，説者緣之老子，凡非毁聖人而譏薄禮教，嬰之書則然。秦之尊君抑臣、嚴刑峻法，豈爲我之靡。其非古是今，坑燔儒書，豈兼爱激之也哉？释氏後入，言最宏闊。其罪福報應之語，既足以鼓惑愚鄙之人，而其見心明性，超出器形之論，又足以陷溺高明之士。其徒坐食冗費，既足以耗蠹海内，而斯民之和聲附影，忘本背親，又足以幻亂風俗。比楊、墨之禍，不啻數十百倍。晉、宋、魏、陳以來，爲論排之者，雖未嘗絶，其究心竭力，終其身而不之置，獨愈一人而已。愈之用心，懇惻深切，固見之與孟簡一書，而其精微詳備，兼著本末，則于原道、文暢序見之。

佛骨一表，忠諒有餘，其猶未見于詳乎！憲宗時館方士，劑藥物以祈長生。愈以古今人主享國短長、享年壽夭告之，宜其讀不終篇，深惡而震怒也。釋氏之禍，雖不以愈而息，然天下知其非是而著論者，自愈之後益衆。史氏謂功齊孟子，而其力倍之，詎不信然！

問：「佛、老與楊、墨之學如何？」朱子曰：「楊、墨之說，猶未足以動人。墨氏謂愛無差等，欲人人皆如至親，此自難從，故人亦未信。楊氏一向爲我，超然遠舉，視營于利祿者，皆不足道。此其爲說雖甚高，然亦難學，未必盡從之。楊子即老子弟子。人言孟子不闢老氏，不知闢楊、墨則老、莊在其中。後世佛氏之學，亦出于楊氏。其初如不愛身以濟衆生之說，雖近墨氏，然此說淺近，未是他深處。後因達磨來初見梁武帝，武帝不曉其說，只從事于因果，遂去面壁九年。只說人心至善，即此便是，不用辛苦修行。又有取老、莊之說，從而附益之。所以其說精妙，然只是不是耳。」

道之不明，異端之害也。昔之害近而易知，今之害深而難辯。昔之惑人也乘其迷暗，今之入人也因其高明。自謂之窮神知化，而不足以開物成務。言爲無不週遍，實則外于倫理，窮深極微，而不可與入堯、舜之道。天下之學，非淺陋固滯，則必入于此。自道之不明也，邪誕妖異之説競起，塗生民之耳目，溺天下于污濁。雖有高才明智，膠於見聞，醉生夢死不自覺也。是皆正路之蓁蕪，聖門之閉塞，闢之而後可入道。此條誤簡

「釋氏之空，與老氏之無，同否？」朱子曰：「老氏依舊有，如所謂無欲觀其妙，有欲觀其徼是也。若釋氏則以天地爲幻妄，以四大爲假合，則是全無也。老氏欲保全長生不死，釋氏又却不以身爲事，自謂別有一物，不生不滅。歐陽公嘗言：『老氏貪生，釋氏畏死。』其説亦好。氣聚則生，氣散則死，順之而已。釋氏則皆悖之者也。」或謂佛與老、莊不同處。曰：「老、莊絶滅倫理未盡，至佛則人倫滅盡，禪則義理滅盡。」

莊子云：「爲善無近名，爲惡無近刑，緣督以爲經。」「督」，舊訓爲中。老、莊之學，不論義理當否，但欲依阿于其間，少爲全身退避之計。故其意謂爲善而近名者，爲善之過也。爲惡而近刑者，爲惡之過也。惟能不大爲善，不大爲惡，但循中以爲常，則可以全身而盡年矣。然其爲善無近名者，語或近是而實則不然。蓋聖賢但教人以力於爲善之實，初不欲人求名，而亦不教人以逃名也。若畏名之累己而不敢盡其爲善之力，則其心亦已不公而入于惡矣。至于無近刑則尤悖理。夫君子惡惡如惡惡臭，非有所畏而不爲也。今乃欲不

至于犯刑者而竊爲之，至于刑禍之所在，巧其途以避之而不敢犯。此其計私而犯理又甚焉。欲以其依違苟且之間，爲中之所在而循之，其無忌憚亦甚矣。

梁武帝奉佛尤篤，詔以宗廟用犧牲有累冥道，皆以麪爲之，文錦不得織人獸形。幸同泰寺，設四部無遮大會，釋御服，持僧衣，行清凈大捨，素床瓦器，親講涅槃經。群臣以錢一億萬奉贖，表請還宮，三請乃許。朱子曰：「胡氏云：『佛行有五要，捨其一也。梁帝爲帝王，享天位，内蓄姬妾，外列官師。富貴之崇，子孫之衆，宮室城池守衛之密，猶以爲未足。又命將出兵争奪于外，惟恐失之，安在其能捨乎！不惟君子非之，爲佛之道，如達磨者亦不取也。』」或曰：「然則達磨之言，不亦可取歟？」曰：「爲佛之道者，淺深精粗，雖所得不同，要其極致，歸于殄滅倫理。儒者不可不棄而絶之也。」

李後主當宋師攻池州、圍金陵時，令僧族兵士皆念觀世音，皆得解脱諸苦戰，冀其能退王師，以延唐祚。不思保國之道在修政安民，儲糧練兵，以觀時勢。及宋太祖既應天順人以大一統，不能納款稱藩以保國土，血食宗廟，乃欲佞佛以爲保全之計。正齊景公所謂既不能令，又不受命，是絶物耳。其愚暗無知，最出人下。哀哉！

老氏説無，終不奈這道理有何。釋氏説空，終不奈這道理實何。所以終歸于邪遁也。釋氏地水風火之説，粗言之，地便是體，水便是魄，火風便是魂。他也見這魂魄模樣。佛有髮，僧毁形；佛有妻子，而僧絶其類。又老、釋出家出世遊方外之説，只爲他棄父母妻子。以此爲出家，少不得自立家業。自謂出世遊方外，又少不得在四方之内。自謂要虚要無，然宫室衣服飲食接人與物，又不能不實不有。愚不知都成甚麽話説，也有人信他。惜哉！

或問：「子言釋氏之術原于莊子承蜩削鐻之論，其有稽乎？」朱子曰：「何獨此哉？凡彼言之精者皆竊取莊、列之説以爲之。宋景文公于唐書李蔚等傳既言之矣。蓋佛之所生，去中國絶遠。其書來者，文字音讀，皆累數譯而後通。而其所謂禪者，則又出于口耳之傳，而無文字之可據。以故人人得竄其説以附益之，而不復有所考驗。今其所以或可見者，獨賴其割裂裝綴之迹，猶有隱然于文字之間，而不可掩者耳。蓋凡佛之書，其始來者，如四十二章、遺教、法華、金剛、光明之類。其所言者，不過清虚緣業之論，神通變現之術而已。及其中間，爲其學者如惠遠、僧肇之流，乃始稍竊莊、列之言以相之。然尚未敢正以爲出于佛之口也。及其久而恥于假僭，則遂顯然簒取其意而文以浮屠之言。如榜〔一〕嚴所謂自聞，即莊子之意。而員覺所謂四大各離，今者妄身，當在何處，即列子所謂精神入其門，骨骸反其根，我尚何存者也。凡若此類，不可勝舉。然其說皆萃于書首。其玄妙〔二〕無以繼之，然后佛之本真乃見。如結壇、誦咒、二十五輪之類，以至于大力金剛、吉盤茶鬼之屬，則其粗鄙俗惡之狀，較之首章重玄極妙之指，蓋水火之不相入矣。至于禪者之言，則其始也蓋亦出于晉、宋清談之餘習，而稍務反求靜養以默證之。或能頗出神怪以衒流俗而已。如一葉五花之讖，隻履西歸之說，雖未必實有其事，然亦可見當時所尚者，止于如此也。其後傳之既久，聰明才智之士，或頗出于其間，而自覺其陋，于是更出己意，益求前人之所不及者以陰佐之，而盡諱其怪幻鄙俚之談。于是其說一旦超然真若出乎道德性命之上，而惑之者遂以爲果非堯、舜、周、孔之所能及矣。然其虛夸詭譎之情，險巧儇浮之態，展轉相高，日以益甚，則又反不若其初清虛靜默之說，猶爲彼善于此也。以是觀

〔一〕「榜」字當作「楞」。
〔二〕「玄妙」二字原缺，據朱子全書本晦庵先生朱文公集卷八補。

之，則凡釋氏之本末真僞可知。而其所竊，豈獨承蜩削鐻之一言而已哉！且又有一焉。夫佛書本皆胡[一]語，譯而通之，則或以數字爲中國之一字，或以一字而爲中國之數字。而今其所謂偈者，句齊字偶，了無餘欠。至于所謂二十八祖傳法之所爲者，則又頗協中國音韻。或用唐詩聲律，自其徒之稍黠如惠洪輩者，則已能知其謬而强爲説以文之。顧服衣冠、通今古，號爲士大夫如楊大年、蘇子由者，反不悟而筆之于書也。嗚呼！以是推之，則亦不必問其理之是非，而其增加之僞，迹狀明白，益無所逃矣。宋公之論，信而有徵，世之惑者，其亦可以稍悟也哉！」釋氏論下

宇宙之間，一理而已。天得之而爲天，地得之而爲地。而凡生于天地之間者，又各得之以爲性。其張之爲三綱，其紀之爲五常。蓋皆此理之流行，無所適而不在。若其消息盈虚，循環不已，則自未始有物之前，以至人消物盡之後，終則復始，始復有終，又未嘗有頃刻之或停也。儒者于此，既有以得于心之本然矣，則其内外精粗，自不容有纖毫之間。而其所以修己治人，垂世立教者，亦不容有纖毫造作輕重之私焉。是以因其自然之理，而

〔一〕「胡」字原缺，據晦庵先生朱文公别集補。

成自然之功，則有以參天地，贊化育，而幽明巨細，無一物之遺也。若夫釋氏，則自其因地之初，而與此理已背馳矣。乃欲其所見之不差，所行之不繆，則豈可得哉！蓋其所以爲學之本心，正爲惡此理之充塞無間，而使己不得一席無理之地以自安；厭此理之流行不息，而使己不得一息無理之時以自肆也。是以叛君親，棄妻子，入山林，捐軀命，以求其所謂空無寂滅之地而逃焉。其量亦已隘，而其勢亦已逆矣。然以其立心之堅苦，用力之精專，亦有以大過人者。故能卒如所欲而實有見焉。但以其言行求之，雖自以爲極玄極妙，有不可以思慮言語到者，而于吾之所謂窮天地、亘古今、本然不可易之實理，則反瞢然其一無所睹也。雖自以爲直指人心，而實不識心；雖自以爲見性成佛，而實不識性。是以殄滅彝倫，墮于禽獸之域，而猶不自知其有罪。蓋其實見之差，有以陷之，非其心之不然，而故欲爲是以惑世而罔人也。至其爲説之窮，然後乃有不舍一法之論，則似始有爲是遁詞以蓋前失之意。然亦其秉彝之善，有終不可得而殄滅者。是以剪伐之餘，而猶有此之僅存。又以牽于實見之差，是以有其意而無其理，能言之而卒不能有以踐其言也。凡釋氏之所以爲釋氏者，始終本末，不過如此。蓋亦無足言矣。然以其有空寂之説，而不累于物欲也，則世之所謂賢者好之矣。以其有玄妙之説，而不滯于形器也，則世之所謂智者悦之矣。以其有生死輪迴之説，而自謂可以不淪于罪苦也，則天下之傭奴、爨婢、黥髡、盗賊亦匍匐而歸之矣。此其爲説所以張皇輝赫，震耀千古，而爲吾徒者，方且蠢焉鞠躬屏氣，爲之奔走服役之不暇也。幸而有一間世之傑，乃能不爲之屈，而有聲罪致討之心焉，然又不能究其實見之差，而詆以爲幻見空説，不能正之以天理全體之大，而偏引交通生育之一説以爲主，則既不得其要領矣，其于吾徒，又未嘗教之以内修自治之實，而徒驕之以中華列聖之可以爲重，則吾恐其不惟無以坐收摧陷廓清之功，或乃往遺之禽，而反爲吾黨之詬也。嗚呼痛哉！讀大紀

裒集程門諸公行事，頃年亦嘗爲之而未就，今邵武印本、所謂淵源録者是也。當時編集未成而爲後生傳出，致此流布，心甚恨之，不知曾見之否？然此等工夫，亦未須作。比來深考程先生之言，其門人恐未有承當得此衣鉢者。此事儘須商量，未易以朝耕而暮獲也。心不得閒，亦是大病，此乃平時記憶討論慣却心路。古人所以深戒玩物喪志，政爲此也。此後且當盡心一意根本之學，此意甚善。今人陷于所長，決不能發此聽

信心也。佛學之與吾儒，雖有略相似處，然正所謂貌同心異，似是而非者，不可不審。明道先生所謂句句同事事合然而不同者，真是有味。非是見得親切，如何敢如此判斷耶？聖門所謂聞道，聞只是見聞現索而得之之謂，道只是君臣父子日用當行當然之理，非有玄妙奇特不可測知如釋氏所云豁然大悟，通身汗出之説也。如今更不可別求用力處，只是持敬以窮理而已。參前倚衡，今人多錯説了，故每流于釋氏之説。先聖言此，只是説言必忠信，行必篤敬，念念不忘，到處常若見此兩事，不離心目之間。如言見堯于羹，見堯于墻，豈是以我之心，還見我心別爲一物而在身外耶？無思無爲，是心體本然未感于物時事，有此本領，則感而遂通天下之故矣。恐亦非如所論之云云也。所云禪學悟入，乃是心思路絶天理盡見，此尤不然。心思之正，便是天理。流行運用，無非天理之發見，豈待心思路絶而後天理乃見耶？且所謂天理復是何物？仁義禮智，豈不是天理？君臣、父子、兄弟、夫婦、朋友，豈不是天理？若使釋氏果見天理，則亦何必如此悖亂殄滅，一切昏迷其本心而不自知耶？凡此皆近世淪陷邪説之大病，不謂明者亦未能免俗而有此言也。答吴斗南書竊觀來意，似以爲先有見處，乃能造夫平易。此則又近禪家之説，熹不能以無疑也。聖門之教，下學上達，自平易處講究討論，積慮潛心，優柔厭飫，久而漸有得焉，則日見其高深遠大而不可窮矣。夫道固有非言語臆度所及之處，然非顔、曾以上幾于化者不能與也。今日爲學用力之初，正當學問思辯而力行之，乃可變化氣質而入于道。顧乃先自禁切，不學不思以坐待其無故忽然而有見，無乃溺心于無用之地，玩歲愒日而不見其成功乎！就使僥倖于恍惚之間，亦與天理人心、叙秩命討之實，了無交涉。其所自謂有得者，適足爲自私自利之資而已，此則釋氏之禍横流稽天而不可遏者。是以有志之士爲之隱憂浩嘆而欲火其書也。答汪尚書書

聖門之學，下學而上達。至于窮神知化，亦不過德盛仁熟而自至耳。若如釋氏理須頓悟、不假漸修之云，則是上達而下學也，豈可與聖學同年而語哉？乃近世學者，每欲因其近似而説合之，無怪乎其爲説雖詳，用心雖苦，而卒不近也。答廖子晦書

或問：「佛者有觀心説，然乎？」曰：「夫心者，人之所以主乎身者也，一而不二者也，爲主而不爲客者也，命物而不命于物者也。故以心觀物，則物之理得。今復有物

以反觀乎心，則是此心之外，復有一心而能管乎此心也。然則所謂心者，爲一耶？爲二耶？爲主耶？爲客耶？爲命物者耶？爲命於物者耶？此亦不待較而審其言之謬矣。」或者曰：「若子之言，則聖賢所謂精一，所謂操存，所謂盡心知性、存心養性，所謂見其參于前而倚于衡者，果何謂哉？」曰：「此言之相似而不同，正苗莠朱紫之間，而學者之所當辯者也。夫謂人心之危者，人欲之萌也。道心之微者，天理之奥也。心則一也，以正不正而異其名耳。惟精惟一，則居其正而審其差者也。絀其異而反其同者也。能如是，則信執其中而無過不及之偏矣。非以道爲一心，人爲一心，而又有一心以精一之也。夫謂操而存者，非以彼操此而存之也。舍而亡者，非以彼舍此而亡之也。心而自操，則亡者存。舍而不操，則存者亡耳。然其操之也，亦曰不使旦晝之爲得以梏亡其仁義之良心云爾。非塊然兀坐以守其炯然不用之知覺，而謂之操存也。若盡心云者，則格物窮理，廓然貫通，而有以極夫心之所具之理也。存心云者，則敬以直内，義以方外，若前所謂精一操存之道也。故盡其心而可以知性知天，以其體之不蔽，而有以究夫理之自然也。存心而可以養性事天，以其體之不失，而有以順夫理之自然也。是豈以心盡心，以心存心，如兩物之相持而不相舍哉？若參前倚衡之云者，則爲忠信篤敬而發也。蓋曰忠信篤敬，不忘乎心，則無所適而不見其在是云爾。亦非有以見夫心之謂也。且身在此而心參于前，身在輿而心倚于衡，是果何理也耶？大抵聖人之學，本心以窮理，而順理以應物，如身使臂，如臂使指。其道夷而通，其居廣而安，其理實而行自然。釋氏之學，以心求心，以心使心，如口齕口，如目視目。其機危而迫，其途險而塞，其理虛而其勢逆。蓋其言雖若有相似者，而其實之不同蓋如此也。然非審思明辯之君子，其亦孰能無惑于斯耶？」觀心説

飄飄學僊侶，遺世在雲間。盜啓玄命秘，竊當生死關。金鼎蟠龍虎，三年養神丹。刀圭一入口，白日生羽翰。我欲往從之，脱屣諒非難。但恐逆天理，偷生詎能安！其一 西方論緣業，卑卑喻群愚。流傳世代久，梯接凌空虛。顧瞻指心性，名言超有無。捷徑一以開，靡然世爭趨。號空不踐實，躓彼荆榛塗。誰哉繼三聖，爲我焚其書。感興二十首之二

閑道録卷之二終

閑道録卷之三

宣城沈壽民耕巖纂輯
孫　廷璐編次
後學胡啓淳校梓

論

曹植字子建，魏陳思王。

辨道論

世有方士，吾王悉所招致。甘陵有甘始，廬江有左慈，陽城有郄儉，善辟穀，悉號數百歲。所以集之魏國者，誠恐此人之徒，接奸宄〔二〕以欺衆，行妖惡以惑民。豈復欲觀神仙於瀛洲，求安期於邊海，釋金輅而顧雲輿，棄文驥而求飛龍哉！夫帝者位殊萬國，富有天下，威尊彰明，齊光日月。宮殿闕庭，焜耀紫微，何顧乎王母之宮，崑崙之域哉！夫三鳥被致，不如百官之美也。素女嫦娥，不若椒房之麗也。雲衣羽裳，不若黼黻之飾也。駕螭載蜺，不若乘輿之盛也。瓊蕊瑶華，不若玉圭之潔也。而顧爲匹夫所罔，納虛妄之辭，信眩惑之説，隆禮以招弗臣，傾産以供虛求，散王爵以榮之，清閒舘以居之。經年累稔，終無一驗。雖復誅其身，滅其族，紛然足以爲天下一笑矣。若夫玄黄所以娱目，鏗鏘所以聳耳，媛妃所以紹先，芻豢所以悦口也。何以者〔三〕無味之味，聽無聲之樂，觀無彩之色，而後稱快哉！

〔二〕「奸宄」二字汗漫，據四部叢刊初編本曹子建集卷十補。
〔三〕「者」，當作「甘」字。

李翱字習之。隴西人。唐山東南道節度使。

去佛齋論并序

故温縣令楊垂爲京兆府參軍時，奉叔父司徒命撰集喪儀。其一篇云：「七七齋，以其日送卒者衣服於佛寺，以申追福。」翱以楊氏喪儀，其他皆有所出，多可行者，獨此一事傷禮，故論而去之，將存其條云。

佛法之流於中國也，六百餘年矣。始於漢，浸淫於魏、晉、宋之間，而瀾漫於梁蕭氏，遵奉之以及於兹。蓋後漢氏無辨而排之者，遂使戎狄之術行於中華。故吉凶之禮謬亂，其不盡爲戎禮也無幾矣。且楊氏之述喪儀，豈不以禮法遷壞，衣冠士大夫與庶人委巷無別，爲是而欲糾之以禮者耶？是宜合於禮者存諸，悠於禮者辨而去之，安得專己心而言也。苟懼時俗之怒己耶，則楊氏之儀，據於古而拂於俗者多矣。置而弗言，則猶可也。既論之而書以爲儀，捨聖人之道，則禍流於將來也無窮矣。佛法之所言者，列禦寇、莊周言所詳矣，其餘則皆戎狄之道也。使佛生於中國，則其爲作也必異於是。况驅中國之人舉行其術也？君臣、父子、兄弟、朋友，存有所養，死有所歸，生物有道，費之有節，自伏羲至於仲尼，雖百代聖人不能革也。故可使天下舉而行之無弊者，此聖人之道。所謂君臣、父子、夫婦、兄弟、朋友，而養之以道德仁義之謂也，患力不足而已。向使天下之人力足，盡修身毒國之術，六七十歲之後，雖享百年者亦盡矣。天行乎上，地載乎下，其所以生育於其間者，畜獸、禽鳥、魚鼈、蛇龍之類而止爾，况必不可使舉而行之者耶？夫不可使天下舉而行之，則非聖人之道也。故其徒也，不蠶而衣裳具，弗耨而飲食充，安居不作，役物以養己者，至於幾千百萬人。推是而凍餒者幾何人可知矣。於是築樓殿宮閣以事之，飾土木銅鐵以形之，髡良人男女以居之。雖璇室象廊，傾宮鹿臺，章華阿房弗加也。是豈不出於百姓之財力歟？昔者禹之治水害也，三過其門而不入，手胼足胝，鑿九河，疏濟洛，導汝漢，決進江而入於海。人之弗爲蛟龍食也，禹實使然。德爲聖人，功攘大禍，立爲天子，而傳曰：「菲飲食，惡衣服，卑宮室，土階高三尺。」其異於彼也如是，此昭昭然其大者也。詳而言之，其可窮乎？故惑之者溺於其教，而排之者不知其心。雖辨而當，不能使其徒無譁而勸來者。故使其術若彼其熾也，有位者信吾說而誘之，其君子可以理服，其小人可以令禁，其俗之化也弗難矣。然則不知其心，無害其爲君子。而溺於其教者，以戎狄之風，而變乎諸夏，禍之大者也，其不爲戎也幸矣。昔者司士賁告於子游曰：「請襲於牀。」子游曰：「諾。」縣子聞之，曰：「汰哉！叔氏專以禮許人！」人之襲於牀，失禮之細者也，猶不可。况舉身毒之術，亂聖人之禮，而欲以傳於後乎！

歐陽修字永叔。永豐人。宋參知政事，太子少師。謚文忠。

本論録上一篇

佛法爲中國患千餘載，世之卓然不惑而有力者，莫不欲去之。已嘗去矣，而復大集。攻之未破而愈堅，撲之未滅而愈熾，遂至於無可奈何。是果不可去邪？蓋亦未知其方也。夫醫者之於疾也，必推其病之所自來，而治其受病之處。病之中人，乘乎氣虚而入焉，則善醫者不攻其疾而務養其氣。氣實則病去，此自然之效也。故救天下之患者，亦必推其患之所自來，而治其受患之處。佛爲戎狄，去中國最遠，而有佛固已久矣。堯、舜、三代之際，王政修明，禮義之教充於天下。於此之時，雖有佛，無由而入。及三代衰，王政闕，禮義廢，後二百餘年而佛至乎中國。由是言之，佛所以爲吾患者，乘其闕廢之時。此其受患之本也。補其闕，修其廢，使王政修明而禮義充，則雖有佛，無所施於吾民矣，此亦自然之勢也。昔堯、舜、三代之爲政，設爲井田之法，籍天下之人，計其口而皆授之田。凡人之力能勝畊者，莫不有田而畊之。斂以什一，差其征賦，以督其不勤。使天下之人力，皆盡於南畝而不暇乎其他。然又懼其勞且怠，而入於邪僻也，於是爲制牲牢酒醴以養其體，弦匏俎豆以悦其耳目。於其不耕休力之時而教之以禮，故因其田獵而爲蒐狩之禮，因其嫁娶而爲婚姻之禮，因其死葬而爲喪祭之禮，因其飲食群聚而爲鄉射之禮。非徒以防其亂，又因而教之。使知卑尊長幼，凡人之大倫也。故凡養生送死之道，皆因其欲而爲之制，飾之物采而文焉，所以悦之，使其易趨也。順其情性而節焉，所以防之，使其不過也。然猶懼其未也，又爲立學以講明之。故上自天子之郊，下至鄉黨，莫不有學。擇民之聰明者而習焉，使相告語，而誘勸其愚惰。嗚呼！何其備也。蓋堯、舜、三代之爲政如此，其慮民之意甚精，治民之具甚備，防民之術甚周，誘民之道甚篤。行之以勤而被於物者洽，浸之以漸而入於人者深。故民之生也，不用力乎南畝則從事於禮樂之際，不在其家則在乎庠序之間。耳聞目見，無非仁義。樂而趣之，不知其倦。終身不見異物，又奚暇夫外慕哉！故曰雖有佛無由而入者，謂有此具也。及周之衰，秦并天下，盡去三代之法，而王道中絶。後之有天下者，不能勉强。其爲治之具不備，防民之漸不周，佛於此時乘間而出。千有餘歲之間，佛之來者日益衆，吾之所爲者日益壞。井田最先廢，而兼并游惰之姦起。其後所謂蒐狩、婚姻、喪祭、鄉射之禮，凡所以教民之具，相次而盡廢。然後民之姦者，有暇而爲他。其良者，泯然不見禮義之及已。夫姦民有餘力則思爲邪僻，良民不見禮義則莫知所趣。佛於此時乘其隙，方鼓其雄誕之説而牽之，又况王公大人往往倡而敺之，曰：「佛是真可歸依者。」然則吾民何疑而不歸焉？幸而有一不惑者，方艴然而怒曰：「佛何爲者？吾將操戈而逐之。」又曰：「吾將有説以排之。」夫千歲之患，徧於天下，豈一人一日之可爲？民之沈酣，入於骨髓，非口舌之可勝。然則將奈何？曰：「莫若修其本以勝之。」昔戰國之時，楊、墨交亂，孟子患之，而專言仁義。故仁義之説勝則楊、墨之學廢。漢之時，百家並興，董生患之，而退修孔氏。故孔氏之道明而百家息。此所謂修其本以勝之之效也。今八尺之夫，被甲荷戟，勇冠三軍，然而見佛則拜，聞佛之説則有畏慕之誠者，何也？彼誠壯佼，其中心茫然無所守而然也。一介之士，眇然柔懦，進趨畏怯，然而聞有道佛者，則義形於色，非徒不爲之屈，又欲驅而絶之者，何也？彼無他焉，學問明而禮義熟，中心有所守以勝之也。然則禮義者，勝佛之本也。今一介之士，知禮義者，尚能不爲之屈，使天下皆知禮義，則勝之矣。此自然之勢也。

司馬光字君實。夏縣人。宋尚書左僕射，贈太師，謚文正。

喪事不用浮屠論

世俗信浮屠誑誘，於始死，及七日、百日、期年、再期、除喪，飯僧設道場，或作水陸大會，寫經造像，修建塔廟，云爲死者滅彌天罪惡，必生天堂，受種種快樂。不爲者，必入地獄，剉燒舂磨，受無邊波吒之苦。殊不知人生含氣血，知癢痛，或剪爪剃髮，從而燒斫之，已不知苦。況於死者形神相離，形則入於黄壤，朽腐消滅，與木石等，神則飄若風火，不知何之。借使剉烧舂磨豈復知之？且浮屠所謂天堂地獄者，計亦勸善而懲惡也，苟不以至公行之，雖鬼可得而治乎？是以唐廬州刺史李舟與妹書曰：「天堂無則已，有則君子登。地獄無則已，有則小人入。」世人親死而禱浮屠，是不以其親爲君子而爲積惡有罪之小人也，何待其親之不厚哉！就使其親實積惡有罪，豈賂浮屠所能免乎？此則中智所共知，而舉世滔滔信奉之，何其易惑而難曉也？甚者至有傾家破産然後已。與其如此，曷若早賣田營墓而葬之乎？彼天堂地獄，若果有之，當與天地俱生。自佛法未入中國之前，人死而復生者，亦有之矣。何故無一人誤入地獄〔一〕，見閻羅等十王者耶？不學者固不足與言，讀書知古者，亦可以少悟矣。

鄭獬字毅夫。湖廣安陸人。宋神宗策士，焚香祝天，願得忠孝狀元。唱名，乃獬。

禮法論

孔子作春秋，常事不書，變禮則書。明聖人之典禮，中國世守之，不可以有變也。甚矣！浮屠氏之變中國也。浮屠，戎禮也。古者建辟雍、立太學，以育賢士，天子時而幸之。射養三老五更，習大射，講六經，用以風動天下之風教。而今之浮屠之廟，蘿蔓天下，或給

〔一〕「地獄」二字原缺，據李之亮箋注司馬公集編年箋注補。巴蜀書社2008年版。

之土田屋廬以豢養其徒。天子又親臨之，致恭乎土木之偶。此則變吾之辟雍、太學之禮而爲夷〔一〕矣。古者宗廟有制，唐虞五廟，商周七廟，至漢乃有原廟，行幸郡國及陵園皆有廟。漢之於禮已侈矣。而今之祖宗神御〔二〕，或寓之浮屠之便室，虧損威德，非所以致肅恭尊事之意也。此則變吾之宗廟之禮而爲夷〔三〕矣。古者日蝕星變水旱之青〔四〕，則素服避正殿，減膳徹樂，責躬以答天戒。而今之有一災一異，或用浮屠之法，集其徒，螺鼓呶噪而禳之。此則變吾祈禳之禮而爲夷〔五〕矣。古者宮室之節，上公以九，侯伯以七，子男以五。惟天子有加焉，五門六寢，城高七雉，宮方千二百步。而今之浮屠之廟，包山林，跨阡陌，無有裁限，窮極鮮巧，窮民精髓，侈大過於天子之宮殿數十百倍。此則變吾宮室之禮而爲戎矣。古者爲之衣冠以莊其瞻視，以節其步趨，禁奇衺之服，不使眩俗。而今之浮屠，髠首〔六〕不冠，其衣詭異，方袍

〔一〕「爲夷」二字原缺，據文淵閣四庫全書本鄖溪集卷十六補。
〔二〕「御」字模糊，據文淵閣四庫全書本鄖溪集補。
〔三〕「爲夷」二字原缺，據文淵閣四庫全書本鄖溪集補。
〔四〕「青」當作「眚」，據文淵閣四庫全書本鄖溪集改。
〔五〕「爲夷」二字原缺，據文淵閣四庫全書本鄖溪集補。
〔六〕「髠首」二字原缺，據文淵閣四庫全書本鄖溪集補。

長裾，不襟不帶。此則變吾之衣冠之禮而爲夷〔一〕矣。自有天地則有夫婦，則有父子，則有君臣。男主外，女主内，父慈子孝。天子當扆，群臣北面而朝事之。而今浮屠，不婚不娶，棄父母之養，見君上未嘗致拜。此則變吾之夫婦、父子、君臣之禮而爲夷〔二〕矣。古者喪葬有紀，復奠祖薦虞祥之祭，皆爲之酒醴牢牲籩豆鼎簋享薦之具。而今之舉天下凡爲喪葬，一歸之浮屠氏。不飯其徒，不誦其書，舉天下訴笑之以爲不孝。狃習成俗，沉酣潰爛，透骨髓，入膏肓，不可曉告〔三〕。此則變吾之喪葬之禮而爲夷〔四〕矣。故自古聖人之典禮者，皆爲之淪陷，幾何其不盡歸之夷〔五〕乎？使孔子而在，記今之變禮者，將操簡濡筆擇書之不暇，而天下方恬然不爲之怪，朝廷未嘗爲之禁令，而端使之攻穿壞敗。今或有人扣弦而向邊者，則朝廷必擇師遣兵以防捍之。見一邊寇〔六〕一獠民，必擒捽之，束縛之，而加誅絶焉。彼之來，小不過利吾

〔一〕「爲夷」二字原缺，據文淵閣四庫全書本郎溪集補。
〔二〕「爲夷」二字原缺，據文淵閣四庫全書本郎溪集補。
〔三〕「告」字原缺，據文淵閣四庫全書本郎溪集補。
〔四〕「爲夷」二字原缺，據文淵閣四庫全書本郎溪集補。
〔五〕「夷」字原缺，據文淵閣四庫全書本郎溪集補。
〔六〕「邊寇」二字原缺，據文淵閣四庫全書本郎溪集補。

之囊篋囷窖牛羊，大不過利吾之城郭土地而已，而浮屠之徒滿天下，朝廷且未嘗擒捽束縛而加誅焉〔二〕，反從而尊事之。彼之所利，乃欲滅絶吾中國聖人之禮法，其爲禍豈不大於扣弦而向邊者耶？豈莊子所謂盗鉤金者誅，盗國者爲諸侯耶？夫勝火者，水也。勝夷狄者中國也〔三〕。中國所以勝者，以有典禮也。宜朝廷敕聰博辨學之士，删定禮樂，一斥去浮屠之戎，而明著吾聖人之制，布之天下。上自朝廷，下至士大夫，俾遵行之。禮行而中國勝矣。中國勝，則爲浮屠之説，又何從而變哉！

梁武帝論

方孝孺字希直。浙江寧海人。明翰林侍講。

疫癘之生，必自内不足者始。疫癘不能擇人也，内有不足則虚，虚則自疑。自疑其疾，疾有不至者乎？異端邪説者，道之疫癘也。其入人者，内虚無主者必先好之。飫於梁

〔二〕「加誅焉」三字原缺，據文淵閣四庫全書本鄖溪集補。
〔三〕「勝夷狄者中國也」原缺，據文淵閣四庫全書本鄖溪集補。

肉者，不求藜藿；身無罪戾者，不問赦宥，豈忽於味而薄於惠哉？足且無疑也。梁武帝以帝者之貴，區宇之富，驍雄英果之才，力足以奪取人之國家，勢足以制萬姓修短之命，及其志得功成，顧屈辱於佛。乘素車，食瓦器，服庶人之衣冠，而願爲其奴。其志獨奚求乎？蓋生於疑且悔也。恒人少壯時，挾勇往之氣，爲逆理異常之事，以爲當然而不怪。至於既老而所爲畢成，所志盡獲，其氣亦且衰矣。於是追計平生之所爲可愧可恨者，雜然心目之中，思可以自贖之術而一洒之。當此之時，有告以佛氏之説者，必將善而從之矣。武帝以詐力攘人之國，而弑其君，滅其子姓。其用兵略地，攻戰捍禦，無辜而死者以千萬計。春秋既高，静思而熟念之，孰非可悔者乎？悔甚而疑，疑而思釋之之道。觀佛氏之説，有觸於心，以爲惟此可以贖吾之罪。凡佛氏所禁者，皆不敢爲。佛氏所云利益於身者，皆不吝而爲之。卒至舍其身而不顧，而不知其終無補於危亡也。佛氏之大指，歸於誕妄。武帝之所務，又佛氏之所賤棄者，豈恒理也哉！王者之法有贖刑，惟殺人不可贖。使殺人而可贖，則殺人者愈多矣。天之常道，善惡各以類應。爲惡而知悔，少貸其罪則可矣。今其言謂雖窮凶極惡之人，能幡然自悔則可以成佛。是教人視爲惡爲無罪，而啓僥倖之門也。

其妄不亦甚乎！且有爲而爲善者爲利，無爲而爲善者爲義，以義存心者爲君子，以利存心者爲小人。利於免罪而爲善，其心已陷於小人。而梁武帝欲以此自釋，固已蔽於擇術矣。欲免於禍，得乎？使梁武帝稍明王道，知前之所爲不足以順天服人，則勉爲仁義，正家而正天下，子孫輯睦，小民親附，則可以爲善國矣。棄所當爲而惟異端之從，蔑倫悖教，無事之時，子弟已叛於下。身幽於盜賊，擁兵者環顧而不救，憤怒而相屠，不至身死國亡而不已。向之所爲，適以爲害，夫豈有利哉！古之聖人，不忍殺一不辜行一非義而取天下，所以正其始也；不敢舍仁義禮樂，而左道小數必屏絶之，所以善其終也。始以詐力，終以異端，此梁武帝所以亡也。

斥妄

君子之於衆人，其生與死同。惟生而有益於世，死而無愧於心者爲君子，其不能然者爲衆人，此其所由異也。使飲且食焉以養其生，而於世無補，雖有喬松之壽，猶無生也。不能奉天之道，盡人之性，自致其身於無過，雖談笑而亡，猶不得其死也。古君子所以汲汲若不及者，未嘗以生死入其心，惟修其可以無愧之道焉耳。天之全以賦我者，吾能全之而弗虧。推之俾明，養之俾成，擴而施之，澤於天下後世，於人之道無所愧。雖不幸而乖於天，迕於人，死於疾病患難，何害其爲君子哉！不能盡人之道，而欲善其死者，此異端之惑也。異端之徒，其立心行己，固已大畔於君子，視倫理之失，夷然以爲宜爾而不怪。其身雖生，其心之亡已久矣。而猶務乎不死，或尸居以求其所謂性命，或餌金石，服草木，而庶幾乎坐化而立亡。以預知其死爲神，以不困於疾病爲高。彼既以此夸眩於世，世之惑者又從而慕效之。不知其所云性命者果何道，而預知其不困者果何益耶？孔子曰「窮理盡性以至於命」，斯聖賢所以爲教而人所當爲者也。窮天下之理，而見之於躬行，盡乎三綱六紀，而達之於天道。堯、舜、禹、湯、周公、孔子之所傳，人之爲人，不過學此而已。生者知此而後可生，死者明此而後可死。入乎此則爲人，出乎此則爲夷狄〔二〕禽獸，不可毫髪去也。異端者果足以知此乎？其所云性命者，果不異於聖賢之所云乎？其去夷狄〔三〕禽獸果遠乎？皆不能然，而能緩

〔二〕「夷狄」二字原缺，據四部叢刊本遜志齊集卷六補。
〔三〕「夷狄」二字原缺，據四部叢刊本遜志齊集補。

死之求？審如其言，能閲千載而不死，與木石何異？曾何足以夸人而效之耶？况其生死，亦與恒人同。其不爲疾病所困，而預知其死之期，特寡慾清心使然耳，不足以爲異也。苟以隱几而死爲異，則植物皆立枯。苟以預知爲神，則鳥有知死而哀鳴者。此二物者，亦足異耶？故不能盡人道，雖不死而無益。盡人之道，雖不得其死，猶不死也。記禮者稱孔子將終，曳杖負手而歌。聖人之於生死，宜先知之。然不若是，不害其爲聖人也。聖賢之於道，不苟同於人。於迹，不苟異於俗。道欲其同則枉己，迹欲其異則駭世，皆非聖人所爲也。舍聖人不效，而惟異端怪術之師，幾何而不陷於夷狄〔一〕鳥獸耶？

啓惑

天地之生物，有變有常。儒者舉其常以示人，而不語其變。非不語其變也，恐人惟變之求而流於怪妄，則將棄其常而趨怪，故存之而不言。後世釋氏之徒出，意欲使天下信己，而愚舉世之人，於是棄事之常者不言，而惟取其怪變之説，附飾其故以警動衆庶。其

〔一〕「夷狄」二字原缺，據四部叢刊本遜志齊集補。

意以爲此理之秘傳者，人不及知而我始發之。遇一物之異常，輒張大而徵驗之。欲稽其故，則荒幻而無由。欲棄其説，則似是而可喜。凡民之愚者，皆信而尊之，奉其術過於儒者之道而不悟。此真可悲也！夫運行乎天地之間，而生萬物者，非二氣五行乎？二氣五行，精粗粹雜不同，而受之者亦異。自草木言之，草木之形不能無別也。自鳥獸言之，鳥獸之形不能無別也。自人言之，人之形不能無不相似也。非二氣五行有心於異而爲之，雖二氣五行，亦莫知其何爲而各異也。故人而具人之形者，常也。其或具人之形而不能以全，或雜物之形而異常可怪，此氣之變而然，所謂非常者也，非有他故而然也。今佛氏之言，以爲輪迴之事，見無目者，曰此其前世嘗得某罪而然耳。見鎛唇掀鼻者，俯膂直躬者，曰此其宿世有過而然耳。見其形或類於禽獸，則曰此其宿世爲鳥獸而然耳。不特言之，又爲之書。不特書之，又謂地下設爲官府以主之。詭證曲陳，若有可信而終不可詰。此怪妄之甚者也。天地亦大矣，其氣運亦無窮，道行其中亦無窮，物之生亦緜緜不息。今其言云然，是天地之資有限而其氣有盡，故必假既死之物以爲再生之根，尚烏足以爲天地哉？譬之炊黍，火然於下，氣騰於上，累晝夜而不息。非以已騰之氣復歸於甑，而爲始發之氣也。苟人與物之魂魄輪轉而不窮，則造物者不亦勞且煩乎？非特事決不然，亦理之必無者也。且生物者，天地也，其動静之機，惟天地能知之，雖二氣五行設於天地者不知之也。使佛氏者即天地則可，今其身亦與人無異，何以獨知而獨言之乎？多見其好怪而謬妄也。今有二人，其一人嘗遊萬里之外而談其所見，則人信之。苟其身亦與我俱處於此而肆意妄言，則喪心狂惑人耳，雖鄙夫小子，亦知其妄且誕。佛氏務爲無稽之論，正類乎此，而人皆溺而信之，豈皆不若鄙夫小子之知乎？何以迷而不知悟也？悲夫！

奉終

愛敬以養生，哀戚以送死，墓焉而葬，位焉而祭，皆本於禮而不敢忽者，先王教民之通法也。喪而用浮屠之術，葬而信葬師之説，資冥報於不可致詰之間，徼休咎於無情難驗之川阜，上以爲親謀，下以爲身利者，此古之所未聞也。後世閭夫野人，多趨信而甘心焉。親没於床，不於禮而於浮屠，不哭泣擗踊，而於鐘磬鐃鈸，非是之爲務，則人交笑以爲簡。時可葬矣，又泥於山川之利否而不即葬，或至於終身，或身死而委櫝於子孫，甚者子孫恐葬之禍其身，舉而棄諸水火。葬親以禮者，世反非之爲愚。嗚呼！是何其不察而至於此極乎！彼浮屠之所謂輪迴者，果可信耶？天之生人物者，二氣五行也。其運也無窮，其續也無端。先者過而後者來，未嘗相資以爲用者，二氣五行之常也。自草木而觀之，發榮於春，盛壯奮長，蔚乎而不可遏。及乎戒之以凛風，申之以霜露，昔之沃澤茂美，一旦飄而浮埃，化而爲污泥，蕩滅殫盡，無迹可窺矣。其發生於明年者，氣之始至者爲之也，豈復資既隕之餘榮乎？惟人也亦然。得氣而生，氣既盡而死，死則不復有知矣。苟有焚炙刲割，佚樂適意，身且不有而何以受之？形盡氣盡而魂升魄降，無所不盡，安能入人胸腹重生於世而謂之輪迴也哉？天地至神之氣，以其流行不窮，故久而常新，變而不同，使必資已死之人爲將生之本，則造化之道息矣。烏足爲天地？倘或有之，人固不知之也。浮屠亦人耳，何自而獨知之？彼以其茫昧不可揣索，故妄言以誣世。夫豈可信而事其教乎？孔子謂祭之以禮爲孝，則事異端之妄、棄聖典而不信者，其爲非禮也大矣，不孝孰加焉！而闇者顧安之而不以爲非，胡可哉！葬師之動人以禍福，而其説尤怪。人之昌隆盛熾者，其先必有厚德之遺；賤貧夭絶者，必有餘惡之著，山川何與焉？誕者則不然，聞有富貴之人於此，則歸福於其塋塚，曰此某形也，此某徵也，於葬之法宜爾也。聞有貧賤之人於此，則曰此葬之罪也，此於法宜至於斯也。信斯言也，則人之多財而力足者，皆相率而爲不善。及乎死也，求善地以葬其身，則可免子孫於禍，夫孰肯爲善乎？由大者而論之，繫乎盛衰者，莫大乎國都。殽、函、河、渭無異也，秦帝之亡，漢帝之昌，隋據之而促，唐據之而長，果在於善地乎？帝王之尊，家天下而役海内，使地善而可興，竭智以營陵廟，奚求而不致！而亡國敗主相屬，則果不在乎此也審矣。古之卜宅兆云者，以神道定民志耳，非視岡阜之向背逆順，臆度目斷，如世葬師之爲也。葬師祖晉郭璞書，其書苟可信，璞用之以葬其祖考，宜有奇驗不誣。而璞卒死於篡賊。其身不能福而謂能福乎人，其可信否耶？世之人多信之，不知自陷於不孝而莫之贖也。嗚呼！先王之禮，一失而流於野，再壞而化於夷〔一〕，暨其大壞而不可爲，忽乎入於禽獸而不之覺，寧不哀哉！天下之人，其小者化爲夷〔二〕，由夷〔三〕而往，吾不能知其所至矣。其心淫浸膠固，非空言所能革也。吾獨以告吾族人，親喪必以三年，三年之制必循禮，勿以浮屠從事。違

〔一〕「夷」字原缺，據四部叢刊本遜志齋集卷一補。
〔二〕「夷」字原缺，據四部叢刊本遜志齋集補。
〔三〕「夷」字原缺，據四部叢刊本遜志齋集補。

者生罰之，死不祀於先祠。葬卜吉凶，而勿泥葬師之説。期必以三月。三月不能至五月。五月不能止七月。過一歲者，如違喪禮之罰。必刻壙志墓銘。力不足者，刻其名姓并生卒年月，俾後有考。作方氏喪葬儀。

朱陸論摘

海瑞字汝賢，號剛峰。廣東瓊山人。明南京左都御史。

儒學禪宗，其判不啻千里，而要其初，只是毫忽。儒學敬守其心，中涵事物，有天下國家之用。禪宗廢棄百應，徒爲空虚寂滅之養。

汰異論

袁袠字永之。吴縣人。明。

昔孔子作春秋以攘夷狄〔一〕，孟氏談仁義以闢楊、墨，董生述周、孔以黜管、商，韓氏

〔一〕「夷狄」二字原缺，據文淵閣四庫全書本世緯補。

著原道以排佛、老，而佛、老之害爲尤甚。愈之言曰：「孟氏之功不在禹下。」然則愈之功豈孟氏下乎？世儒支離，溺口耳之學，昧教化之源，知佛、老之害，而甘心沉溺其中，以清净爲宗，以虛無爲本，以慈悲爲教，以寂滅爲歸。棄綱常，滅禮法，墮政事。舍堯、舜、周、孔之道而習西□裔戎之俗，裂冠裳弁冕之華，而徇緇素髡簪之陋；〔二〕敗五等之倫，廢四民之業，不蠶而衣，不畊而食，不誦讀而仕，不婚姻而配；傷教化，亂彝典，生人之蠹，未有虐於佛、老者也。世之言者，皆以佛、老與吾道並立爲三，以釋迦、老聃與周、孔並。噫！是何言歟！是何言歟！民之初生，希希夷夷，顓蒙渾噩，無思無爲。聖人者出，訓以彝倫，式以禮法，威以刑禁，申以命令，而後民知向方。羲、農、堯、舜之世，惡睹所謂釋、老者哉？而曰並立爲三，誣亦甚矣。老氏之學，昉於周末；佛氏之言，興乎東漢。周、孔之教衰，皇王之道息，而後異説售焉。氓之蚩蚩，不究其本，而倡爲三教之説。噫！斯言也，佛老之徒倡之也，仲尼之徒無道佛、老之事者。然則佛、老之教，可遂寢歟？曰：奚爲而不可？韓愈之言曰「人其人，火其書，廬其居」，斯寢之之術

〔二〕文淵閣四庫全書本世緯無「舍堯舜……而徇緇素髡簪之陋」句。

也。周、秦以來，惑老氏者，無如秦政、漢徹，惑佛氏者，無如梁衍。秦、梁以亡，漢以亂，斯亦足鑑矣。而庸君闇主，甘心爲之，覆轍相尋，亦可哀矣。高皇帝既定天下，欲遂滅佛、老之教。當時諸臣，無傅弈之深識，而襲蕭瑀之庸愚，因循苟簡，漸以滋蔓。周顛仙、張三丰、天眼尊者之徒，妖荒迂誕，怪亂不經。成化以來，繼曉、李孜省輩，恣爲幻惑，百無一驗，伎窮智屈，終膏斧鉞。文成五利，相繼誅戮，斯亦往事之明驗也。有王者作，焚其廬，火其書，人其人，習佛、老之教者必殺無赦，如此則異端汰而庶民興矣。

閑道録卷之三終

閑道録卷之四

宣城沈壽民耕巖纂輯
孫　廷璐編次
後學劉　燾校梓

書上

韓愈字退之。鄧州南陽人。唐吏部侍郎。謚曰文。

與孟尚書書

行官自南回，過吉州，得吾兄二十四日手書數番，忻悚兼至。未審入秋來眠食何似，伏惟萬福！來示云：有人傳愈近少信奉釋氏。此傳者之妄也。潮州時，有一老僧號大顛，頗聰明，識道理。遠地無可與語者，故自山召至州郭，留十數日。實能外形骸，以理自勝，不爲事物侵亂。與之語，雖不盡解，要自胸中無滯礙。以爲難得，因與來往。及祭神至海上，遂造其廬。及來袁州，留衣服爲别，乃人之情，非崇信其法，求福田利益也。孔子云：「丘之禱久矣。」凡君子行己立身，自有法度，聖賢事業，具在方策，可效可師。仰不愧天，俯不愧人，内不愧心。積善積惡，殃慶自各以其類至。何有去聖人之道，捨先王之法，而從夷狄之教，以求福利也？詩不云乎「豈弟君子，求福不回」。傳又曰：「不爲威惕，不爲利疚。」假如釋氏能與人爲禍祟，非守道君子之所懼也，况萬萬無此理。且彼佛者果何人哉？其行事類君子邪？小人邪？若君子也，必不妄加禍于守道之人；如小人也，其身已死，其鬼不靈。天地神祇，昭布森列，非可誣也，又肯令其鬼行胸臆作威福于其間哉？進退無所據而信奉之，亦且惑矣。且愈不助釋氏而排之者，其亦有説。孟子云：今天下不之楊則之墨，楊、墨交亂而聖賢之道不明，則三綱淪而九法斁，禮樂崩而夷狄横，幾何其不爲禽獸也！故曰：「能言拒楊、墨者，皆聖人之徒也。」楊子雲云：「古者楊、墨塞路，孟子辭而闢之，廓如也。」夫楊墨行、正道廢且將數百年，以至于秦，卒滅先王之法，燒除其經，坑殺學士，天下遂大亂。及秦滅漢興且百年，尚未知修明先王之道。其後始除挾書之律，稍求亡書，招學士。經雖少得，尚皆殘缺，十亡二三。故學士多老死，新者不見全經，不能盡知先王之事。各以所見爲守，分離乖隔，不合不公。二帝三王群聖人之道，于是大壞。後之學者無所尋逐，以至于今，泯泯也。其禍出于楊、墨肆行而莫之禁故也。孟子雖賢聖，不得位，空言無施，雖切何補？然賴其言，而今學者尚知宗孔氏，崇仁義，貴王賤霸而已。其大經大法，皆亡滅而不救，壞爛而不收，所謂存十一于千百，安在其能廓如也？然向無孟氏，則皆服左衽而言侏離矣。故愈嘗推尊孟氏，以爲功不在禹下者，爲此也。漢氏已來，群儒區區修補，百孔千瘡，隨亂隨失，其危如一髮引千鈞，綿綿延延，寖以微滅。于是時也，而唱釋、老于其間，鼓天下之衆而從之。嗚呼，其亦不仁甚矣！釋、老之害過于楊、墨，韓愈之賢不及孟子，孟子不能救之于未亡之前，而韓愈乃欲全之于已壞之後。嗚呼！其亦不量其力，且見其身之危，莫之救以死也。雖然，使其道由愈而粗傳，雖滅死萬萬無恨！天地鬼神，臨之在上，質之在傍，又安得因一挫折自毁其道，以從于邪也！籍、湜輩雖屢指教，不知果能不叛去否。辱吾兄眷厚，而不獲承命，惟增慙懼，死罪死罪。愈再拜。

李翺

與本使楊尚書請停修寺觀錢書

伏見修寺疏，閣下出錢十萬，令使院共出十萬，以造石門大雪寺佛殿。翺性本愚，聞道晚，竊不諭閣下以爲斂錢造寺必是耶，翺雖貧，願竭家財以助閣下成。如以爲未必是耶，閣下官尊望重，凡所舉措宜與後生爲法式，安可舉一事而不中聖賢之道，以爲無害于理耶？天下之人，以佛理證心者寡矣。惟土木銅鐵周于四海，殘害生人，爲逋逃之藪澤。閣下以爲如有周公、仲尼興，立一王制度，天下寺觀僧道，其將興之乎？其將廢之乎？若將興之，是符融、梁武皆爲仲尼、周公也。若將廢之，閣下又何患乎其尚寡，而復率其屬合力建置之也。院中判官，雖副知己之命，然利禄遠仕，亦不以貪也，豈無羈孤親友由未能力及賑之歟？何暇出錢以興有損無益之務。衆情不厭，但〔一〕奉閣下之命而爲耳。拳拳下情，深所未曉，伏惟

〔一〕「伹」，疑當作「但」。

憫其拙淺，不惜教誨。若閣下所爲竟是，翺亦安敢守初心以從而不爲也。若其所言有合于道，伏望不重改成之事，而輕爲後生之所議論。意盡辭直，無任戰越。

方孝孺

答劉子傳書

子傳教授侍史：別久獲書，甚嘉。第所以道譽僕者太過，三誦愧怍，不知所謂。今天下學者雖少，如僕者宜可以千百計，何足稱讓，而足下云爾哉！足下豈以衆人猥有所褒而然乎？抑以年少有志姑與之耶？苟襲衆人失笑之談，則自忖未見有下人者。苟謂年少可喜而然，則僕常以暴得時名太早爲懼，僕皆不敢承也。僕性恬淡不喜時名，于道德功烈之名且不敢居，况文章一藝耶！是以常閉門，不敢出與人交接。聞人相獎許，頭面爲之發熱，况形之于簡牘耶！然足下非見諛者，顧曲愛僕，不覺其不然耳。昔者楚大夫有愛玉者，見白石即以爲玉。非不識玉也，蔽于愛，故不自知其不可。足下取僕，得非楚大夫之玉之類也？且鳳之爲祥，自周至今三千餘年無繼者。至若前代所稱，皆指野鳥之罕見者，非真鳳也。其不易出如此，今足下乃以喻僕，僕何人而敢居之！然有一事，不敢不爲足下言之。僕有志于古人之道久矣，今之叛道者莫過于二氏，而釋氏尤甚。僕竊憤之，以爲儒者未能如孟、韓放言驅斥，使不敢横，亦當如古之善守國者，嚴于疆域斥堠，使敵不能攻刧可也。稍有所論述，愚僧見之輒大恨，若詈其父母，毁訕萬端，要之不足恤也。昔見皇甫湜言韓子論佛骨表，群僧切齒罵之矣。韓子名隆位顯，猶且如此，况僕何能免哉！士之行事，當上鑑千載之得失，下視來世之是非。苟可以利天下、裨教化，堅持而不撓，必達而後止。安可顧一時之毁譽耶？狥一時之毁譽者，此道之所由衰也。然攻異端如攻病，當追求其本。魁然鉅夫，非自耗其元氣，病何由入之！今病已深，善養生者當補元氣。元氣既完，病即易去耳。不然，雖日有鍼砭，我之元氣愈自損，何能愈耶！元氣者，斯道是也。自朱子殁，斯道大壞。彼見吾無人，是以滋肆。當今之世，非大賢豪傑不足振起之。苟無其力，雖有志何益耶？足下以宏博之學，有志于斯道，而居大郡，以興教化爲職。誠能使千里之内皆慕而不敢爲邪，他郡之人又轉而取法焉，居乎大位者，又從而取法焉，則斯道之盛可立待矣！

足下以爲何如？旅中謝客，人無可與談者。因書有足警發，略陳固陋。

答鄭仲辨書

去年王仲縉至蜀，承手帖，喻以近讀佛書自遣。心切疑之，以爲特戲言耳。及朝京師，于一初處見所往還書，援佛氏之説甚詳，向慕于彼者甚至，然後知足下之果入于佛也。夫儒者之道，内有父子、君臣、親親、長長之懿，外有詩、書、禮、樂、制度、文章之美，大而以之治天下，小而以之治一家，秩然而有其法，沛然其無待于外。近之于復性正心，廣之于格物窮理，以至于推道之原而至于命，循物之則而達諸天。其事要而不煩，其説實而不誣。君子由之，則至于聖賢。衆人學之，則至于君子。未有舍此他求而可以有得者也。足下學乎此也久矣，曷爲一旦棄素所學而溺于佛氏之云也？苟以佛氏人倫之懿爲可慕，則彼于君臣、父子、夫婦、長幼之節俱無焉，未見其爲足慕也。苟以其書之所載爲可喜，則彼之説必不過于吾堯、舜、禹、湯、文、武、周公、孔子之格言大訓，未見其爲可喜也。苟欲以之治心繕性，則必不若吾聖人之道之全。苟欲以之治家與國，則彼本自棄于人倫世故之表，未見其可用也。故世之好佛者，吾舉不知其心之所存。使棄儒崇佛，果能成佛，猶不免于惑妄畔教之罪。况學之者固逐逐焉以生，昏昏焉以死，未嘗有一人焉知其所謂道者邪！以足下之明智篤厚，不于吾道有得焉，而顧彼之趨，不亦異乎！足下習其説者，果出于誠心乎？抑亦姑以爲世俗好之，吾亦從而好之，以取庸衆之喜悦乎？由後則自欺不可也，由前則事其説必當從其教，必去夫婦、父子、兄弟之倫，必削髮披緇，必水飲草食而後可。不能如是，則是口其書而身違之。外好其説而心不誠，亦不可也。夫不習佛氏之説，于道固無所不足，習其説而不誠自欺，非惟得罪于吾之道，而反且得罪于佛，亦何所取而爲之也。近世從佛氏者甚衆，未有得福者。有一人焉，嘗識之，初頗好儒，既而著書佐佛氏斥儒。已卒死于禍。計其人慕佛氏冀福利，福不可冀，而禍及其躬，是未易曉也。得非不誠抑且自欺，故不蒙祐而獲罪于天耶？福禍之報，儒者所不論，特閔其欲徼福而反致禍，亦可爲不守正而妄求者之戒耳。計足下之卓于識而深于道，豈真若世俗徼福之徒之爲哉！蓋世之儒者，當年壯氣鋭之時，馳騖于聲利，用智惟恐不深，操術惟恐不奇。及五六十年之間，顛頓于憂患，顧來日之漸短，悼往事之可悔，于是覽佛氏空寂之音而有當于心，遂委身而從事焉。以爲極明達而最可樂者，莫佛氏之書若也。雖昔之賢豪，以氣雄天下，以文冠百世，如蘇子瞻諸公，亦不免乎此。後人習俗以爲宜然，且謂以前人之智識才氣，猶以佛氏爲可慕而歸之，矧不及萬萬者而可不從乎？然以道觀之，凡有慕于彼者，皆無得于此也。足于粱肉者，無慕乎糠糜；安于厦屋者，無慕乎苫闔。使有得于聖人之奥，其樂有不可既者。窮通得喪死生之變臨其前，如旦夜之常，而何動心之有？奚必從事于佛，而後可以外形骸、輕物累哉！舍可致者而不求，援不可必得而求之，既以自欺，又畔乎吾道，惑莫甚乎斯也。昔與足下論斯道時，僕年方二十三，固已知吾道之有餘而無待于外物，時不知者多竊笑之。及今十有五年，愈覺聖人之訓爲不我欺，而舉天下之道術，果無以易之也。每見流于異端者，輒與之辨。非好辨也，閔夫人之陷溺而欲拯之于安平之塗，誠不自知其過慮也。以故爲佛氏者多不相悦。方期與足下共進斯事，以衛聖人之教，豈意足下有慕于彼乎！今有人言行路之人墜于井，雖閔之，未必徬徨奔走而思救之也。聞至親且贤之人墜于井，則不暇食息，狂呼叫號而思出之矣，親愛之故也。與足下相與之舊，而德器宏深，交友中不可多遇，烏能已于言而不告乎？僕今年三十七，足下當六十矣。相違十餘年，相去萬餘里之遠，使足下所慕得其正，僕將有以佐而翌之，而何敢逆盛意而取不讓之責乎？蓋必有所甚不得已者。亮足下之賢，必能察之，而未至于深怒遽絶也。數百年禮義之門，而足下于今爲老成人，在乎慎重學術以表厲後生，非特僕之望，斯世之望也。僕守一官，無分寸補世教。近髮有白者，面已皺，筋力漸減，飲酒不敢如昔者。惟自覺有過，每應事已，時時悔之。恃此頗謂尚可進，未知天之處之者何如耳。如有所得聞，幸速以見教，是亦爲報之道也。

周忱字恂如〔二〕。江西吉水人，明工部尚書，謚文襄。

與行在户部諸公書 摘

所謂僧道招誘者，天下之寺觀，莫甚于蘇、松。故蘇、松之僧道，彌滿于四海。有名

〔二〕「恂如」二字原本墨釘，據明史卷一五三本傳補。

器者，因保舉而爲住持。初出家者，因遊方而稱挂塔〔一〕。名山巨刹，在處有之，故其鄉游墮之民，率皆相依而爲之執役。眉目清俊者，稱爲行童。年紀强壯者，名爲善友。假服緇黄，僞持錫鉢。或合伴而修建齋醮，或沿街而化緣財物。南北二京，及各處鎮市，如此等輩，莫非蘇、松之人。以一人住持，而爲之服役者常有數十人。以一人出家，而與之帮閑者常有三五輩。由是僧道之徒侶日廣，而南畝之農夫日以狹矣。

劉定之字主靜。江西永新人。明尚書，謚文安。

與王大理同節論文書

陰德三積之序，殆非司馬君實之言，考于本集無之。昔者孟子謂今之人修天爵以要人爵，董子謂仁人正誼不謀利、明道不計功，以其所修所正所明者雖是，而其要之謀之計之者其心非也。若君實云積陰德以爲子孫長久之計，則亦今之人，而非仁人矣。司馬君實者，孟子與董仲舒之徒也，而爲此言，尚安得從二子之後，以至今立于孔子之廡

〔一〕「塔」當作「搭」，據文淵閣四庫全書本明文海校。

乎？君實之相其主以改新法也，人懼之以禍，則曰：「天若祚宋，必無此事。」病且殆，猶曰「死生命也」。爲之益力。夫改新法而不避後患，豈有積陰德而欲圖後福也哉？故愚謂此非君實之言也。今人以此言爲出于君實者，取信于趙子昂所書。子昂要爲不足以知君實者。其畫人馬竹梅，工書能詩，蓋王摩詰、李伯時之流。當其存日，見輕于姚燧，良有以也。且多寫老、釋二氏之書，其自稱曰三教弟子，何足以知君實哉！本其以宋宗室，立宋之朝，宋亡而臣元，大節以失，故自放于詩酒書畫之域。後之君子，不于其言行取信焉可也。

倪元恢字念謙。金華人。明。

復胡丈論講學書

承諭講學一節，曩于京邸，言之不盡，請竟其説。尼父云：「學之不講，是吾憂也。」講學之不可已如此。自張江陵以講學爲禁，而後天下以講學爲諱，豈知沙裏淘金，沙多金少，烏可惡其沙之多，併棄其金而不淘也。棄而不淘，天下之真金隱矣。江陵既敗，稍稍復講，迺不佞則未免喜且懼焉。喜者以學必講而後明，懼者無論僞學，以説禪説釋，而正學反蠹也。孔門高弟自顔子而下，穎悟莫若子貢。然夫子平日所啓迪者，如必先利器，不欲勿施之類，罔非真實切要之言。至于性道一貫之旨，必積久始得聞焉。奈何今之講學者，開口輒云悟得本體，便是工夫；做得工夫，即是本體。以超頓爲玄訣，以程、朱爲腐談。且敢詆朱子支離于外求。萬語千言，連篇累牘，直是夢中説夢已耳，畢竟以何者爲歸宿之處也？聽其言，不過掇拾禪釋之唾餘，遂欲超回、賜而上之。究其終，則口説雖騰，而躬行無實，迺反鄉人之不若矣。可慨也！然則當如何？愚以爲道莫大于人倫，學莫先于言行。蓋近而家庭，遠而邦國，窮而修己，達而治人，皆不越此，學者所當致力最喫緊者也。果能人倫無歉，言行相顧，如此而謂之非聖賢，吾不信矣。雖然，學者而欲爲通儒乎，則奥而性天，大而天地，幽而鬼神，亦不可不講求而探索之。但當有先後之序，緩急之分耳。彼曰格物、曰致知、曰知止，皆聖人教人爲學之方也。苟或人倫虧缺，言行違悖，而徒各執己見以求勝，則雖一部大學，徹首徹尾，辨説詳明，竟亦何益之有哉！讀吾丈手札，其意與不佞略同。故敢以此爲復，幸終教之。

郝敬字仲輿，號楚望。湖廣京山人。明。

與田肖玉書玄修士也，隱居牛蹄坂山中，從之者如歸市。楊生穀餘往，附書問之。

聞足下口碑在鄉邑間數年矣。道路譸張，謂足下猶龍氏之庚桑楚邪，乾竺氏之舍利佛邪，道不同不相爲謀，未敢造請。日者從令親楊穀餘所，讀足下三希論，希聖希天，窮神知化，醇乎其醇，坦然若大路。乃知足下服膺孔子，聖人之徒也。遭俗人夥頤，謂足下好行隱怪，使正學之士過而不問，則足下之自絶長者耳。昔卜子夏離群索居，久不聞過，足下枕石山中多年，不佞亦陸沉杜門十有六年，迹頗相似而風期略相親。第不佞不往，足下不來，無緣一相正。然道苟不二，譬諸草木，猶臭味也，何差池之有？不佞日用飲食衣冠與世同，足下草衣木食，甚於陵子。終歲一破襘褕掩體，坐卧苫塊，不巾不履，如所傳江夏劉邋遢之爲者，而好言人禍福，前知人隱事。愚婦小兒，贏糧奔走，香火叩門，以爲神仙。異哉田生也！既聖人之徒，而何樂爲此乎？敢請足下，世間有烟餐火食、膿血腥臊之神仙？無有乎？空使俗人顛倒，舉國若狂，此足下之過也。衆人貴耳，知者信目。見足下書，始知足下之實。今足下既能言聖人之言，亦當服聖人之服，行聖人之行，親聖人之所親，長聖人之所長，起居聖人，食息聖人，則所謂窮神知化，希聖希天，舉不越此。而足下即已知之矣，予又何言！方今吾里中左道成風，士子異言異服，婦女披緇持槵子，修西方，其老人年耄酒色衰憊則問鼎器，拜黄冠，講嬰兒姹女，養汞燒丹。市井下户，炊半菽熟，先飯沙門，求福果，而饑餓其父母與兒女。家廟則奉佛羅天神人鬼而黜祖考。世教民風，既至此矣。請足下勿更益薪，改步而趨就平易，使下里愚氓，信足下無他，亦如不佞所以信足下者。則人我蕩蕩平平，偕之大道，希聖希天，何以加此！夫易所謂窮神知化，利用安身兩語，非偏據也。希天者，以窮神知化爲本；希聖者，以利用安身爲先。聞足下不久將有遠行，其亦鄉人有東家丘者而思逃之乎？譬則逃兩耳，藏舟于壑，而欲得所遁，莊生所竊笑也。我無異人，人雖欲不同我，何可得，焉用逃之？苟窮神知化而不能利用安身，則并其所謂德之盛者，未可幾也。足下用吾言，吾與足下遊。不用吾言，各行其是而已。紹介楊生，問足下無恙。山中霜氣早寒，足下徒跣良苦，奉寄黑絨角巾一頂，雲履一雙。此儒者之服，伯夷之所樹也，足下其收之。楊生歸，明以教我。

報葉寅憲使書

徂夏，劉生手録攻乎異端佳論見示，率爾贅數語，聊共此生商榷，不謂其徑達也。方懼譴訶，嗣蒙温諭。深用自幸，輒録原稿及答桑門書一通，不才生狀死制一通，併求指教。此皆前所論攻乎異端未悉之愚衷也。孟浪腐儒，薑桂之性老而彌辛，大都如此矣。今聖學寂寥，百氏蠭午，而浮屠氏尤爲猖獗。無論縉紳先生，宦成解組，談空説苦；雖青衿小子，蹭蹬學步，而亦厭薄規矩，奔趨左道。無論翰墨遊戲，捉麈清談，夸毗因果，雖六經、四書，博士制義，而亦牽率禪解，剥蝕聖典。無論士習弛，隄防已潰，瓜李無嫌，雖主司持衡試録程文，亦借面孔、孟，稽首瞿曇。世道經術，人心士風，如今日者，可不爲痛哭流涕長太息也哉！區區杞人過計，前所謂異端不得不攻者，正以此也。雖然，攻而不守，浮浪無根，好戰必亡。今欲尊孔、孟，輔六經，禁錮浮屠，請自諸生制義始。宜著爲令：凡鑄辭不得襲佛語，説理不得涉玄虚，一切以醇正通達、平實大雅爲主。檃栝其邪枉，杜塞其旁岐，戒之用刑，董之用威，使淫巧不得售，諔詭者有所懲艾，而不敢陸梁，則士習久將自正。此攻異端之首務也。其本在學校，其機在上之人。表正則影自直，樹曲表而責直影，不可企也。且如京山一縣，萬家之聚，比屋好佛，求一人不惑浮屠、不信因果、不念南無者無之。由于上之表帥不端，故下之民風不軌。即今學舍荒蕪，文廟傾圮，不蔽風雨。而梵宇佛刹日增日新，區區所爲啼笑篇者，可覆而按也。今縱不能止彼之興，亦不宜張彼之勢，既不能毁人之已成，亦當修我之久壞。是在明公留神，裁其緩急，權其輕重而已。此不攻異端而自守之長策也。今有司議修學，則曰官帑匱矣，民力竭矣。夫一官帑也，有餘于佛老之淫祠，何獨不足于聖人之居？一民力也，告竭于學宫之修補，何獨不竭于羽流之請。倘謂非先務乎，務莫先于學校矣。倘謂作無益乎，益莫大于造士矣。寧裒他浮費，益此經用，使本源之地，不致荒頽，則士氣亦不至萎薾，亦不至獲罪于先聖，貽笑于佛老。此又不攻異端而自攻之大體也。夫一邑之事，自有司存，不宜仰干憲政。然爲聖人之道與聖人之徒，無鄉國天下，一也。天子庶人，同也。況明公高賢大良，鎮撫此邦，事有緩急、關名教，不赴愬將焉往？雖下邑蕞爾，亡一矢以終譽命，老公祖何惜于金僕姑？區區衰病潛夫，不飛不鳴，突有此請，亦自以爲金僕姑也。爲先聖，其敢愛焉！然有感于明公之勤施，發其端耳。伏在下風，悚息以聽。

閑道録卷之四終

閑道録卷之五

宣城沈壽民耕巖纂輯
孫　廷璐編次
後學　劉弘振校梓

書下

郝敬

駁佛書答桑門復文〔一〕

某再拜奉書藏六上人足下：今年二月，得足下去年九月書。再拜忠告，不勝慚憒。别足

〔一〕原書全不分段，因太長，故整理者據文意劃分。

下年久，忽聞消息，託一羽贊足下歸。狐死首丘，彼我同情，原非未同而言，妄相扳援也。故舊之誼，天理人心，不謂來諭高自標榜，驕語家門，覼縷十紙，作生人面孔曰：姑舍汝所學而從我。如長沮、桀溺教子路，舍夫子從避世之士，豈問津之本意哉！語云白頭如新，今與足下舍舊而新是圖，足下試垂聽焉。憶余弱冠，與足下同宿趙横山寺。枕上聞蟋蟀聲，余曰：「此莫非般若。」足下驚起，許余上智。余私心不受，然不欲逆足下意。聽足下説楞嚴經，私心不滿。別後十餘年，稍稍窺見吾聖人户牖，然尚在適道可立之間。及挂冠歸來二十餘載，浸潤大道，枕籍聖經，取易、詩、書、春秋、三禮、論、孟鑽堅研微，參互解説，彙爲章句，勒之棗梨，藏之家塾，教吾子孫。崇明正學，少豁流俗虚妄之蔽。而足下謂余熟睡作夢語，死物上活計。夫含經味道者謂之熟睡，則飽食終日爲惺覺乎？死物上活計，誠有之，是莊生所謂古人之糟粕也。然吾讀書，内體之身心，外參之經傳。經傳不合，又内反之身心。奉聖人文行博約之教，拳拳服膺。久在莊嶽，習成齊語，漸覺順逆境齊，强陽氣調。昔蘧伯玉五十知非，余四十年來，風波揺拽，今艤舟登岸，始獲所安。而足下以七十之年，方跋山涉水，今年衡浦，明年河源，臘過古稀，東山檄到，不俟駕行矣。何如熟睡者更覺安穩？反慮我臘月三十日無抵對，可謂舍己之田而芸人之田者矣。

爾家臘月三十日，吾聖人所謂死之日也。死者人物之大歸，而愚人怵惕焉。爾家因愚人怵惕，巧肆誆嚇，謂死有陰司，有地獄，有天堂，有刀山劍樹之刑，有牛頭馬面之鬼，欺人以不見，惑人以不知。愚氓聞言震恐，五體投地，哀求解釋，乃遂乘間訹誘云：我佛力廣大，能破地獄，拔餓鬼，登天堂，生净土。教之施財供養，修齋作福，以求解脱而猶未也。教之男女削髮變爲僧尼，父捐其子，妻棄其夫，名爲修行，而猶未也。教之入龕囚坐，終年禁錮，深于圜土，密于叢棘，名爲閉關而猶未也。教之燃指當燭，刺血寫經，殘肌毁膚，名爲發願而猶未也。教之斷粒飲水，束腹忍饑，形銷骨立，名爲清齋而猶未也。教之行遶火坑，七日七夜不坐不眠，名爲煉魔而猶未也。教之解剥皮囊，未死活燒，四大分離，名爲坐化而猶未也。教之死勿衣棺，勿殯埋，焚如棄如，粉骨揚灰，名爲荼毗。種種毒害，生盡其財，死絶其嗣，又燔其屍，慘于三夷，酷于五刑。而愚懵之民，以天堂地獄爲必有，以佛法僧寶爲利益，百令百從，勞不怨，苦不辭，誠可憐愍。而爾家機阱〔二〕牢籠，殺人人不覺，一何其陰險猾賊至此極哉！是以佛陀本名「浮屠」，謂其浮于屠殺也。桑

〔二〕「機阱」二字原缺，據四庫全書存目叢書補編影印中國科學院圖書館藏明天啓三年刻小山草十卷卷一補。

門本名「喪門」，謂其爲死喪之門也。自云慈悲，其實殘忍。惡不仁者，惟恐加身。何意足下書來，反相從臾。方今縉紳之士，頭戴進賢，手持楤子，口念南無，生平隱慝，積垢如山，自謂一入空門，則立躋聖果；虎噬狼貪，惡業萬狀，一歸佛法，云大罪蠲除。然則瞿曇乃逋逃之藪，蘭若爲藏奸之林，倚佛作城社，則窮兇極惡，無所不可。是以中人之家，破産奉佛，忍饑飯僧，奪祖宗之烝嘗以修供養，缺八口之衣食以充布施。儒者之門，僧尼盈室。學宫圮，不得捐一錢之助；佛寺壞，傾囊倒篋而不惜。男女披緇，溷雜無别。鉢聲梵語，比屋相聞。禮教頽宕，風俗陵遲，皆由天堂地獄之迷其心也。然此愚人耳，足下則智者也。今與足下商之，請足下勿面謾，勿迷心，天堂地獄，其的然爲有耶？爲無耶？抑或不知其果有耶？果無耶？足下如不面謾，不迷心，誠不知其果有果無矣。其或者曰：「爲善則無，爲惡則有」耶？似也。然謂爲善則無，無地獄耳。無則俱無，又豈有天堂？謂爲惡則有，是有地獄也。地獄既有，天堂亦有。蛤即蚌，二五即十，終非歸一之論，請爲足下明之。

夫人生曰陽，人死曰陰。陽動而有，陰静而無。此理一定，必無可疑。既謂之陰，則是無何有之鄉矣，焉得又有官府稱陰司，又有囹圄稱地獄乎？如有陰司，有地獄，必非自今日始，亦非數十年前始，亦非佛出世始。有天地即有陰陽，有人物即有生死。死入地獄，一死不再死，則一入不再出。從有天地來，不知幾億萬載，地獄罪人，擠塞充滿，應無處可容。陽世人多，死則消往陰司。陰司無復可往，則鬼多擠塞充滿，亦應無處可容。一切衆生，死皆向陰司脱胎。牛馬六畜蟲蟻，一日之中，病死屠殺不知幾千萬億。如皆往陰司脱换，則陰司簿書期會，煩冗萬萬倍于陽世。官府刑名，萬萬倍于陽世。器用百物，萬萬倍于陽世。億萬年來，家家修福種果，搬運寄頓，資財百物，亦應無處可容。家家遠祖近宗，父母妻子六親，自上世來，無一不在陰司。則陰司中，耆老高年無算、井竈門户無算、車馬六畜無算、金銀泉寶無算，殷軫豐富，喧闐佚樂，交際往來，皆應萬萬倍于陽世。如是，則人死如歸家，如登仙。安土樂國，富者可以尋親訪友，貧者可以活計營生。與其遠歷江湖，牽牛服賈，勞碌昏作，不如早往陰司之爲愉快也。若是，惟恐臘月三十日不到，何須抵對之有？由此推之，地獄天堂，於事必無。大抵人生從太虚來，死還太虚去。生不知其所從來，死又焉知其所自往？太虚者，人物之沃焦，死者尾閭之空穴，生則出而向有，死則入而化無，誰爲敵而思抵？誰爲語而望對？且所謂臘月三十者，人皆有之，人各隨時俟之。如余與足下，現在生前，而汲汲逆料死後，不務尋常本有，而預探將來未然，迂也。蓋先有元旦，然後有除夕。歲苟未除，臘月三十以前，朝饔夕飧，早起夜眠，春畊秋收，隨時生業，各求料理。苟自元旦以來，一事不營，專等臘月三十日到，不虛度一生乎？大丈夫百年住世，宇宙皆分内。一事不營，不如無生。如怕臘月三十日到，商量抵對，是必無新年乃可。臘盡春歸，人同此日。雖有抵對，其何能免！易曰：喪羊于易，時行則行，時止則止。無抵對，乃真抵對。連環不可解，以不解解之。知此義者，如雨不濕空，山河不礙大地，讀書立言不礙生死，如足下登山涉水不礙修行。不知此義，雖朝參暮修，面壁枯坐，正乃死物上活計。日對閻羅，束手結舌。何待臘月三十日乃無抵對乎！

來書云三界唯心，萬法唯識。人雖死，心識尚在，焉得還太虛。然則輪迴因果，天堂地獄，所必有耳。而余則以爲識生于心，心托于形，形生則心生，形死則心亦死。如火附薪，薪盡火熄。如膏生明，膏盡明滅。生如燈來暗室，四壁生明。死如燈去明去，存者唯室耳。天地虛空，猶室也。人身，猶膏也。心識，猶火也。聖人正心以修身爲本。易曰：不遠復，以修身也。曾子曰三省吾身，死而後已。爾家不務知生，專務知死。既以心爲法界，又以身爲假合。不知無身焉得有心。無天地則時不行，物不生。無四體則視不見，聽不聞。身死則心亡，形消則識滅。又焉得有輪迴、因果、天堂、地獄乎！然而盈虚消息，往來相禪，吾聖人惟曰：先甲後甲，終則有始。剥上之果，來而爲復。夬滿于上，下而生垢。往者詘也，來者伸也。詘伸相感而利生焉。所謂逝者如斯，循環不息，其道如此而已。豈謂人死變獸，獸還爲人，謂之輪迴乎！果若此，黍熟則成棗，梅落則生瓜，人轉爲獸，獸復爲人，造化反復，性命顛倒，有是理乎？據佛言，輪迴有六：一曰天，二曰人，三曰修羅，四曰餓鬼，五曰畜生，六曰地獄。人居一耳。五道皆爲人設，人以一道輪爲五。五道輪迴，則人道應減。然而人數亘古如常，何也？人爲不善，墮修羅餓鬼畜生地獄，修羅餓鬼地獄雖不可見，而畜生可見。人既輪爲畜生，則畜生應漸多，人應漸減。然而亘古人與畜生數如常，又何也？六道互有輪迴，天與修羅餓鬼地獄不可見而畜生可見。畜生凶惡，無如虎狼蛇蝎。惡人死，輪爲虎狼蛇蝎，不知虎狼蛇蝎死，又輪入何道？人爲不善，輪爲餓鬼，餓鬼作祟人間，不聞餓鬼死。餓鬼不死，長爲餓鬼，則果報不均，輪迴有時窮矣，又奚取爲輪迴乎！爲善生天，莫如聖人。則自古羲、農、黄帝、堯、舜、禹、湯、文、武、伊、周、孔、孟，皆當生天。千萬年來，聖賢多矣。一天堂何足以容？佛説六天十八天三十三天，然亦不過美麗安樂而已。羲、農、黄帝、堯、舜、禹、湯、文、武、伊、周，生爲天子宰相，非不美麗安樂矣。死以天堂處之，何足以明報？且聖人天性貞素，如堯土階，舜、禹勤勞，文王卑服，周公、孔子恭儉，皆厭美麗而惡安樂。則佛之所投，亦非其所好也。况佛自謂日中一餐，樹下一宿，以廉潔自高，而以佚樂奉他人，是以己之所賤爲他人所貴，以賢者待己以不肖待人，人豈屑就之？由此以推，輪迴因果於理甚拂。但謂人死陰識未泯，遊魂不散，容或有之，亦如雨後殘雲，頽陽晚照，不久全銷。且如生人形氣完好，精神强固，心神一昏，收拾尚難，况死後形壞神飛，焉能久留心識，長在天堂地獄受諸苦樂乎！此何異追風捕影，况風影俱無，謂其長在，謬矣。佛法盛行，莫如六朝。是時有范子真者，著神滅論。謂神即形，形即神。猶刀之有利，捨利無刀，捨刀無利。未聞刀没而利存，豈容形亡而神在。其論甚辨，以明人死無知，因果爲妄也。要之，人死無知，因果爲妄，何待形神同異始决。雖未有刀没而利存者，亦頗有刀存而利先亡者。形神終不可言異言同也。易曰：「神者，妙萬物而爲言也。」先儒謂兩在無方，合一不測。如以爲兩，則神何不離形而獨顯，形何不離神而獨生？固不得不謂之合。如以爲一，則神去而形尚存，形存而神先亡，又不得不謂之兩。非兩而兩，兩故無方。非合而合，合故不測。故曰：「神者，妙萬物而爲言者也。」形即可見之神，神即不可知之形。分而謂形死神在者，固非也，形内自有神，神外自有形。混而謂形神同滅者，亦未是也。夫神廣矣，大矣，微矣，妙矣。土石有神，又非草木之神，草木有榮瘁，而土石無有也。草木有神，又非鳥獸之神，鳥獸有知覺，而草木無有也。鳥獸有神，又非人之神，人有五常，而鳥獸無有也。然皆謂之神。千變萬化，異而非兩，合而非一。升降飛揚，洪纖高下，依形暫止，倏忽無端。非定聚于一人一物一形，常住不變者也。故譬人神于人形，如燈寫影，如鏡現像，燈去則影息，不可謂先燈猶帶舊影也。鏡去則像亡，不可謂前鏡猶含舊像也。神在則形存，斯有我像。神散則形亡，誰識前因。形壞歸土，神散還虚，豈可謂人之形滅，而人之神終不滅乎？諺云：生不認魂，死不認尸。此邇言當察。蓋人生則魄盛神藏，不自見其魂。死則魂還虚，精華散，渣滓銷，誰認己尸。故莊周以死爲休息，佛氏以死爲净樂。死者生人所悲，而死人不悲，謂之甘瞑。所以甘瞑者，唯其無知也。生人所以勞苦，惟有知也。生有知，故佛謂苦海。若死又有知，是亦苦海也。不自背其説耶？計死者之求生，尤甚于生者之哀死。死如有知，誰肯甘死？其經營必且不休。浮生不休，死以休之，萬事所以終盡也。奈何生碌碌，而死又營營乎？死不營營，其無知決矣。無知，又焉有輪迴因果哉！故謂形神不異，如范子真之説，因果無也。謂形神異，如佛之説，因果亦無也。然而吾聖人亦曰冥升，利不息之貞。此不息者何物也？曰：此所謂至誠者也。至誠者，即神之妙萬物，周流六虛，以爲貞觀法象，四時百物，小德川流，大德敦化者也。實理貞常，與天地終始，故曰：至誠無息。不息則久，久則徵，徵則悠遠，悠遠則博厚，博厚則高明。如此者，不見而章，不動而變，無爲而成。易有太極，是生兩儀。兩儀生四象，四象生八卦，八卦變化而庶類繁。故曰：誠者，天之道也。此人物之元，心識之本，所謂其物不二者也。人物生，則此不二分人物；人物死，則此不二還天地。天地再合，乾坤毁，則此不二還太虛。非地獄天堂可得而拘係之者也。佛言惟心惟識，欲掃除法界，而留心識也。聖人言至誠無息，謂心識有死生，而天地太虛無生死也。掃除法界者，欲留心識以受輪迴因果，不思法界既可掃除，心識安能長在？輪迴因果又安能長在？惟心識不長在，天地萬物不可掃除，故聖人生則以萬物自任，而默識以盡心，死則以心識還太虚，而無心以忘識。聖人知生而佛知死，死決不可知也。佛事鬼而聖人事人，人事定不可廢也。何者？乾坤所以不毁，世道所以建立，惟此人耳。人所以參天地，贊化育，惟此生耳。譬天下一日無天子則不平，國一日無君則不治，家一日無主則不齊，人一日無生則道德廢、功業隳，宇宙一日無民物則化育停、兩儀毁。故天地之大德曰生，生生之謂易。天生聖人以撫萬民，生人以興萬事，生物以備萬品。故生之于人大矣。孟子曰：「拱把之桐梓，人苟欲生之，皆知所以養之。」是以子畏于匡，顔淵後，子曰：「吾以汝爲死矣。」曰：「子在，回何敢死。」子路問行三軍。子曰：「暴虎馮河，死而無悔者，吾不與也。」然則聖賢之視身甚重，而衛生甚嚴也。萬事所以經綸，萬物所以發育，萬有所以亨通，萬世所以治安，皆有生之實理，尊生之實事。爾佛何故必誣之以爲苦海，詆之以爲魔障，欲一切破滅歸空而後已？夫生何負于人，必欲其無生？世何負于道，必欲其出世？有何害于事，必欲其空諸所有？實何損于真，必不欲實諸所無？以生爲苦，將以死爲樂乎？以在世爲幻，將以出世爲真乎？無論虚誕，就使空矣，幻矣，出世矣，無生矣，人世灰滅矣，世界銷亡矣，于佛何利乎？何快乎？而忍爲此乎？足下既知三界惟心，萬法惟識，自知人心識不可滅，世間法不可除。當朝乾夕惕，經理世界，以萬物爲一體，以天下爲一人。吾聖人所謂知生事人者，端在于此矣。而爾佛豈□〔一〕遺落世事，斷滅心識，以求出世。夫世豈可出，心豈可滅。若云滅心，唯死乃滅。若云出世，唯死乃出。若云不死而死，無生而生，世界萬法，原不隨人生、隨人死也。人之生死，烏可以準萬法之生死哉！人在天地中，不當太倉一粟，其所知見，不敵大火一星。生隨波起，死隨波滅，晝夜之道，聖人先後天而弗違也。爾家謂一人發心，十方震動，一人成佛，普度衆生，皆有名無實，荒誕虚渺。所謂三界唯心者，唯務死心而已。所謂萬法唯識者，惟務滅識而已。吾聖人參三才以盡心，備萬物而成己，言之必可行。而佛言之不必行，專務談空遣有，卒之空者未空，有者終有。天地萬物，亘古常在，豈以佛空諸所有，而所有遂空乎哉？佛亦人耳，與衆同生同死，未見生爲活佛，超出三界者。所稱涅槃證果，直待死後，則是子路問死問鬼，夫子教之以不知爲不知者也。生而爲人，知也。死而爲鬼，不知也。

〔一〕此處原缺一字。

死與鬼，非經世之恒業，其所不知，非生人之急務。蓋人以血肉載情識，託生天地之間，以天地爲父母，所事所親無復有加于天地者矣。聖人範圍天地而不能過之，爾佛與人血肉情識同也，而獨欲小天地，謂此世界外復有無量河沙世界。夫世界多如河沙，則此天地不過如佛裩縫中之蟣虱耳。爾佛何苦屈身處此裩縫之中，生此蟣虱之腹乎？如曰爲度衆生屈處此，則是宰我所謂井有人焉，其從之者也。自罔自陷，愚者豈爲之？爾家維摩云：「佛力能斷取大千國界著右掌中，擲過河沙國界外。」誠若此，何不提取此世界打破，令受苦衆生一齊迸出？何爲甘以無量法身處此小世界内，與衆生葛藤？是莊生所謂有五石之瓠而拙於用大者也，豈不誇誕而可笑也哉！如果有無量世界在天地外，愚人不知，聖人必知之。從古聖人多矣，孔子不知，文王、周公不知，黄帝、堯、舜亦不知，伏羲、神農、三皇、盤古氏皆不知，直待漢以來佛出世，始知天地外有無量天地乎？如謂吾聖，人耳，佛，神也，然當佛説華嚴大千世界時，未涅槃，亦人也。如謂人是佛報身，别有法眼神通，則是聖人所謂鬼神之德之盛，無形無聲，體物不遺者也。天地外有此逍遥自在之場，廣大空虛之地，鬼神微妙玄通，即當飛騰超越而往，何爲叢聚此小天地内，與外無量天地終古不相往來乎？虛誕可知。是以吾聖人惟曰：大哉乾元，萬物資始。至哉坤元，萬物資生。高明覆物，博厚載物，悠久成物。而爾佛妄希超脱，大言無稽，不過欲假此以破拘攣之見，豁小乘之觀。然而事本無是，名同烏有，徒使學人鹵莽窮大而失其居，則反害矣。所以吾聖人言貴有物，學主忠信，行遠自邇，登高自卑，豈肯教愚夫狂悖，毁乾坤，侮天地乎！

來書又屬余念西方，修净土。夫西方不在天地之外，是佛所生國，漢之屬夷，一名天竺，即今西番也。班固記其國臨西海，修浮屠道。和帝時入貢，明帝遣使圖佛像。桓帝好之，百姓始有奉佛者。則是東漢以前，上至洪荒，中國未有修西方者也。其所謂净土，縱使有之，是漢以後新造之國耳。所謂不退菩薩，縱使有之，是漢以後新進之士耳。然則漢以前之西方，縱使有之，亦天造草昧之新國。蓄産未富，物力未充，尚不如陰司舊邦之豐富也。奈何稱爲極樂哉？按范曄傳，西域近安息，西臨大海，東距玉門關纔四萬餘里，爾家稱西方去此世界外，等恒河沙數，與所謂八功德池，九品蓮花，金沙布地，十重寶樹，十重珠網，皆無稽之誕説。所謂日落懸鼓，大水成冰，因西域臨大海，近日入處，緣飾以欺愚俗，都非實境也。夫以四海之内，人迹所至，史册所載，無端修飾，欺世誣民尚如此，况于天地之外，窅冥之途，爲死爲鬼，文獻無徵者，又復何言！大抵華道尚中，戎道尚左；中道尚人，左道尚鬼，故西域有風災鬼難之域，犁軒有吞刀吐火之人，佛圖澄腹孔出光，洗滌五藏，鳩摩羅什吞鍼，唐□〔二〕僧無畏吞蛇。妖習相傳，本其土俗，不足爲異。謂之净土者，以佛在西域，誇其土净耳。夫西域有佛，中國自有聖人，佛土既净，聖人之土獨不净乎？欲往生西方，爲避地獄耳。西方無地獄，所謂地獄者，將盡在中國乎？中國有地獄，西方何獨無？西域亦有地獄，何必逃此而往？中國亦有净土，何必舍此而求？甚矣！愚人之難解也。列禦寇亦夸誕士也，其言類佛，曰：西方有聖人。夫佛既爲聖人，宜與中國聖人之道同也。今佛道獨與中國聖人之道異者，何也？蓋中國人倫之邦，聖人盡倫以立人極，故曰聖人，人倫之至。西方則戎狄耳，無一本，無二姓，無三黨，無四親，無五禮，無六樂，無七政，無八紀，無九儀，無十義。有血氣，無冠裳；有知覺，無禮義；有君長，無名法；任放誕漫而無檢押，與禽獸同棲息而無嫌疑。故捨身去家而無愛惜，毀貌變形而無慚悔。其教以無相無色爲真空，以清净不二爲本來，以見性明心爲禪宗。因其俗之所宜，順風而呼，故其和也易。佛以其教教

〔二〕此處原缺一字，疑當作「胡」。

西域，西域便之，翕然以爲聖人，是戎狄之聖人而已。夫戎狄不可以爲中國，而戎狄之聖人遂可以爲中國之聖人乎？聖人教人，有男女然後有夫婦，有夫婦然後有父子，有君臣，有上下，有禮義，此人道所以始，世界所以立。而佛教人，男無室，女無家，愛欲乾，然後成佛。若使舉世皆然，不過數年，生齒絶，人類滅矣。此謬戾之尤甚者。陳仲子，齊之廉士，避兄離母，燕太后一婦人，便欲殺之。陳良之徒陳相，從楚人遊，孟子以爲南蠻鴃舌之人，非周公、仲尼之道。若使佛生三五帝王之世，則其欲殺之者，何待燕媪！若使足下見孟子而談西方，必以周公、仲尼之道告足下。今不幸佛生西戎，足下與郝生同世，郝生才薄，不能相規，天實爲之，于足下何尤。昔越人有慕章甫者，越國無有，東假于齊，西假于楚，本其所無，不得不假。今中國非無聖人也，舍此而遠求之西方，下喬木而入幽谷，詩云「哲人之愚，亦惟斯戾」，足下之謂也。范蔚宗云：「佛教清心釋累之訓，空有兼遣之宗，賢達君子多愛之。」〔二〕何意今日充塞如此。今無論下里委巷，雖宮墻之内，孔、孟之徒，莫不儒身而佛尾，

〔二〕此處乃節引，後漢書卷八八西域傳：「詳其清心釋累之訓，空有兼遣之宗，道書之流也。且好仁惡殺，蠲敝崇善，所以賢達君子多愛其法焉。」

儒貌而佛心。其能卓然自立，不爲因果輪迴摇惑者，天下古今，能有幾人！自孟子而下，唯韓愈佛骨一表，錚錚吐氣。宋蘇軾父子兄弟，文章節誼，非不可觀，而沉淪因果，佞佛齷齪，無異沙門，又况其餘乎！粤自有生民以來，洪荒開造，繼天垂統者，吾聖人也；觀象治曆，勤民授時者，吾聖人也；封山濬川，平成水土者，吾聖人也。民同禽獸，教以人倫；巢居人處，教以宫室；茹毛飲血，教以水火；無食，教之五穀；無衣，教之桑麻；無器用，教之百工；無書記，教之文字；無禮貌，教之冠裳；有疾病，教之醫藥；有死喪，教之棺槨；有遠行，教之舟車。細至網罟、耒耜、釜甑、杵臼之屬，無所不盡其經理。而又爲之城郭以居之，爲之武備以衛之，有無貿遷以利之，畫地分野以安之，設官分職以治之，明刑弼教以齊之，制禮作樂以化之。豐功懋烈，在天下萬世，不可枚舉。而佛晚出，從異域來，坐叨供養，不畊不織，乞食求捨，自謂解脱。若使舉世皆然，四民廢業，更向何處乞食？怪誕不經，而反詆聖人功業，謂有爲如夢幻泡影，煩惱魔障，一切掃除，以寂滅爲樂，無端欺罔。而愚夫惑于因果，謂佛功德無量，爲衆生之父母，視聖人如路人，忘水木之本源，是賈生所謂可痛哭流涕長太息者也。嗟夫！中國，吾聖人開成之中國也，〔一〕人民，吾聖人教育之人民也。微吾聖人，則彝倫斁而乾坤毁久矣。今既資聖人之名教以安生，又背聖人之名教以誣世，竊聖人之文字以飾詐，又畔聖人之文字以亂俗。儒業日隳，而務逃禪者衆；學校日荒，而談叢林者喜；四民日散，而緣南畝者稀；風俗日壞，而挾左道者勝；財用日詘，而爲盗賊者起；游墮日侈，而作無益者多。孟子所以比之洪水猛獸，韓愈所以欲人其人，火其書，廬其居，明先王之道以道之也。而來書稱：白樂天捨宅爲香山寺，文潞公廢家業結西方萬人緣，欲余效之。昔柳下惠謂伐國不問仁人，此言何至于我！士别三日，即當刮目。足下與我别三十五年矣，視我無異嬰孩，作此等語，可謂未見顔色而言，謂之瞽者矣。余嘗見近世惡人，爲惡愈甚則其奉佛愈謹。蓋佛言善惡皆空，既可以無相爲善，亦可以無相爲惡。但不著相，則無所不爲。吾聖人教人忠信篤敬，即有不材，範圍之而不敢過。是以學儒不成，不失爲硜硜士。學佛不成，放蕩不檢，視天地且如微塵，何有于君親？何畏乎名法？故學佛最精者，其膽最大。漢楚王英，首學佛法，遂謀大逆而身死國

〔一〕「中國吾聖人開成之中國也」十一字原缺，據四庫全書存目叢書補編影印中國科學院圖書館藏明天啓三年刻小山草十卷卷一補。

亡。五胡石勒、姚興，師事釋道安、鳩摩羅什，而殺人如麻。北齊高洋，放生戒殺，而殘暴如豺虎。梁、陳二武舍身爲寺奴，何但舍宅，而宗社坵墟。福果安在？士君子修身立行，學孔學孟，彼文、白二子，孔、孟之罪人也。足下爲我願之乎？爾佛雖與孔、孟異，必非貪饕無賴如今之桑門比也。彼所云捨，非真需財，不過如足下三界惟心，萬法唯識，扳援心少，即是捨。忘想識捐，即是施。竊吾聖人懲忿窒欲即是捐之義，小變其名而已。故金剛經謂以無量金寶布施，不如持四句偈，亦此意也。今之桑門，貪冒假託，以賺愚民。昏髦士夫，不能裁決，疑西方地獄將無或有，寧捐有餘之物，儌此或然之倖。非真輕財，有所恐懼而爲此耳。孟子云：如其道，堯授舜之天下不以爲泰，非其道，一介不以與諸人。余家世清貧，一官落拓，衣食粗足，薄田數畝，聊供飦粥，市居一廛，僅芘風雨，隱居栖息。奉四親，養妻子，輸公税，備交際。小有贏餘，以濟貧乏，周鄉里，豈肯效孟浪之爲，作虛假之事！足下之言，可謂升木而求魚，煎水而作冰也已。

又勸吾讀佛書。夫佛書，少年嘗與足下共讀之，低回雞肋者數年，終非心所篤好。晚因先慈奉佛飯僧寫經，足下所問黄葉庵者，是先慈之意。今先慈見背，未忍即改。佛像在龕，佛書在篋，雖未流覽，而嘗一臠已自知味。大都謬戾者多，近理者少。如觀音、彌陀、救苦、玅沙、血盆之類，齊東野語。孔雀、大悲之類，梵語侏儷。其他近理者，楞嚴、金剛、心經、圓覺、楞伽之類，不數種耳。楞嚴枝葉繁蕪，金剛語意重沓。大都佛語瑣冗，千百言不了一義，豈如六經言語簡當而藴藉，春容而清遠，啓口容聲，即着實地。佛言猶藥草，吾聖人之言猶菽粟，終年可以無藥草，一日不可無菽粟。小而事物細微，大而天下國家，守此則治，易此則亂。豈若佛書，焉能爲有，焉能爲無者哉？世謂無佛法則生爲魔障，死爲餓鬼。顧自有佛以來，曾見何人超度于生前？何人拔救于死後？漢以前無佛，世道何損？漢以後有佛，世道何增？風影相蒙，曖昧相欺，舍見在之人事，課無稽之冥果，談本無之虚空，廢實有之生業，所謂出家、煉魔、坐化，種種無端，既爲鄙拙。至于明心見性、了妄歸真、本覺妙明、真空不二、清净本來，略近理者，皆吾聖人所已言，六經所本有。書契已來，列聖相傳，著之典籍已久。而佛教自西域來，言語不通，吾中國好事之徒，竊吾聖人文字，假爲緣飾。故佛書稍馴雅者，皆六經之餘緒，其龐雜鄙俚，則侏儷之陋説也。夫以六經明白簡易，各家師承尚有訛傳，况殊方異語，秪凴象胥，何足爲典要！昔之佛書，盡譯人之勦説也，是以鳩摩羅什取而再譯。自知紕繆，借中國聖人言語文飾。腐儒寡識，俗人信耳，愚夫好怪，相與羶悦蟻附，呼朋引類，開場結社，其會如林，遂使正學寥落，逋客勝主，紫蛙奪正，朱雅淪亡。三家分晉，田氏竊齊，何以異此！王陽明謂聖人之道如大厦三間，俗儒割東以餉佛，割西以餉老，僅守中間爲己宅。不知普天之下，畫爲九州，封爲萬國，列爲十二，本皆一統。是以仲尼祖述堯、舜，憲章文、武，上律天時，下襲水土，無不覆幬，無不持載，此天地所以爲大也。而爾佛雖欲自爲一家，足下雖欲自違于聖人之徒，何所逃于天地之間哉！大抵聖教安常，佛教反常，故夫聖教以生生爲大德，而佛以無生爲法忍。聖人以生人爲安樂，而佛以人生爲苦海，聖人惟恐人不生，佛惟恐人不死。聖人以知爲明德，佛以知爲無明。聖人教人好學，而佛自謂無學。聖人教人誠意，而佛以意爲塵根。聖人默識，而佛以識爲生死本。聖人以事物爲有，而佛以事物爲空。聖人以有物爲誠，而佛以諸有爲妄。聖人以天地爲大，而佛以爲小。聖人憂人無所用心，而佛謂我無一切心。聖人謂思曰睿，睿作聖，再思、三思、九思，而佛謂不思善，不思惡，不可思議功德。聖人終日乾乾，而佛惟終日静坐。聖人以六親爲人倫，而佛以眷屬爲魔障。聖人所言所行，不越現在日用家國天下之近，而佛所説，直在西方世界十萬八千里之外，百千萬億劫之遠。聖人所言，人皆可知可能，如指掌，如大路，而佛以法爲密義，以言爲機鋒，使人揣摩卜度，謂之參證了悟。聖人教人惟恐人不知，故平其説而使易；佛教惟恐人知，故紆其説而使難。聖人言行相顧，非但耻己不逮，亦欲人皆可行，故言不過子臣弟友，行不過孝弟忠信。佛教荒誕，行不顧言，言不顧行，非但人不能行，佛亦自不能行，願度衆生而衆生竟不能度，欲空世界而世界竟不可空。惟其以空爲教，故議論一切皆空，而竟無一語可凴。惟其以有爲幻，故所指一切皆幻，而竟無一法可得。言不必有物，行不必有常，恣縱誕罔，無所依凴，其能使中國之人信從者，非自創爲一道也。初皆竊吾中國聖人義理，緣飾其偏，輾轉支吾，遂滑稽而不可窮。故聖人之言生死也，惟曰原始反終，生存死亡。而佛緣飾以四大假合爲生，四大分離爲死。生爲業障煩惱，死爲天堂地獄。聖人之論造化也，惟曰一陰一陽之謂道，往來不窮之謂通，而佛緣飾謂三世業果、六道輪迴，人爲餓鬼畜生，餓鬼畜生復爲人。聖人之言報施也，惟曰積善餘慶，積不善餘殃，而佛緣飾謂今生所作爲來生之因，來生所受爲今生之果。聖人之言明德也，惟曰光被四表，格于上下，而佛緣飾謂三昧火起，白毫放光，照滿三千大千世界。聖人之言知識也，惟曰知之爲知之不知爲不知，而佛緣飾謂天耳遥聞，天眼遥觀，過去未來無不覺了。聖人之言大道也，惟曰範圍天地而不過，佛緣飾謂天地外復有無量天地，如恒河沙數，不可思議。聖人之言隱微也，惟曰莫見乎隱，莫顯乎微，而佛緣飾謂一毛端上現寶王塔，一芥子中納須彌山。聖人之言無也，惟曰未發之中，寂然不動，感而遂通，佛緣飾謂諸行無常，寂滅爲樂，一切有爲，如夢幻泡影。聖人之言感應也，惟曰二氣相與，天地萬物之情可見，而佛緣飾謂我按指則海印發光，一人發心則十方世界瓦裂。聖人之言定也，惟曰知止而後定，定而後静，佛緣飾謂心如墻壁，方可入道，乃至九載面壁，枯木古錐，七百年一出。聖人之言觀也，惟曰盥而不薦，有孚顒若，而佛緣飾謂西方净土三十六觀，觀想成佛，永不退轉。聖人之言像也，惟曰潤身、生色、心廣體胖，而佛緣飾謂金身丈六，白毫五寸，三十二相八十種好，天上天下，惟吾獨尊。諸如此類，標榜浮夸，不可盡述。大都始皆叨竊聖人之微緒，終乃汗漫自恣，日遠于宗，後雖慚悔而駟不及舌矣。孟子謂辭由詖而淫而邪而遁，心由蔽而陷而離而窮，窮而無俚聊也，卒乃翻然轉換，始言空而卒不能空，翻然曰：「色即是空，空即是色。」始欲止念而念卒不可止，翻然曰：「我無伎倆，不斷思想。」始以身爲幻，以識爲無明，卒之身在識在而不可掩，翻然曰：「無明實性即佛性，幻身空身即法身。」夫既知即實性矣，何乃又以爲無明，既知即法身矣，何乃又以爲幻化？果如所言，則是衆生即佛矣，何又言佛異衆生，豈非以能空所有則爲佛，不能空所有則爲衆生邪？是其意本在空，又何得言空即是色？果如所言，則在家即出家矣，何必又棄父母修行，豈非以在家未離俗，離俗須出家邪？既修行必須出家，又何得言色即是空？由此推之，謂幻身即法身，無明即佛性者，皆非卓然一定之見，不過剽竊吾聖人中庸易簡之旨，下學上達之意，緣飾爲無相平等，而易其名曰最上乘。此其滑稽利口，可勝道哉！盜劫主人財，還惡主人畸零下户，土著不去，遂蔑視故主，由來久矣。司民司土者，來歷分明，雜種夷族〔二〕，焉得混我華宗。惟其恣睢流蕩，不畏人檢勘，不顧己躬行，矢口放言，不慚烏有，任意勦説，不求符合，如戲如狂而難與莊語，倐反倐覆而不可端倪。雖有善辨，不能通無竅之耳；雖有江河，不能滿無底之巵。吾

〔二〕「雜種夷族」四字原缺，據四庫全書存目叢書補編影印中國科學院圖書館藏明天啓三年刻小山草十卷卷一補。

言止此，孰是孰非，足下自裁之而已。

向語足下，天下學異而道同，道異而心同，足下既以所學自是而非我，我安得不以所學自信而復足下。要之，有各是各非之見，終無無是無非之理。誰是誰非，必居一于此。吾與足下皆衰老，門户各立，窾式各定，非始商量之日。足下即是耶，我不能改步相從；足下非耶，亦未必能改步從我。其是其非，各信諸心而已。語雖多而意難盡，慺慺之懷，終于未吐，千里面譚，聊以爲别。雖然，猶有厚望于足下。蓋足下與我故人也，世間町畦由人設，好醜由人定，雖聖人之門，亦有不材，未必誦聖人之言者，皆聖人所喜也。雖佛門亦有賢者，未必學佛者皆聖人所惡也。倘吾言非，雖媚吾聖人，必且憎之。倘足下言是，雖外吾聖人，吾聖人終不絶之。爾佛既聖人，諒其心不與吾聖人異。吾意雖戇，爾佛必見恕。况足下故人，恕我又可知也。傳曰：「惟善人能受盡言。」余是以猶厚有望焉。某再拜。

閑道録卷之五終

閑道録卷之六

宣城　沈壽民耕巖纂輯
孫　廷　璐編次
後學　黄元幬校梓

序

送浮屠文暢序[一]

韓愈

人固有儒名而墨行者，問其名則是，校其行則非，可以與之遊乎？如有墨名而儒行

[一] 原書未分段，整理者據文意劃分。

者，問之名則非，校其行則是，可以與之遊乎？揚子雲稱，在門墻則揮之，在夷狄〔二〕則進之。吾取以爲法焉。

浮屠師文暢喜文章。其周遊天下，凡有行，必請于搢紳先生以求詠歌其所志。貞元十九年春，將行東南，柳君宗元爲之請。解其裝，得所得叙、詩累百餘篇。非至篤好，其何能致多如是耶？惜其無以聖人之道告之者，而徒舉浮屠之説贈焉。夫文暢，浮屠也，如欲聞浮屠之説，當自就其師而問之，何故謁吾徒而來請也？彼見吾君臣父子之懿，文物事爲之盛，其心有慕焉，拘其法而未能入，故樂聞其説而請之。如吾徒者，宜當告之以二帝三王之道，日月星辰之行，天地之所以著，鬼神之所以幽，人物之所以蕃，江河之所以流而語之，不當又以浮屠之説而告之也。

民之初生，固若禽獸夷狄〔三〕然。聖人者立，然後知宮居而粒食，親親而尊尊，生者養而死者藏。是故道大乎仁義，教莫正乎禮樂刑政。施之于天下，萬物得其宜；措之于其

〔二〕「夷狄」二字原缺，據馬其昶韓昌黎文集校注卷四補。
〔三〕「夷狄」二字原缺，據韓昌黎文集校注補。

躬，體安而氣平。堯以是傳之舜，舜以是傳之禹，禹以是傳之湯，湯以是傳之文、武，文、武以是傳之周公、孔子，書之于册，中國之人世守之。今浮屠者，孰爲而孰傳之邪？夫鳥俛而啄，仰而四顧，夫獸深居而簡出，懼物之爲己害也，猶且不脱焉。弱之肉，强之食。今吾與文暢安居而暇食，優游以生死，與禽獸異者，寧可不知其所自耶？夫不知者，非其人之罪也；知而不爲者，惑也；悦乎故不能即乎新者，弱也；知而不以告人者，不仁也；告而不以實者，不信也。余既重柳請，又嘉浮屠能喜文辭，于是乎言。

皇甫湜字持正。浙江淳安人。唐裴度辟爲判官。

吉州送簡師序

鳳羽而麟毛，鳥與獸也。經傳以興比于聖人，豈非以其心不以其形者耶？師雖佛其名而儒其行，雖夷狄〔二〕其衣服而人其知，雖未齒于士，與鳳麟類矣。不猶愈於冠儒冠、服朝服，惑溺于淫怪之説以斁彝倫者耶？嗚呼！師，吾獨賢也。刑部侍郎韓愈既貶于潮

〔二〕「夷狄」二字原缺，據四部叢刊本皇甫持正文集卷二補。

州，浮屠之徒，歡快以忭，師獨憤起，訪余求序，行以資適潮，不顧蛇山鱷水萬里之險毒。若將朝得進拜，而夕死可者。嗚呼！悲夫！吾絆不得侣師以馳。

胡寅字明仲，號致堂。福建崇安人。宋。歷徽猷閣學士。

崇正辯序〔一〕

崇正辯何爲而作歟？闢佛氏之邪説也。佛之道，孰不尊而畏之，曷謂之邪也？不親其親而名異姓爲慈父，不君世主而拜其師爲法王，棄其妻子而以生續爲罪垢，是淪三綱也。視父母如怨仇，則無惻隱；滅類毁形而無恥，則無羞惡；取人之財，以得爲善則無辭讓；同我者即賢，異我者爲不肖，則無是非。是絶四端也。三綱四端，天命之自然，人道所由立，惟蠻夷戎狄〔二〕則背違之，而毛鱗蹄角之屬咸無焉。不欲爲人者已矣，必欲爲人，則未有淪三綱、絶四端而可也。釋氏于此丕單除掃，自以爲至道，安得不謂之邪與？

〔一〕原書不分段，整理者據文意析之。
〔二〕「蠻夷戎狄」四字原缺，據容肇祖點校崇正辯斐然文集補。

豈特此哉！人，生物也，佛不言生而言死。人事皆可見也，佛不言顯而言幽，人死然後名之曰鬼也，佛不言人而言鬼。人不能免者常道也，佛不言常而言怪。常道所以然者理也，佛不言理而言幻。生之後、死之前，所當盡心也，佛不言此生而言前後生。見聞思議皆實証也，佛不以爲實，而言耳目所不際、思議所不及。至善之德，盡于乾坤也，佛不知其盡，而言天之上、地之下與八荒之外。若動若植無非物也，佛不恤草木之榮枯，而憫飛走之輪轉。百骸内外無非形也，佛不除手足而除髮鬚，不廢八竅而防一竅。等慈悲也，佛獨不慈悲父母妻子而慈悲虎狼蛇蝎。等棄捨也，佛獨使人棄捨其財以與僧，而不使僧棄捨其所取之財以與人。山河大地未嘗可以法空也，佛必欲空之，而屹然沛然卒不能空。兵刑災禍未嘗可以咒度也，佛必欲度之，而伏屍百萬，烈焚淪没，卒不獲度。此其説之疏漏畔戾而無據之大略也，非邪而何？

今中國之教，無父無君則聖賢闢之，萬世不以爲過。中國之治，弑父與君則王法誅之，人心不以爲虐。至于詭術左道皆重加禁絶，所以扶持人紀、計安天下也。釋氏之説，盡麗于此數者，吾儒反相推尊歸向，無乃有三蔽乎！三蔽爲何？一曰惑，二曰懼，三曰貪。

夫闔光于隙穴者，豈知日月之大明，圓智于一物者，豈盡陰陽之變化，此凡民淺識也。佛因而迷之，曰：世界不可以數計，生死不可以世窮。于是不智者亦從而惑矣。身拔一毛則色必慄然變，足履一刺則心必惻然動，此凡民懦氣也。佛因而惴之，曰：報應之來，迅如影響之答；幽冥之獄，倍于金木之慘。于是不勇者亦從而懼矣。迫窮患害，必生饒益之想；謀及悠遠，必爲子孫之慮，此凡民貪情也。佛因而誘之，曰：從吾之教則諸樂咸備，壽福不足言；造吾之地則趨位高明，天帝不足貴。于是不仁者亦從而貪矣。吾儒誠能窮理養氣而宅心，必無此三蔽。有此三蔽，是衣冠身而衆庶見也，是引夷貊入[一]中國以爲未快，又與鳥獸同群而不可避也。何乃不思之甚哉！無亦可悼之極哉！

雖然，賢知之士有出群之趣，高世之念者以事爲膠擾，非清净妙圓之體也，則曰：吾豈有所貪懼，如愚夫之所期與？蓋將求佛所謂無上法、第一義者，悟徹此心耳。嗚呼！堯、舜、禹、湯、文、武之德衣被天下，仲尼、子思、孟軻之道昭覺萬世，凡南面之君，循之則人物皆蒙其福，背之則人物皆受其殃，載在方策之迹著矣。其原在于一心，其效乃

[一] 「引夷貊入」四字原缺，據崇正辯斐然集補。

至于此，不可禦也。今乃曰是未足以盡吾本心。兼利萬物爲高士也，豈不猶食五穀而曰不足以飫，登泰山而曰不足以崇者乎？蓋亦师聖人之言，窮萬物之理，反求諸心乎？今于聖人之言未嘗思，于萬物之理未嘗窮，志卑氣餒，悵悵如逆旅之人也，乃率然曰：妙道非六經所能傳，亦何言之易耶？假曰孔孟有未言者故佛言之，佛言其妙所以出世，而孔、孟言其粗所以應世耳，其心則一也。然則以耳聽，以目視，以口言，以足行，饑而食，渴而飲，冬而裘，夏而葛，旦而動，晦而息，戴皇天，履厚土，皆孔、孟日用之常，佛者何不一概反之，而亦與之同乎？同其粗而不同其精，同其心而不同其用，名曰出世而其日用與世人無以異，烏在其能出乎？故道不同不相爲謀，儒與佛不同，審矣。佛者未嘗爲儒謀，而儒之陋者無不爲佛謀，悦其受記之媚，承其外護之諂，張而相之，扶而興之，至使著書非毀堯、舜，詆譏丘、軻，曾不以爲疾也。一有詎西方之説者，則怵心駭色，若罪元在己，雖弑父與君未足以方其怖且怒矣。良心陷僻乃至于此耶！

或曰：「凡子所言，皆僧之弊，非佛本旨也。子惡僧可也，兼佛而斥之，過矣」。則應之曰：「黄河之源不揚黑水之波，桃李之根不結松柏之實。使緇衣髡首者承其教，用其術，而有此弊，是誰之過也？仲尼父子君臣之道，紀綱乎億千萬載，豈有弊耶？惟其不作而無弊也，是以如天之覆，不待推而高，如地之載，不待培而厚，如日月之照，不待廓而明。惟其造作而有弊也，是故蔓衍其辯，張皇其法，防以戒律而詛以鬼神，侈以美觀而要以誓願，托之于國王宰官，劫之以禍福苦樂，而其弊久而益甚矣。墨氏兼愛，其流無父，楊氏爲我，其流無君，非身自爲之也。孟子究極禍害，比之禽獸。况于身自爲之，又率天下而從之，其害源之所達而禍波之所浸，千有餘年，喪人之心，失人之身，破人之家，亡人之國，漂泊陷害，天下溺焉，莫之援也，豈曰弊而已哉！昔梁武帝奉佛，莫與比隆。及侯景之亂，諸子擁重兵，圖便利，雲翔不進，卒俘其父。而後兄弟相夷，宗國亡滅。彼于君臣父子之際，可謂澹然無情，不爲愛欲牽矣，而道果如是耶？」

或者猶曰：「佛之意，亦欲引人爲善，使人畏罪而不敢爲，慕善而爲之。豈不有助于世，而何闢之深也？」則應之曰：「善者，無惡之名也。無父無君者，惡乎？善乎？自非喪心者，不敢以爲非惡，孰與有君有父之爲善乎？道者，共由之路也。不仁不義者，可由乎？不可由乎？自非喪心者，不敢以爲可由，孰與居仁由義之爲道乎？子悅其言而不覈其事，過矣。」或者又曰：「夫在家以養口體、視温凊爲孝者，其孝小；出家得道而升躋父母于人天之上者，其孝大。佛非不孝也，將以爲大孝也。」則應之曰：「良价之殺父，效牟尼之逃父而爲之者也。逃父避之于山而得道，不若使父免于思慮憂勤，而親其身之爲全也。殺父升之于天之非理，不若使父免于叱逐餒殍，而養其生之爲得也。然則佛之所謂大孝，乃其父所謂大不孝耳！借使佛之説盡行，人皆無父，則斯民之種必至殄絶，而佛之法亦不得傳矣。人皆無君，則争奪屠膾相食，而佛之黨亦無以自立矣。此理之易見者，彼非昏然不知也。特罔人以虚誕之言，蓋其悖逆之情，聾聵奸惰之徒而安享華屋之居，良田之利，金帛之施，衣食之奉，泰然爲生民之大蠹，不謂之異端邪説而何！是故仲尼正則佛邪，佛邪則仲尼正。此崇正辯之所以不得已而作也。上士立德以教變之，中士立功以法革之，下士立言以辯闢之。吾下士也，凡十餘萬辭，覽者矜其志而左右其説，則忠孝之大端見矣。」

方孝孺

送浮屠景暉序

周公、孔子之道衰，而異端出，其後稍盛，其説尤熾。人趨而信之最深，久而遂同稱于孔子，曰儒釋。世主惡其然，欲斥之者有矣。然既撲而愈焰，既滅而復興。惡者之五六不勝喜者之千百，延至于今。塔廟多于儒宫，僧徒半于黎庶，西域之書與經籍並用。吾嘗求其故，以爲楊、墨、名、法之流，其説與釋氏雖殊，其違聖人之道則一。然皆不數傳輒不復續，釋氏更千載而不廢，獨何哉？蓋楊、墨、名、法淺而易知，不足以動人，釋氏之術，其深若足以通生死之變，其幽若可以運禍福之權。惟其深也，故過于智者悦焉，惟其幽也，故昏愚之氓咸畏而謹事之。而其徒又多苦身勩行，固執而不爲外物所移，飾儒言以自文，援名士以自助。故其根本滋固，柯條〔一〕蔓延，纏乎海内，無怪其與孔子同稱也。然孔子之道猶天然，豈以其同稱而損哉！有一善可取，孔子且猶進之，聖人之容物固如是也。况釋氏設教一本乎善，能充其説，雖不足于世，而可使其身不爲邪僻，不猶愈于愚而妄行者乎？故儒之于釋，縱不能使之歸于正，姑容之恕之，誘之以道，傳之以文，然後可使慕入焉。

四明璧奎曄师，年甚少，從烏傷龍門海公爲弟子，性慕儒學頗至。其來京師而將還

〔一〕「條」，文淵閣四庫全書本文章辨體彙選、明文海皆作「條」，似較勝。

也，海公屬予有以告之。余非釋氏徒，固無以告也。然曅師之居烏傷，睹土田之沃、室廬之稠、市廛之富，亦以爲盛矣。人告之以京師爲尤盛，豈不疑之乎？今至京師而觀之，然後知其不誣也。夫人學于釋氏已久，驟而語之以儒道之大，不猶昔之疑京師者乎？在乎造之而已。曅師其歸求焉，苟有得吾之言，則去周公、孔子之道不遠矣。

贈金溪吴中實序

道本于人心，非幽深玄遠不可知也，而人鮮知之，邪説惑之耳。古之爲邪説者，其言異，其術異，其名亦異，其心亦自以爲異于聖人之道，故其説易攻，而民之智者不之信。後世之爲邪説者，其言與術皆異。至于問其名，則自以爲儒。問其所宗，則以爲得聖人之傳。故智與愚者皆溺焉。聖人之道載于經，可知矣，未嘗使人求道于博文約禮之外。聖人没，明道者莫過于子思、孟子。而二子之所言，近而身，遠而天下。要其原則本之天命，語其事則愚夫愚婦皆可知之，亦未嘗爲窈冥渺邈之説，使人不可致詰也。後世邪説者，則曰文不必博也，禮不必約也，道之妙不可以言傳也。嗚呼！是果道耶？以聖人之智睿，七十子之偉傑，其過于人亦遠矣，然而必學于詩、書、禮、樂、六藝之文，至于終身而不厭。彼邪説者，則曰六經不必學也，必求于吾心，俟其頓明忽悟而後可。嗚呼！是果何道耶！且經之作，何爲也？聖人思己之身不能常存以淑來世，故載其所言所行者，使人取法焉耳。今人必謂無所用乎經，而可以爲聖賢，則邪説者果勝于聖人也耶？棄書語，絶念慮，錮其耳目而不任，而僥倖于一旦之悟者，此西域之異説，愚其身而不可用于世之術也。而學之謬自附于聖人，而曰聖人之道固如是，不特誣其身，而又誣後之學者，何其甚惑耶！自斯道之不明，其欲惑斯民者亦衆矣。然墨者不諱其名爲墨，楊者不諱其名爲楊，申、韓、老、佛之徒，各不諱稱其名，故放言而驅之，則人隨以定，其爲害可息也。天下之大害，莫甚于名是而實非，異端其實而聖賢其名，此士所以從之者衆也。然非彼之過也，從之者愚也。今有人棄稻黍而噉橡栗，雖無識者亦知其愚矣。棄孔子、子思、孟子而不師，而求異端之似者師之，孰謂其智耶？

金溪吴君仲實，儒者也，學孔子、子思、孟子之道，而不變于流俗者也。其爲學甚富，其爲文辭甚達，是皆彼之所棄者，而吴君獨盡心焉。余慕其善爲學也，其自京師將歸，故論邪説之害以贈之，俾告其鄉人。嗚呼！斯道之不明久矣，謂余言爲然者，其有志于道者乎！

遜志齋集序〔一〕

林右字公輔。浙江臨海人。明。

流而不可止者，勢也。習而不可變者，俗也。與勢俱往，與俗同波者，衆人也。知勢俗之所趨而能確然以聖賢自守，不浸淫于其中者，君子也。非惟不爲勢俗之所浸淫，而吾一言一行之所達，天下之勢皆隨以定，天下之俗皆隨以化，譬若烈風震雷鼓撼上下，無大不摧，無幽不入，雖有强梗自撓，亦餒焉委靡于其下，此非聖賢豪傑之士不能。

當周之末，孔子之徒已没，楊、墨之説盛行于天下。孟子慨然于布衣中修明仁義之道，而楊、墨之説以廢。孟子以來，更歷秦漢，既遭坑焚之禍，天下學者不見全經，而老佛之徒唱爲私説，鼓舞天下。天下之人皆相與師而尊之，曰此當今之聖人也。使三綱淪而九法斁，其害有甚于楊、墨者。雖以韓文公之雄才，竟不能爲天下變。至宋程、朱諸子者出，

〔一〕原文不分段，整理者據文意劃分。

一掃陋習，頓回天下于大道之中。天下之人皤然而改，曰吾道固在是也。然後老、佛之説爲無用。嗚呼！當其肆爲邪説，乘吾道之無人，戕賊其間，根蟠枝散，固植人心，漫不可拔。天不生程、朱于天下，則天下之人終日昧昧，如瞽者之宵行，何由睹青天而見白日也哉！故曰能定天下之勢，化天下之俗，非聖賢豪傑之士不能也。有如雲之舟，方能適無涯之海；有烏獲之力，方能負千鈞之重；有天下之才，方能剖天下之事。才不足于天下而欲剖决天下之事，乘小舟以適海〔二〕，驅孱夫以任重，不待識者皆知其不可也。是故不患天下之勢不我定，俗不我化，惟患我無蓋天下之才與學耳。彼郭林宗、王導之徒，屑屑衣冠之間，猶能使天下之人效之，况吾佩服聖賢之學，而謂天下之勢不我定，天下之俗不我變哉！

惜乎！當今之學者則異于是。但聞前朝之故習，竊成説爲文詞，雜老、佛爲博學，志氣污下，議論卑淺，齷齪然無復有大人君子之態。吾友方君希直，奮然而起曰：是豈足以爲學！不以伊、周之心事其君，賊其君者也；不以孔、孟之學爲學，賊其身者也。發

〔二〕文淵閣四庫全書本遜志齋集「乘小舟以適海」上有「猶」字，似較勝。

言持論，一本于至理，合乎天道。自程、朱以來未始見也。天下有志之士，莫不高其言論，將盡棄其所學而從之。嗚呼！豈非豪傑之所用心也哉！常士世生，豪傑之士不多見，而于吾希直見之，又豈非吾之願也哉！希直之文，吾評之矣。譬若春氣方至，真液之色充滿廣宇，飛潛動植之物各有生意，天下之人，莫不信之。此特其一事耳，要其大者，不在此也。雖然，文所以達志也，不觀其文，何以知其志之所存？余故又序其文云。

崇正辯序

丘濬字仲深。廣東瓊山人。明。大學士，謚文莊。

昔者聖人于華夷〔一〕之辯，蓋甚謹。尚書言「蠻夷〔二〕猾夏」，詩稱「戎狄是膺」，春秋「内夏外夷」，其爲斯世防也至矣。然其所謂夷〔三〕者，皆處近境，時或以害吾民之生，未至爲人心術之害也。至戰國時，邪説始惑。然始所以爲説者，其人固中國之人也。其説雖未

〔一〕「華夷」二字原缺，據崇正辯斐然集補。
〔二〕「蠻夷」二字原缺，據崇正辯斐然集補。
〔三〕「夷」一字原缺，據崇正辯斐然集補。

合于正，猶不至悖逆天常，滅絶人倫，如佛氏之甚焉。如楊氏爲我，墨氏兼愛，其初豈真無父無君哉！孟子斥之，蓋極其流弊言之耳。然人道，生生之本，固自如也。佛氏乃棄其天性之親，而自謂出家，則真無父矣。蔑其無所逃之君，而自謂出世，則真無君矣。無父無君，非臣非子，其人何等人耶？甚至反陰陽之常，絶生育之理，忘其身之所從出，闕其氣之所由續。噫！確然隤然之間，而無蠢然者禪續以生生，則人類絶也久矣。天地尚得爲天地哉？萬無是理也。雖然，彼猶道其所道于其所生印度國中，去中國萬餘里，勢不能以相及也。奈何後世主中國者，無故自決其内外之防，引絶域裔夷入我〔二〕華夏，使吾人崇其教，祀其鬼，誦其書而或者又從而推演張大之，以亂吾中國聖人之教。上貶天帝，中誤世主，下愚生人。世無古今，地無華夷〔三〕，人無智愚，莫不恬而安之以爲當然，利而慕之覬其必得，畏而怖之莫敢輕議。宫室日廣，徒侶日衆，論説日巧，滋蔓至于今日，殆與天地爲終始而無窮。其爲中國民心之害，豈止于詩、書所稱，春秋所書，孟子所闢而已

〔二〕「裔夷入我」四字原缺，據崇正辯斐然集補。
〔三〕「華夷」二字原缺，據崇正辯斐然集補。

哉！自有佛千餘年，其間豪傑之士，明言以痛斥之者，若傅太史、韓吏部、程夫子、朱文公，其論可謂明白而深切矣。然皆舉其大綱，撮其大凡，細微曲折之處，各有未盡者。彼猶或得以隱遁掩飾也。惟有宋致堂胡明仲先生崇正辨一書，凡爲卷三，爲條二百九十有九，蓋因僧仁贊之所論，按其事而判之，摘所言而折之。根究條析，瑣細不遺，一本諸理之所有，以證其事之必無。理直而氣壯，詞嚴而意周。彼夫幻誕不經之邪説，一切破蕩無餘。非獨儒者瞭然于心目之間，使爲其徒者讀之，彼亦人耳，天理之在人心固未嘗泯，雖其沉泥深固，口或肆然辨，而其心亦將帖然以服。余早歲于馬氏文獻通考中得序文讀之，欣快者累日，恨未得見其全書。後仕京師，偏于四方藏書家訪之，近始得寫本于金陵吴廷閏僉憲處。適友人段可久知南陽府，乃以授之。可久欣然證其訛誤，用刻諸梓。嗟夫！〔一〕固已不堪矣，矧譯胡〔二〕言以譸張〔三〕，行鬼教以劫制，設劫術以誘惑，鼓妖説以黨助，日新

〔一〕此處原缺八字，崇正辯斐然集附録此文多「夷狄之爲中國害也久矣，彼肆其爪牙之毒以侵我邊境，爲吾人生聚之害時暫然也」三十三字。當是沈壽民摘録時節以己意。

〔二〕「胡」字原缺，據崇正辯斐然集補。

〔三〕「譸張」二字原缺，據崇正辯斐然集補。

月盛，以賊害吾人之心術于百千萬年而無窮，偃然自大以傲我君父，居然自任以敗我綱常，群然自恣以靡我貨財，致吾中國自天地開闢以來，百王之法、萬世之道爲所汩亂焉。是蓋夷狄[一]邪説合而爲一，纏綿膠固而終無可解之期。學孔、孟者所宜究心也。是用表章之，使天下後世之人知其爲私爲邪，爲非爲妄，是亦攘戎狄闢邪説以正人心，而爲世道之防之一助云。

廣崇正辨自序

吴宗周字子旦，號石岡。江南宣城人。明臨江府知府。

天下不可一日而無儒者之功，君天下者不可一日而不重儒者之學。儒者之學，何學也？天下古今同謂之正學者是也。其道則仁義禮智信，其倫則君臣父子夫婦兄弟朋友，其文則易、書、詩、禮、樂、春秋、論、孟、庸、學，其人則三皇五帝三王之爲君、皋、夔、稷、契、伊、傅、周召之爲臣、孔、曾、思、孟、周、程、張、邵、朱子之爲

〔一〕「夷狄」二字原缺，據崇正辯斐然集補。

師，皆所以爲天地立心，爲生民立命，爲往圣繼絶學，爲萬世開太平者也。此所謂儒者之功也。君天下者，豈可一日而不崇重之哉！捨此而他求，非無老氏之教也。其説以清虛無爲爲本，而專于利己。宋徽宗嘗一試之矣。講經設醮，造觀祈禱，紛紛百出，不用儒者之言，卒之金人寇華，舉族北狩，而存者無幾。老氏之教果足恃乎？又非無釋氏之教也。其説以慈悲不殺爲貴，而專欲利人。梁武帝嘗一試之矣。講經造塔，設齋祈禱，京師白晝殺人而不知禁，不用儒者之諫，卒爲侯景逼死，國亦隨滅。釋氏之教果足恃乎？之二氏者，雜于儒者之間，而用之，其取禍之慘，歷歷可驗。後之人主，不鑑其失，而每以取敗。假使全用二氏之教以治天下，不出百年而人類絶滅，盈天地間草木禽獸而已。較之純用儒者之道，益乎？損乎？又或故知其無用，而姑一試之乎？胡致堂因僧仁贊之言，按其事而折之，爲崇正辨一書，二百二十九條，合上下兩卷。有瓊山丘公濬、會稽胡公謐咸序之矣。不肖孤以爲止及佛氏之非，而老氏、莊、列、楊、墨、申、韓之宗老氏者，與諸曲學邪術之誣世惑民、壞人心術者，均未之及也。迺爲廣崇正辨一書，先之以儒者之正學，修身齊家治國平天下之大道，而次之以老、釋無用之言，又次之以世之曲學邪術，使後之爲人君與凡學者咸知所取舍云。

王生歸儒序

葉致中字□。明。

能言距楊、墨者，孟子謂之聖人之徒。夫徒距之而輒與之，若是其重，則逃乎彼而來歸者，得無與其賢哉？吾友王生，故搢紳名家。幼失所怙，其族人舍之逍遥觀爲道士。既而來學于余，聰悟警敏，若聖賢之書、諸子、史、傳既習聞之，乃皤然曰家素以儒科顯，不幸而中微，而不肖者幸生以粗有識知，令棄去從老氏，恐非先人遺意也。乃解其冠裳，謝其師，歸讀書于其家別業。于是吾黨儒者，無論疏遠，咸嘉尚之，至有禮延之，俾淑其子弟者。嗚呼！昔太史公著六家序説曰：「儒者博而寡要，勞而無功。」又曰：「道家者流，因陰陽之大順，采儒墨之善，撮名法之要，絀聰明，去健羨，兼五家之長，爲足以爲理。」夫太史公之論若是，王生爲其徒矣，習聞其學矣，乃能尚吾儒之教，一日來歸，屹然爲儒門弟子師，則視夫能言距楊、墨者，輕重爲何如？識者必有以辨之。乃有請余言以美其志者。余言儒者之道，何道也？儒者即天地以爲道也。天尊而地卑，君臣之位也；天生而地成，父子之繼也；一陰而一陽，夫婦之配也；日月星宿、四時寒暑，其比並、其先後小大，朋友長幼之則也。觀乎流行之有序，發生之有和，禮與樂可行矣。察乎天之經、地之緯，明乎陽之舒、陰之慘，政與刑可作矣。聖人者出，仰觀俯察，立爲經制，莫非以天地之道爲道。人之爲人者，生於斯、長于斯而待盡于斯，固不能外天地以爲人，惡能外天地之道以爲道哉？能外天地之道以爲道，又惡能絶君臣父子、舍禮樂刑政以爲道哉？知乎此，則太史氏之説然乎？否乎？雖然，彼瞶然者無所知，無足與適也。知而不之信，信而不擇其所從，知猶不知爾。若生者可謂能賢也哉！生雖貧，志不屈，身不污，爲吾道自樹立，遂吾人倫，長吾恩愛。朋徒來從，窮則相切以自善，達則大行以兼善，不其偉乎！于是以吾言爲足以輔吾教，且有達其志，遂請書以爲序。

閑道録卷之六終

閑道録卷之七

宣城沈壽民耕巖纂輯
孫　廷　璐編次
後學　黃德鑄校梓

辨上

廣宗正辨上　摘

吴宗周

孔子曰：「攻乎異端，斯害也已。」范氏釋之曰：「異端，非聖人之道，而別爲一端，如楊、墨是也。其率天下至于無君無父，專治而欲精之，爲害甚矣。」謂之如，則非止二氏而已。當時老聃之流，倡爲邪説，以惑世誣民。莊、列，宗其教者也，説者又謂與楊、墨皆老聃弟子。故朱子曰：「孟子闢楊、墨，則老聃在其中。」公都子曰：「外人皆稱夫子好辯，敢問何也？」孟子曰：「予豈好辯哉！予不得已也。昔者禹抑洪水而天下平，周公兼戎狄、驅猛獸而百姓寧，孔子成春秋而亂臣賊子懼。詩云：戎狄是膺，荆舒是懲，則莫我敢承。無父無君，是周公所膺也。我亦欲正人心，息邪説，距詖行，放淫辭，以承三聖者，予豈好辯哉！予不得已也。能言距楊、墨者，聖人之徒也。」朱子釋之曰：「邪説横流，壞人心術，甚于洪水猛獸之災，慘于戎狄篡弑之禍，故孟子深懼而力排之。再言予豈好辯哉，予不得已也，所以深致意焉。然非知道之君子，孰知其所以不得已之故哉！」又曰：「苟能爲此距楊、墨之説者，則其所趨正矣，雖未必知道，是亦聖人之徒也。孟子既答公都子之問，而意有未盡，故復言此，蓋邪説害正，人人得而攻之，不必聖賢。如春秋之法，亂臣賊子人人得而誅之，不必士師也。聖人救世立法之意，其切如此。若以此意推之，則不能攻討而又倡爲不必攻討之説者，其爲邪詖之徒、亂賊之黨可知矣。」

尹氏曰：「學者于是非之原，毫釐有差，則害流于生民，而及乎後世。故孟子辨邪説如此之嚴，而自以爲承三聖之功也。當是時，方且以好辨目之，是以常人之心，而度聖賢之心也。」昔孟子惡鄉愿，則曰：「君子反經而已矣。經正則庶民興，庶民興斯無邪慝矣。」朱子釋之曰：「反，復也。經，常也。萬世不易之常道也。興，興起于善也。邪慝，如鄉愿之屬是也。世衰道微，大經不正，故人人得爲異説以濟其私，而邪慝並起，不可勝正。君子于此，亦復其常道而已矣。常道既復，則民興于善，而是非明白，無所回互。雖有邪慝，不足以惑之矣。」尹氏曰：「君子所惡于鄉愿者，爲其似是而非，惑人之深也。絶之之術無他焉，亦曰反經而已。」愚謂孔、孟闢楊、墨、鄉愿之屬，其嚴如此，學者于老、釋之屬，可不深惡而痛絶之哉！

老聃

老聃初爲周漆園吏，後爲柱下史，老年西出函谷關，關令尹喜曰：「子將隱矣，强爲我著書。」于是著道德五千言，凡八十一篇，爲書上下二卷，西去。觀其言，曰柔弱者生之徒；曰天下柔弱，莫過于水，而攻堅强者，莫之能勝；曰將欲廢之，必固興之，將欲奪之，必固予之之類，無非卑退自全，竊弄闢闔之術，但欲偷生而已。先儒謂老氏心地冷冰冰的，專于爲己，略無一些捄人利物之心，以是爲道德，正爲道其所謂清虚無爲之道，而非吾儒人倫日用之道，德其所欲卑退自全之德，而非吾儒行道有得于心之德。故其流弊，養生者有求僊煉丹之怪誕，陰謀者爲申、商、韓非之慘虐，放曠者至劉伶、阮籍而極，清談者至王弼、何晏而淫，與夫魏伯陽之參同契，李筌之陰符經，後世一切異端邪説，皆老氏有以啓之也。其言雖有一二偶合吾儒之道，學者但求孔、孟格言、周、程、張、朱諸君子正論足矣。老、莊之書，則宜深拒而痛絶之。凡諸邪説曲學俱倣此。然則老氏真亂天下之元惡大憝哉！

莊子

莊周學于老子，著書三十三篇。共十卷，大率以其不羈之才，肆跌宕之説，馮虚御空，拿風捕影，撰出世所不必有之人，所必無之事，用以眇末宇宙，戲侮聖賢，走弄百出，恬不爲怪。郭子象[一]序言其不經，爲百家之冠，實後世恢譎小説之祖也。其言之惑亂世主，斲喪生民，真西山以爲與老聃同，而神僊、丹藥、陰謀、放達、清談之流弊，亦與老氏同，良有以也。其言比之老子，稍多近理，大抵所是不能掩其所非，果何取哉？

楊墨

楊朱，老子弟子。其學專于爲己。其言曰：「一毫安能利天下。使人人不拔一毛，不利天下，則天下自治矣。」故列子曰：「伯成子高，不以一毫利物。」孟子曰：「楊氏爲我，是無君也。」蓋楊氏見世人營營于名利，没其身不自知，故獨潔身以自高。然但知愛身，而不復知有致身之義，是爲無君。墨子是個尚儉惡樂的人，所以説里號朝歌，墨子反車。莊子曰：「墨子生不歌，死無服，桐棺三寸而無椁。」孟子曰：「墨子之治喪也，愛無差等，施由親始。」想見墨子爲人淡薄枯槁，送死之薄如此，他養生亦只是視父母如路人，粗衣糲食，任其自有無而已，是爲無父。孟子曰：「聖王不作，諸侯放恣，處士横

[一]「象」，疑當作「玄」。

議，楊朱、墨翟之言盈天下。天下之言不歸楊則歸墨。楊氏爲我是無君也；墨氏兼愛是無父也。無父無君，是禽獸也。〔二〕楊、墨之道不息，孔子之道不著，是邪説誣民，充塞仁義也。仁義充塞，則率獸食人，人將相食。」蓋無父無君，則人道滅絶，是亦禽獸而已。其道大行，則人皆無父無君，以陷于禽獸，而大亂將起，是率獸食人，人將相食也。故不得不距之，爲其惑世之甚也。又曰：「能言距楊、墨者，聖人之徒也。」

列子

列子，鄭人，其學本于老子、楊朱，而號曰道君。其書八篇，與劉向校讎之數合。亦貴清虚無爲。治身接物，務在不競。迂談詼諧，樂放逸而喜乖縱，亦多寓言。其静退似老子，不似老子用陰術。誕漫類莊子，不似莊子侮前聖。惟楊朱之言論，無不備載。漢景時，承文帝尚黄老，其書頗行于世。其後遺落民間，未有傳者。故太史公俱不爲列傳。典午渡江之後雜出，大抵與老、莊皆説無，終不奈吾道有何，楊子、老、莊、列子，同是異

〔二〕此處乃節引孟子滕文公文。

端，故併及之，以爲道家之本原云。

道家

道家之教，宗老、莊、列子之書，實同楊朱。至列禦寇，始有道家。道士、德士之號，亦原于老氏道紀上士聞道、上德若谷等言。故周穆王尚僊，召僊軌、杜仲，居尹真人草樓，因號樓觀。觀之名自此始。其教惟欲清虚無爲，群有以至虚爲宗，萬品以終滅爲驗，神慧以凝寂常全，想念以着物自喪，生覺與化夢等情。巨細不限一域，窮達無假智力，治身貴于肆任。順性則所知皆適，水火可蹈，志懷則無幽不照。自謂其言宏綽，其旨玄妙。至人極乎無親，孝慈終于兼忘。故觀其書，超然自以爲已當經崑崙，涉太虚，而游恍惚之庭。其徒遂倣佛氏三身法，尊老子爲三清元始天尊、太上道君、太上老君，而其徒謂之出家，謂之遊方外。祖老子之道德經，莊子書爲南華真經，列子書爲冲虚真經，而大洞、黄庭、清净之經讖，真誥、符籙、籤章之書，煉丹、辟穀、導引、吐納之方，紛然沓出，而道教彌漫天下矣。

程伯子曰：道家之説，其害終小。愚謂自其有清虚、無爲、逍遥、神怪等説，惑亂昏主愚民，遂使齊威、燕昭、秦皇、漢武、宋徽、周天元之類，糜費海内，以求神僊丹藥。唐憲之輩，接迹死于金丹燥渴。申、商、韓非過爲慘刻，以流毒海内。劉伶、阮藉、何晏、王弼、夷甫之輩，放達清談，頽風敗俗，卒使神州陸沉，百年丘墟，海内蕭然。道君北狩，□□□□[一]生民肝腦塗地，是皆其説所啓也。况人皆如其出家，少學其道，三綱淪九法斁，生民之類無孑遺矣。若是而謂之其害終小，或者大不可乎！夫道則以天下共由而得名，猶道路然。得道而盡，惟堯、舜、文王、周公、孔子耳。老聃之言，獨善其身，不與天下由也，而名曰道，自漢以來失之矣。其後乃有飛僊變化之術，丹藥符籙之技，禱祠醮祭之法，沉淪鬼獄之論，雜然並興，豈不遠哉！胡致堂

僊

養生者，求神仙爲内外世之説，起于老子。谷神不死，是謂玄牝。玄牝之門，是爲天

〔一〕此處原缺四字。

地根。綿綿若存，用之不勤。存三抱一，能如嬰兒守其母，是謂根深固蒂。長生久視之道，其曰三：精、氣、神；曰一：道也；曰母：元氣之祖也。其徒若葛玄輩，便謂老子生于未有天地之先，爲神明之宗。三光恃以朗照，天地禀以得生。後下爲國師，又有造化混元圖者，言其經歷三皇五帝，代代化身更名，長在世間，歷夏至商王甲時，分神化煞，寄胎于玄妙玉女八十一年。曁武丁庚辰年，誕于楚之苦鄉瀨縣曲仁里。葛玄又謂周時托神李母，剖左腋而出。又曰出在天地之先，無衰老之期。又有飛升時降之説，言亦自相矛盾。貪昧者不察，信爲老子經歷未有天地以來，數千萬年長生不老。人有爲列仙傳者，又説有彭祖、河上公、安期生、魏伯陽輩，皆是仙人，亦長不死。故齊威、燕昭、秦皇、漢武輩，無不竭盡心力，求見神仙，與修煉求爲神仙，遺害至今不息。殊不知老子實生于周，老年隱去，西出函谷關，後亦死于莊子之先。按莊子養生篇，明言老聃死，其友秦失吊之，三號而出，曰：「順也。」言聃已老，理當死矣。聃果長生不老不死者乎？後世如史記留侯張良卒，華山陳摶卒之類，則是仙人亦未有不死者。人之有生死，猶夜旦之必然。蔡季通謂天地所以長旦夕者，以其氣運于内而不泄耳。神仙只是養得氣完，故比衆人壽略長些。衆人便戕賊了天年，所以夭札些。要其歸，未有不死者。人人若能清心寡慾，保氣血，養精神，亦可免夭札。程伯子謂：「譬如爐火，置諸風中則易過，置諸密室則難過是也。」

郁離子謂：「神仙，人之變怪者也。木石禽獸，且能變怪，人能無變怪者乎？此所以世不常有，亦不可以修爲而至。」愚乃竊嘆曰此誠確論。聖人復起，不能易也。孔子不語怪力亂神，正此類耳。豈嘗曰世無怪哉？後之愚蔽，乃欲吸日月精華，茹草木，餌金石，吐納導引，妄意求之，有是理乎？仙怪無益于身，無補于世，徒爲妖幻而已。

瓜山潘氏曰：夫人有生有死，乃理之常。吾儒之道，生順死安，或壽或夭，修身以俟。何必苦欲求仙，偷生于天地間耶！

神仙之説，自戰國始。燕、齊之君，常求之不驗矣，而秦皇復求之。秦皇求之不驗矣，而漢武復求之。以漢武之高明英傑，而長生不死之欲一動乎中，遂爲方士之所愚惑，猶玩嬰兒于股掌之上，豈不異哉！真氏

釋家

周昭王二十四年，釋迦佛生于西域刹利王家。年十九，恨父聽後母讒，見其國人好

殺，出家修行，勸人慈悲不殺。後漢明帝永平三年，帝夢金人，時則有傅毅者，言西域有此神。使蔡愔等使天竺求之，攝摩騰等以白馬馱經而來，中國之有佛書始此。其書大抵以虚無爲宗，貴慈悲不殺，以爲人死精神不滅，隨復受形，生時所行善惡皆有報應。故所貴修煉精神，以至爲佛。善爲弘闊勝大之言，以勸誘愚俗。初止于鴻臚寺。明帝于東都門外立精舍，以處沙門攝摩、天竺法蘭郎。沙門云者，西域得其道之稱，言息也，欲息而歸于無也。精舍名曰白馬寺，以白馬馱經而來得名。中國之有寺始此。沙門之教，男曰僧。僧，師也。又曰優婆塞，又曰德士，又曰苾蒭，始于漢明帝聽劉峻出家，中國之有僧始此。晉道安學于佛圖澄姓帛氏，以其師莫過于佛，遂以釋爲姓，沙門稱釋始此。釋教專師一釋迦，後供奉三金人者，一曰法身，釋迦之本性也；一報身，釋迦之德業也；一曰肉身，釋迦之真身也。佛之一身，今分爲三像而列祀之，已可大笑，而道流遂倣傚之，尊老子爲三清，曰元始天尊、曰太上道君、曰太上老君。此又師他人之失，益大可笑矣。佛書只四十二章，是其真言。厥後釋迦者流，援老、莊、列子之説，以廣其教。至梁時達摩至，又有坐禪之教。而吾儒之昧于道者，如蕭瑀、王縉、賈島、白居易、裴休、張説、王安石、張商英、陸子静之徒，又爲黨惡以助之。卒之梵經彌陀、佛頂、圓覺、蓮華、金剛、維摩、華嚴、光明諸經，汗牛充棟，異教蟠結而不可解。朱子謂此輩爲亂臣賊子之流，愚謂其名雖爲儒，而實老、釋之徒，孔門叛賊，世道之大蠹也。雖佛教不起于莊子、老子、列子之虚無寂滅，其實全與之合。又如庚桑子一篇，都是禪學。道家類楊子，僧家類墨子，莊、列又皆老氏之流。楊朱，老氏弟子也，墨子亦學老氏之學者。其無君父，棄人倫，滅天性，諸神仙等藥，刑名、放達、清談、陰符之類，非老聃之所啓乎？老子實天下萬世一鉅賊，雖聃亦不自知其流弊至此。滔天之罪，何所逃也！

初，漢明帝永平三年，佛法始入中國。王公貴人，獨楚王英最先好之，後以謀逆繫獄。會有詔，聽有罪亡命者贖。英以黄縑白紈贖罪。詔報曰：「楚王誦黄老之微言，尚浮屠之仁祠，潔齋三月，與神爲誓，何嫌何疑，當有悔吝。其還贖以助伊蒲塞桑門之盛饌。」明帝首倡中國奉佛之謹，楚英之首先崇好，且尚道教如此。以老釋之教言，此輩宜萬萬世永受神庇，卒之楚英以貶徙自殺，坐楚獄死者數千人。廣陵王荆又以謀逆自殺。英、荆，皆帝母弟也。事佛老者不能獲福，反貽大禍，神庇何有哉！

輪迴

鮑雨若問輪迴之説：「凡爲善者死，則復生爲善人，爲惡者死，則變爲禽獸之類，切恐有此氣。何則？凡禀冲氣以生者，未始不同。聖人先得人之所同有者而踐履之，故能保合太和。至死，其氣冥會于冲和之氣，造化之中，自然有復生之理。惡者平居作惡，而冲氣已喪，至死，其氣則會于謬戾之所，造化之中，自然有爲禽獸之理。如何？」程子答曰：「未知生，焉知死？知生則知死矣，知原始則知要終矣。」按程子此言，引而不發，蓋欲學者深思而自得之。能原其始之所以生而要其終之所以死，則輪迴之説，不辨而自明矣。張九韶

屈伸往來者，氣也。其所以屈伸來往者，理也。往而屈者，其氣已散；來而伸者，其氣方生。生生之理，自然不窮。若以既屈之氣復爲方伸之氣，則是天地間只有許多來來去去。造化無窮之理，不幾于窮乎？釋氏不明乎此，所以有輪迴之説。李果齋

佛之言曰：衆生各因淫欲而正性命。使世人能離此，以證無生，其不能然，則愛無根本。死于此，生于彼。或人而爲畜，畜而爲人，轉輪相尋，無有窮已。故人貴修行不殺，免于報身。隨念之善，即生樂處。欲驗其不然，請有以質之。羽化鱗介，與夫蝡耎肖翅之物，在天地間，抑有定數乎？若有定數，則安知人死爲畜，畜死爲人也？若無定數，則自古及今，人與禽獸相爲死生，不過死數。以大較論之，人殺禽獸，不可謂少矣。禽獸其殺人者無幾，當禽獸日多，充滿宇宙，人日加少，遂至于無人，然後報復之事信矣。而不然者，太平之際，人得其養，海内之户以千萬計，于時動物，亦不可勝用。若禽獸爲人，則禽獸宜彫耗，而反加繁多。喪亂之後，人失其養，或至千里人烟斷絶，于時庶類亦不能獨茂。若人爲禽獸，則禽獸宜多，而反以彫耗。此以目睹實事而質之者，一也。人之寐也，氣不離形，識知固在，而不能于寐之中，自知其寐也，其將寐也，雖大聖亦不能卓然知寐與寤之分際也。死之異于寐也，以方寤之時，或呼之，或觸之，瞿然而覺也。死則不能呼之、觸之，瞿然而覺。然其寐之熟也，則晦寐冥漠與死者無異。又况于氣既離形，如光之脱火，知識泯滅，不可復揚。乃曰：我有一念，由吾所積，皎皎然隨善惡所感而有所

生。此又以聚散真理而質之，二也。智者即是以思之，則輪迴之有無，亦可識矣。胡致堂

精氣聚則爲人，散則爲鬼。散則漸滅就盡而已。釋氏乃謂神識不散，復寓形而受生，是不明鬼之理也。平巖葉氏

按輪迴之説，起于老、佛之徒。儒者非之，是也。然自聖賢之教不明于天下，世俗之人惟老、佛之言是信。故南齊范鎮嘗著論以辨之曰：「形者神之質，神者形之用也。神之于形，猶利之于刀也。未聞刀没而利存，豈容形亡而神在哉！」張九齡

尹氏曰：「甚哉！梁武之愚也。人生天地間，有此生，則必有此身。生不可滅，則身不可捨。抑不知梁武所謂捨者，以何爲捨。若以屏富貴妻子爲捨，則是捨物非捨身。若以委其身于佛爲捨，則爲佛者當取其身而用之可也。今既曰捨，而其身猶在，則是初未嘗捨也。身未捨而强曰捨，則固已昧其心于不誠矣。他時諸臣，又以金贖其身，不知其捨之之時，孰從而受之？贖之之時，孰從而歸之？梁主身非賣僮，而可捨可贖，此不惟愚誑其民，愚誑其身，抑且愚誘其佛。末年荷荷之時，又復戀戀而不能捨，何哉？」孟子有言：捨魚以取熊掌，捨生而取義。夫魚與熊掌二物，固可舍一而取一，若捨生取義，則必

殺生狥義而後可。萬一其生猶在，則亦不謂之捨矣。梁武長齋斷魚肉，日至二食，菜羹糲飦，或遇事繁，日移中則嗽口以過，身衣布衣，木棉皂帳，一冠三載，一衾二年，貴妃以下，衣不曳地。性不飲酒，非宗廟祭祀大享，及佛事，未嘗作樂。多造塔廟，公私費損，老年厭于萬機，專精佛戒。每斷重刑，則終日不懌。或謀反者事覺，亦泣而宥之。京師白晝殺人，公行摽掠。溺于慈悲，終不能禁。後幸同泰寺講三慧經。是夜寺浮屠災，上曰：此魔也，宜廣爲法事。遂起十二層浮屠。將成，值侯景亂而止。胡氏曰：梁武溺于佛而不知佛也。江南雖小，號爲帝王，則一日二日之間，幾事豈少哉？乃留居僧寺至于逾月，必以境内爲晏安無所闕也，而不知所失多矣。浮屠之變，蓋天火之所以警戒也。方且迷而不復，歸于魔障，窮極土木以肆狼心，烏在其爲清心能捨也？卒爲侯景所逼，餓死臺城，國亦尋滅。歷年圖言武帝爲桑門之行，屈身傾國以奉浮屠，恩勝于威，紀綱不立，遂使臺城覆滅，老而餓死。古今愚昧，無出其右者。魏太武毁佛經像，盡誅天下沙門。後五年，爲中常侍宗愛所弒。佛家者流，遂以爲毁佛之報。不知佛既神通廣大，何不于要毁佛時即殺之，使不能毁，五年而待宗愛殺哉？後其孫世宗立，專尚釋氏，遠近承風，無不事佛。四五年州郡一萬三千餘寺，帝作瑶光寺，胡太后又作永寧等寺，皆極土木之美。又作九層浮屠，掘地築基下及黄泉。浮屠高九十丈，上刹復高十丈。每夜静，鈴聲聞十里。僧房千間，珠玉錦繡，駭人耳目。自佛入中國之盛，未之有也。後世宗亦爲其下鄭儼、徐紇等陰與胡太后謀酖殺之。釋謂太武毁佛，故有宗愛殺逆之報，其孫世宗奉佛甚謹，亦遭儼、紇、胡太后所弑，豈佛于毁之者報以弑逆，奉之者亦報以弑逆哉？胡氏以爲魏氏之亂始于顯祖奉佛，政事不理，重以世宗幼弱，胡后稱制，穢德彰聞，元澄、雍懌才薄力弱，劉勝、元文擅權黷貨。以召六鎮之兵，其間非無忠謀至計、排難解紛者，而朝廷惑焉。如元匡、崔光、袁翻、李崇、張普惠、薛叔、元浮、元深、元慎、元纂、辛雄、路思令、楊春、源子邕之言，皆不聽也。然則非爾朱榮、高歡能爲魏毒也，魏自亡耳。斯言得之矣。豈佛能禍福于其間？媚佛者何益哉？唐憲宗元和十四年迎佛骨至京師，先是功德使上言：「鳳翔法門寺塔有佛指骨，相傳三十年一開，開則歲豐人和，來年應開，請迎之。」上從其言，至是，佛骨至京師，留禁中三日，歷送諸寺。王公士民瞻送捨施，惟恐弗及。刑部侍郎韓愈上表諫。愚按憲宗號爲剛果，而所爲若此者，由其聖學不講，素無禮義以養其心，故外物足以移之耳。未幾，金丹燥渴，既不足以享長生之效，而身且不保，佛亦無如之何。則其妄誕之説顯然矣。韓公來諫，幾致極刑。要之，排斥異端，正議不屈，讀之凛凛猶有生氣。據釋氏所言，佛指骨開，則年豐人和，是歲正值三十年應開之期，正月迎至京師開之，二月平盧將劉悟殺李師道，七月沂州役卒王弁殺觀察王遂，十月安南酋楊清作亂殺都護李象古，朝廷大發江湖兵，會邕、桂二管討之，士卒多瘴死，天下兵起。歲豐人安之言，可驗乎？

五年庚子正月，宦官陳弘志弑逆，帝暴崩于中和殿。其黨秘之，託曰：「金丹藥發，燥渴而崩。」嗚呼！憲宗信惑異端，身罹大禍，况望歲豐人和乎！

唐武宗惡僧尼耗蠹天下，欲去之。道士趙歸真等勸之，乃毀天下僧寺四千六百餘區，招提、蘭若四萬餘區，勒歸俗僧尼二十六萬五百人。胡氏曰：「一身正氣爲邪氣所傷，必以五穀養生之物輔之，然後邪去而正復。若盜跖伏于室而召陽虎去之，是重自伐也。庸何愈？此元魏用寇謙之，武宗用趙歸真以去釋氏之類是也。釋氏蠹民心而耗其財，誠欲變絶，武宗君臣以公道行，夫豈不可，而待歸真乎？且佛教行乎中國久矣，非一日所能廢，又不利其鬻牒之資，持之三十年，則本根掃除，餘風亦殄矣。」

唐武宗知廢釋氏，而又不免崇信道教，築望仙臺于宮中，受法籙于趙歸真，又以道士劉玄靜爲崇玄舘學士。次年三月，帝崩。在位止六年耳。媢道何益哉？

唐宣宗會昌六年三月即位，四月誅趙歸真，是也。五月詔上京增置八寺，復度僧尼。十月，惑于道家長生之説，受三洞法籙，又勑復廢寺。在位十三年而已。若宣宗可謂昏愚之甚者矣。五代時有僧西域得佛牙以獻。明宗以示大臣。趙鳳言：「世傳佛水火不能傷，請驗之。」折之以斧，應手而碎。方是時，宮中賜佛已及數千，聞鳳碎之而止。若趙鳳者，亦聖人之徒哉！

朱子曰：「俗言佛燈，此是氣盛而有光，又恐是寶氣，又恐是腐葉飛蟲之光。蔡季通去廬山聞得云腐葉之光，云有人以盒子盒得一團光來。旦看之，乃一腐葉。妙喜在一處見光，令人撲之，得一小蟲，如蛇樣而甚細，僅如布線粗。此中有人隨往〔一〕聖錫到娥眉山云，五更初去看，初布白氣，已而有圓光如鏡，其中有佛。然其人以手裹頭巾，則光中之佛亦裹頭巾，則知乃人影耳。今所在有石，號菩薩石者，如水晶狀，如日中照之，更有圓光。想是彼處山中有一物，日初出照見，其影圓，而映人影如佛耳。娥眉山看佛，以五更初

〔一〕朱子語類作「汪」。

看。」愚謂此類皆僧人巧幻，誘惑愚民者。與胡穎毁佛像腹内享祭祀之蛇同，不足異也。

宋孝武帝大明二年，沙門曇標以妖妄謀作亂，伏誅，詔沙汰沙門，設諸條嚴禁之，遊僧入他境者斬，非戒行至精潔者不留。辛酉年，魏代北有沙門法秀之亂，梁乙未年，魏冀州有沙門法度以妖幻惑衆作亂，以尼惠暉爲妻，自號大乘。討平之。夫以沙門而謀反，則何所不爲？人主之尊信異端者，亦可少悟，而妖術竟何益哉！

齊建武三年，魏沙門法秀以妖術惑衆，謀作亂于平城，收掩擒之，加以籠頭鐵鎖，無故自解。魏人穿其頸骨，祝之曰：「若果有神，當令穿肉不入。」魏人穿而透，拘三日而死，所連及百餘家，法當族。王叡請誅首惡，赦其餘黨。太后從之，免千餘人。故愚謂此足爲誅沙門之法。魏太武盡誅沙門，過矣！

女道士

婦女之入道者曰女冠，曰女道士，始于唐西成公主與昌隆公主，並出家學道。西成封金仙，昌隆封玉真。此女道士之所由始。蓋皆道流出入禁掖誘之也。史稱唐治雜夷，此其一端。後世因襲不絶，至今雖有之而尚少。

尼僧

婦女之從釋氏者曰優婆夷，曰尼，始于漢明帝聽洛陽婦女阿潘等出家，此尼僧之始也。元魏常聽一寺置一僧一尼，後世不痛絶，至今多于女道士矣。大抵多不安于室，淫婦女之所爲，以出家恣其淫污。求其溺于老、佛之戒，能絶慾而潔身者，千萬中無一二也。至觀世音之稱女佛，藏穢蓄污，徒取僧人誇耀，亦此類耳。夫以婦女出從道釋，孝弟忠信，禮義廉耻，則絶滅盡矣，比男子爲僧道者尤爲可惡。爲人父母者，愼毋使男女至于此極。爲世道計者，可不加之意哉。

閑道録卷之七終

閑道録卷之八

宣城沈壽民耕巖纂輯
孫　廷璐編次
後學劉敬祖校梓

辨下

吴宗周

廣崇正辨下

通論

楊、墨之害，甚于申、韓，佛、老之害，甚于楊、墨，此程伯子之言也。朱子曰：

「楊朱即老聃弟子。孟子闢楊、墨則老聃在其中。」鶴林羅氏言：「道家之教宗老、莊，其徒乃有神仙形解飛昇之説，煉丹保形之術。然老子云：『吾有大患爲吾有身，吾既無身而有何患？』莊子曰：『予惡乎知悦生之非惑耶？予惡乎知惡死之非弱喪而不知歸者耶？麗之姬，艾封人之子也。晉國之始得之也，涕泣霑襟，及其至于王所，同筐床，食芻豢，而後悔其泣也。予惡乎知死者不悔其始之蘄生乎？』又髑髏謂莊子曰：『子欲聞死之説乎？死無君于上，無臣于下，亦無四時之事，縱然以天地爲春秋，雖南面王樂不能過也。』莊子曰：『吾使司命復生子形，爲骨肉肌膚，及子父母妻子閭里之識，子欲之乎？』髑髏深矉蹙頞曰：『吾安能棄南面王之樂而復爲人間之勞乎！』是老、莊以身爲贅，以生爲苦，以死爲樂也。今神仙方士，乃欲長生，正與老、莊之説背馳矣。佛家所謂以生爲苦，寂滅爲樂，即老、莊之言也。歐陽公云：『道家乃貪生之論，佛家乃畏死之論。』此蓋未深考二家之要旨也。老、莊何嘗貪生，瞿曇何嘗畏死！貪生畏死之説，僅足以排方士。韓文公、歐陽公皆不曾深看佛書，故但能攻其皮毛。惟朱子早年洞察釋氏之旨，故其言曰：『佛説盡出老、莊。今道家有老、莊書不盡看，爲釋氏竊而用之，却去倣效釋氏作經教之篇，譬如巨室子弟，所有珍寶悉爲人盜去，却去收人家破甑破釜。』此論竊見其骨髓矣。唐傅奕曰：『佛入中國，孅兒幻夫，摸擬莊、老以文飾之。』古人亦嘗有是言矣。」〔二〕愚以爲羅大經執説老、莊不曾貪生，釋氏不曾畏死，反謂韓、歐不曾深看佛書，但能攻其皮毛，誤矣。但看老子一書，無非退避自全之計，與其近生近死等説，莊子書緣督爲經乃可全生等語，釋氏書所貴保養精神以致成佛，又多老、莊之言。故治世方士僧道諸作用處，全是老、莊真傳，今反謂歐公貪生畏死之説爲非，正是羅氏未考二家之旨。不知二家千言萬語，歸于虚無寂滅，皆是爲此妄誕以欺世，其實只是貪生畏死也。所以與所言全相反，此所以爲異端，固宜深拒而痛絶也。孟子曰：「能言距楊、墨者，是亦聖人之徒也。」羅雖未考二家貪生畏死之論，要其知闢異端，則與王安石、張説諸孅兒之名雖爲儒而反操戈入室者，大不同矣。羅非聖人之徒而何！

宋徽宗好道術。王志老言休咎有驗，寵幸之，踰年而死。又有王仔昔者，能道人未來事，箓符有驗，道家由是大興。帝郊天，以道士百人執威儀前導，乃謂見天神降，益信神

〔二〕本段文字引羅大經語見鶴林玉露·乙篇，略有不同。

仙之事。詔求道教仙經于天下，作玉清陽和宫以奉道像。置道階二十六級，又置道宫二十六等，崇重道流，以擬待制、修撰、直閣之名，作延福五宫六宫，窮極靡麗。又召常善妖幻方士林靈素，賞無筭。作上清寶籙宫，複道通宫，以便齋醮之事，命靈素講道經，道士皆有俸。每一道觀，給田不下數百千頃，爲千道會，建齋費錢，動以數萬計，謂帝爲上帝元子，册爲教主道君皇帝，建宫觀遍天下。王仔昔以倨傲下獄死。帝又言天神降于坤寧殿，道流美衣玉食者至二萬人。帝以未有儲嗣爲念，道士劉混康以法籙符水出入禁中，作萬歲山，以爲宜男之祥。京師大水高十餘丈，漂没無筭。遣靈素厭勝無驗，免歸而死。尋又復寺額、復德士爲僧。時方臘作亂，聚衆數萬，兩浙殺掠不可勝計。淮南賊宋江寇京東，黑眚見禁中。童貫擊遼，與种師道、辛興宗、楊可世兵俱敗績。郭藥師等襲燕，又敗。河北、山東盜起，都城女子生鬚，狐升御榻而坐，金人盡陷燕山州縣。詔天下起兵勤王。梁方平之師潰于黎陽，金人遂渡河。帝禪位欽宗，出奔亳州，如鎮江，未幾，陷天德、雲内諸城。金粘没喝、斡離不大入寇，攻京城甚急。以幻師郭京選六甲兵以禦金，其法用七千七百七十人，無問能否，但擇年命通六甲者。又有劉孝竭等募兵，或稱六丁力士，與北斗神兵、天闕大將等名，大抵皆宗道教，效郭京所爲也。范瓊以三千人出戰，渡河，冰裂，没者過半。雨雪連日夜不止。京盡令守卒下城開門出戰。兵敗，填尸滿河。京引餘衆南遁。城陷，金立張邦昌爲楚帝。廢二帝爲庶人，竝刼遷后妃、嬪御、太子、宗戚三千人北去，備極窘辱，身死沙漠，國祚幾絶。皆徽宗崇道教致然也。媚老、佛何益哉！

易序卦傳曰：有夫婦，然後有父子；有父子，然後有君臣；有君臣，然後有上下；有上下，然後禮義有所措。今僧道二家立教，無夫婦，是把三綱五常盡廢了。使人人皆如其法，則不惟人其形而行禽獸，百年之後，人類絶滅，天地之間惟禽獸草木而已。縱有佛法，何人傳他？却成甚麽説話？人也信他！惜哉！故朱子云：老佛之説，不待深辨而明。只廢三綱五常一事，是已有極大罪名。其他更不消説。中國之有佛書□□〔一〕之教，得以蔓延天下爲世大禍者，皆漢明帝求佛書，啓此釁端。故愚謂道教之爲害，罪不全在道流而在老聃；佛教之爲害，罪不全在佛氏而在明帝。然則老聃、漢明，其天下後世之首惡哉！

浮屠明鬼，謂有識之死，受生循環，遂厭苦求免，可謂知鬼乎？以人生爲妄見，可謂

〔一〕此處底本缺兩字。

知人乎？天人一物，輒生取舍，可謂知天乎？孔、孟所謂天，彼所謂道。惑者指游魂爲變，爲輪迴，未之思也。夫學當先知天德，知天德則知聖人，知鬼神。今浮屠劇論要歸，必謂生死流轉，非得道不免，可謂知道乎？自其説熾傳，中國儒者，未容窺聖學門墻，已爲引取淪胥其間，指爲大道。乃其俗達之天下，致善惡智愚，男女臧獲，人人著信。使英才間氣，生則溺耳目括習之事，長則師世儒崇尚之言，遂冥然彼經，因謂聖人可不修而至，大道可不學而知。故未識聖人心，已謂不必求其迹，未見君子志已謂不必事其文。此人倫所以不察，庶物所以不明，治所以忽，德所以亂。異言滿耳，上無禮以防其僞，下無學以稽其弊。自古詖淫邪遁之詞，翕然並興，一出于佛氏之門者千五百年。向非獨立不懼、精一自信、有大過人之才者，何以正立其間，與之較是非、計得失哉？張子

聖賢以生死爲本分事，無所懼，故不論生死。佛之學，爲他怕死，故只管説不已。下俗之人固多懼，易以利動。楊、墨之害，今世已無之。道家之説，其害終小。惟佛學，今人人説之，瀰漫滔天，其害無窮。此程子之説也。愚謂其謂佛氏怕死，老氏偷生，是也。後人因其説有生有識，皆爲苦惱，直至身死焚化，方爲歸真，爲息假，爲圓寂，爲涅盤，

爲離殼，爲想盡智圓，爲情神亡合，人見其言如此，却説他要死。不知他二家，千言萬語，只是個貪生怕死。觀其作用，道家寶精氣神以求仙，僧家禪定，皆無夫婦，便見其左道亂真。諺云：懸羊頭，賣狗肉。二家之謂也。其説下俗之人易動以利，却不道他又易怵以禍。以其有善惡報應之説，使愚昧之人皆貪其利而懼其禍，翕然從之耳。又其所謂爲善爲惡，多是要人供佛飯僧與否等件，若爲了惡，怕入地獄受苦，只消做齋寫經，造塔捨財，就懺悔了，便解了厄，使升天堂受快活，來生爲人，富貴享福。道家説禍福亦然。其謂楊、墨之害今已無之，而不知道、釋正是他那無父無君之教。其又謂佛氏之害，滔天是矣，謂道家之害終小，則猶未必然也。

胡致堂論僧曰：「彼其衣食居處，無以異于人，獨至于君臣父子，以爲非法；其貧賤修短不能違乎命，獨至于凡人所值，則推之因果以爲速報。身受奉養安逸之實利，而談空虛寂滅之空言，世主惑于福田利益之虛名，而受耗國蠹民之實害，使任道憂民之士，深嗟而重嘆也。」〔一〕又曰：「明白易行而無害者，莫如先罷釋、老以紓百姓，斷之以不疑，持

〔一〕此處引文見崇正辯卷三，有刪節。

之以悠久，使人綱紀漸有可張之道，其爲功不在禹抑洪水、放龍蛇，周公膺戎狄、驅猛獸，孔子誅亂臣、討賊子，孟子距楊、墨正人心之下。豈不盡善又盡美哉！」愚謂致堂謂莫如先罷釋、老，斯言也，其救世立教之功，誠不在禹、周、孔、孟下。後之聖君賢相，果能一切罷之，唐、虞、三代之治可復見矣。嗚呼老矣！安得見此日哉！悲夫！

胡致堂謂佛氏之教喪人心，失人身，破人家，亡人國，漂泊陷害天下，溺焉而莫之援也，豈但曰弊而已乎！愚謂老氏之禍，亦一佛耳。其無益于人，害世之大，明白易見，至使世之昏主愚民，猶奉信而不知拒。其與木石之頑然塊然者何異乎？惜哉！

吾儒之教，凡修身與爲家爲國爲天下者，誠不可一日而無。以其步步着實，而實以成功。耳聞目見，修己者盡之則爲聖爲賢，治人者盡之則家齊國治天下平。雖篤恭而天下平、天地位、萬物育之功，莫非身修而推之，非空言無補于治者比也。若老、釋之教，則妖詐虛無，全無實用。以之修身則廢綱常、滅人道而身不可修，以之治人則壞人心術、破人家國天下而貽害于世，其功業卒歸于虛無，而無纖毫實用。故觀吾儒之教，人君世主循之則治，違之則亂且亡。老、釋之教，違之則治，循之則亂且亡，可見矣。

世有邪詖之徒、亂賊之黨，乃欲推老、釋與吾儒抗，故有三教之説。嗚呼！彼安得謂之教，豈可與吾儒同年語哉！譬之指鬼燐而謂之曰與太陽一類，指瓦屑而曰與穀粟無殊，雖三尺之童，欲欺之而不可得。丈夫以昂藏六七尺軀而爲之惑，無乃昏愚之甚哉！悲夫！

林都憲見素巡撫江西，毁老、佛等祠千餘區。愚方正德初，逆賊奄瑾肆亂時，督儲南民部，毁諸倉淫祠佛塔，易以后土木主，後守臨江，僧道官衙與孔廟並列，前有鄙夫扁曰「三教坊」。愚廢其扁，易以「崇儒坊」三字。過此坊有感，賦近體二章，云：「誰將三教扁臨江，老守俄驚恨滿腔。正道已應傳盛世，異言那復出名邦。乾坤萬象難同德，日月諸明自失光。幸遇明良今際會，尚瞻斯世復虞、唐。」又云：「聖世文風久已敷，頑庸底事更相誣。坐令儒者宫一畝，雜以老、釋宅二區。青天尺霧不成障，滄海納污良可吁。安得群迷同領悟，迴欄曲檻盡民居。」乃廢其庵院祠廟，葺官廨，汰其僧道以尼配之，刊詩説散諸社學訓師，令教童子誦習，思欲驗之一郡。尋以此類忤部使者去郡，事終寢。

讀五帝書，而後知聖人澤及斯民之遠也。後世有立功于一時、興利于一邦者，猶追思而祀之。是數聖人者，有功于天下萬世，曾不得推苗裔，立宗子，春秋四時，享天下之報也。有天下者，端拱九重之内，治其家國，上之天文，下之地理，中之人倫，衣食之原，器用之利，法度之章，禮樂之則，誰推明之、制作之也？戎狄之人，駕一偏空説，失事理之正，而其神像乃得蟠據中華，名山巍業相望，又聽其雕梁畫棟，群淪没三綱之人而豢養之。此何道也？其不耕不織，侵漁民利，耗蠹民財乃細事耳。爲政者恬不以爲慮，豈不可悲之甚哉！此胡五峰之言也。愚謂此言誠當，獨不思老聃駕一偏清虚無爲之説，失事理之正，其神像亦得蟠據名山勝境，巍業相望。又聽其雕梁畫棟，群倫没三綱之人而豢養之，又何道也？其不耕不織，侵漁民利，耗蠹民財乃細事耳，夫老、釋之虚無寂滅，其私邪幻妄無益于世，而不耕不織，耗蠹生民，壞人心術、亡人天下，與佛氏同。爲政者恬不以爲慮，誠可悲之甚哉！

愚謂自老、佛之徒出，僧尼道冠盈天下，其惑世誣民，爲害固大矣，然非僧道之罪也。大抵老、佛之教，得行于世者，起于王道晦塞，以致民生日蹙，民心滋僞，交相戕賊，浸淫無已。舉世不知有生人之樂，故其虚寂慈悲之教，將乘其厭苦而入焉。使王道果大明大行，而人皆蒙親賢樂利之澤，則雖驅之使邪，其誰從之？故孟子曰：「君子反經而已矣。經正則庶民興，庶民興斯無邪慝矣。」此衛道探本之至論，而昌黎之原道，永叔之本論所由作也。任世道之責者，其各隨分位而反身求之哉！

石岡先生廣崇正辨中多引程、朱語，余概移入首二卷程朱文語内，故兹不復録。廷璐附記。

徐鵬舉字九霄。□□□〔一〕人，明台州府知府。

僧辨

予始登進士，奉差如四川、雲貴于洛陽道中，遇僧人數輩，衝道直來，將責之。一僧問曰：「不知小僧有何罪當責？」予進之前，曰：「自京師至此，嘗責僧矣，無一僧請問，遂使僧之所以可惡，所以當責之故不聞于人。若此僧則可教，可與言者。汝佛教害吾道之大，惑吾民之深，必與汝佛祖言之終日，方知其罪，汝但可使由俗説之，便曉此道

〔一〕此處原缺三字，或爲「廬州府」。

理。如人家生子，即喜曰：『祖宗之嗣得以繼，老年之養有所賴。』汝一旦削其髮、剃其鬚而爲僧也，棄父母而不養，絶宗嗣而不續，不孝孰甚焉？不孝之罪，可責乎？」僧曰：「當責。」此當責者一也。「今不以爲官吏盡忠言，但以爲民言之。有身則有役，耕田則納税。汝爲僧也，避徭役而不當，逃租税而不納，不忠孰甚焉？不忠之罪，可責乎？」僧曰：「當責。」此當責者二也。「不忠不孝，固當責，又有一事，尤可怪可責者。彼佛非中國之人，乃西域之戎。帝、王之世無此人此教，四民安業，治隆俗美。至後漢明帝時，始入中國。自是我中國始有無業之民，始有不周之文，始有獨袖之衣，始有無妻之夫，乃有不父之子、不君之臣，害我彝倫，賊我義理，敗我風化，以致後世治日常少。自天地開闢以來，戎狄禍未有甚于佛者。汝生爲中國之人，世居中國之地，反變化于戎狄之人，尊崇戎狄之教，不耕而食，不蠶而衣，僞起三途，謬張六道，誑惑天下之人心，耗食四民之財物，率天下之人，至于無父無君。無父無君之罪，可責乎？」僧曰：「當責。」此黨責者三也。「汝有三大罪，又不自知避，今見害道之罪人，置而不問，均得罪于聖賢，不責可乎？」僧曰：「當初從彼教出家，欲生天堂，不入地獄，再生得人身，不爲禽獸。今生爲善而不爲惡，使再生獲福而免禍。今聞明教，始知不忠不孝之罪，願容其責，此回還俗爲民矣。」予又語之曰：「汝佛首倡言死死生生禍福之説，足以亂惑天下後世。觀汝所言，惟知有死生禍福，而不知佛教之非；雖知有罪還俗，而不知人性之善。我明告汝，彼人之所以爲人而異于禽獸者，以其全盡五倫之道。五倫者何？父子有親，君臣有義，夫婦有別，長幼有序，朋友有信是也。乃人固有之善性，天下之達道，堯、舜、禹、湯、文、武、孔、顔、曾、思、孟所相傳者。在人不可須臾離，如飲食在人，不可一日而無者。姑即夫婦一倫爲汝言之。汝出家爲僧，欲絶夫婦，乃不能禁止情欲，之四方不守佛教，竊行奸淫，汝默思夫婦之道，可絶去乎？不可絶去乎？若無夫婦，則生民之種類必至殄絶。天下國家無人平治，雖汝佛教亦無人傳矣。則夫婦之倫，又可絶去乎？蓋男女之情，人皆有之，聖賢所不能已，不可絶去者。觀夫婦之倫，不可禁絶，則父子君臣長幼朋友之倫不可絶去可見矣。汝等爲僧，絶去五倫，雖欲不爲禽獸，已久失爲人之道，陷爲禽獸而不知也。況人得天地之氣以生，氣散則死。人之死也，氣歸空則飄散不知何之，身歸土則朽爛消滅與木石等。雖有地獄，以何身而入乎？雖有天堂，以何身而登乎？世人信浮屠生天堂受諸快樂，入地獄剉燒舂磨受諸苦楚誑誘之説，無不以供佛飯僧爲死者滅罪資福。司馬温公嘗曰：『人生含血氣，則知痛癢。』或剪爪剃髮，從而燒斫之，已不知苦，況死者形既朽滅，神亦飄散，雖有剉燒舂磨且無所施，而死者豈復知之？即浮屠所謂天堂地獄，其計亦以勸善懲惡爾，苟不以至公行之，雖鬼可得而治乎？是以唐瀘州刺史李舟曰：『天堂無則已，有則君子登；地獄無則已，有則小人入。』世人親死而設齋醮以禱浮屠，是不以親爲君子，而以爲積惡有罪之小人，何其待親之至薄！其不孝大矣！就使其親實積惡有罪，仁人孝子所不忍揚言，又豈賂浮屠所能免乎？彼天堂地獄，若果有之，當與天地俱生。自二帝三王及秦、漢自光武千數百年，佛法未入中國，人或死三五七日而復生者，亦有之矣。何故都無一人誤入地獄，見所謂十王者耶？此堯、舜、禹、湯、文、武、秦、漢之前，無地獄天堂也。自漢明帝時至于今，方聞有天堂地獄之説，其説决無有，不足信也明矣。」僧曰：「天堂地獄之説之非，固聞命矣。若人死而再生爲人爲禽獸之説，亦非歟？」予問僧曰：「汝遊食四方，好善者多歟？不好善者多歟？」僧曰：「小僧遊兩京，過七八布政司，好善者止有一分，不好善者有二分。」因又問曰：「如洛陽縣之好善者，果有數歟？」僧曰：「小僧嘗徧遊化食，如善者只有十數人而已。」予語之曰：「汝佛謂作善者再生得人身，作惡者再生爲禽獸。據汝所言，天下好善者甚少，作惡者甚多，只有一分再生得人身，有二分爲禽獸。且洛陽一縣，有十數人爲善，惟十數人再生得人身而已，其餘人死都爲禽獸，宜乎世上禽獸多而人少矣。今天下之人愈見加多，何也？」僧則默然，莫能對而問其故。遂語之曰：「汝佛謬爲再生爲人爲禽獸之説，所以恐駭愚民，使爲善而不爲惡爾。豈有人死再生之理哉！惟明理之士，深知其非，不被其誑誘也。蓋天地爲萬物之父母，人與草木鳥獸，皆得天地之氣以生。同是物也，但人得天地氣之清，故靈于物，參乎三才；鳥獸草木得氣之偏，雖蠢然無知，而死生之理則同。汝獨不觀草木之爲物，乃衆人易知易見者。蓋草得氣之短，死生甚近，如春得天地之氣，則蕃蕪而生，爲始矣。及秋之時，氣散則枯槁而死，爲終矣。來年春氣之至，又自根下復生。去年枯死之草，不復再生。年年自根而生，生生長長不絶，猶人得氣之長，或有七八十歲而死者，或有百歲而死者。人既死則有子，子復生孫，繼繼承承不絶也。即草之爲物，無復生之理，則人之爲物，亦無復生之道，彰彰可見。朱子曰：『如這花落，便無這花了，豈是歸去，明年又復來生枝上哉？』觀此益又可見。况草之生常爲草，不可變之爲木，猶人之類常爲人，不可變之爲禽獸，亦又明明可見矣。且人之富貴壽考，由于祖宗及己身爲善，故天所以福之，猶草木生于肥地，則枝葉茂盛；人之貧賤夭折，由于祖宗及己身積惡，故天所以禍之，猶草木生于瘠地，則枝葉衰敗。若一世積善則福及一世，世世積善，子孫世世獲福。易曰：『積善之家，必有餘慶。』書曰：『作善降之，百祥是也。』即草木之盛衰，由于地之肥瘠，是人之禍福，由于祖宗己身所致，非謂今生爲善爲惡而再生有此禍福也。大抵人情莫不好長生富貴而獲福，惡夭死貧賤而得禍，其貪心無厭，又欲再生獲福而免禍，此佛教再生之説，能中人心之膏肓，足以惑人之深，率天下至于不孝，决不可從，不可信。張氏九韶曰：『自秦、漢至今，佛老之説，日新月盛，屢有攻之者。然攻之暫破而復興，撲之未滅而愈熾，何也？以其死生禍福之説足以惑人也。』此至論矣！昔宋有僧名德公者，亦謂其徒曰：『老僧苦行百年，亦不能作佛，徒爲不孝之人，羞見祖宗于地下。但願小僧革還俗以壽祖宗之嗣。』此僧又卓有定見也。」僧又曰：「或謂佛之理比儒爲徑，何謂也？」予語之曰：「程子云：『天下果有徑理，則仲尼豈教學者迂遠而難至乎？故外仲尼之道而求徑，則是冒險阻，犯荆棘而已。』朱子亦云：『佛、老之言，不待深辨而明，只廢三綱五常一事，已是極大罪名。其他更不消説。』予又舉其大者一二爲汝説之。汝佛竊吾儒性道之名，盗老、莊之言文飾之。如以天地爲幻妄，人事爲粗迹，是以虚空爲性，非天命之性；以毁人倫、去四大，無父無君爲道，非率性之道；以清净寂滅禪脱慈悲爲教，非修道之教；又以視聽言動之作用是性，而不知所以作用之理爲性；是以氣以人心爲性，而不知理與道心爲性，性乃心之理；又謂明心是性，而不知能窮理然後能盡其心；又以理爲障，則己與理爲二。是皆外孔子之道，名同而實異，似是而實非，所以彌近理而大亂真。後世名公高才，皆爲其陷溺，謬于見聞，醉生夢死，不自覺也。故程子曰：『楊、墨之害，甚于申、韓；佛、老之害，甚于楊、墨。佛氏之言，比于楊、墨尤爲近理，所以其害尤爲甚。學者當如淫聲美色以遠之，不爾，則駸駸然入于其中矣。』朱子亦曰：『老、莊絶滅倫理未盡，至佛則人倫滅盡，至禪則義理滅盡。』觀程、朱之辨如此，豈有徑理哉？」僧曰：「小僧遍避四方，接見賢人君子多矣，未嘗曉告精切有如此者，所以不聞儒道之正，不知佛教之非，久陷于禽獸。今聞明教，方知昨日之非，决念歸去還俗，勉復人倫之道矣。」予復語之曰：「今汝的知儒釋之是非邪正，歸去還俗，有無窮之利之樂，于以娶妻生子，治家立業，續祖宗之嗣，作起家之祖，孝于父母，友于兄弟。耕田納税，以盡其忠；撫育妻子，以盡其慈；出入相友，以盡其信。是有夫婦則有父子，有父子則有君臣，有君臣則禮義生而五倫備，斯爲聖賢之徒，不爲戎狄之人，出禽獸之群，是又再生爲人矣。」諸僧聞命，自碎其冠，解其服，再拜稽首，唯唯而退。因記辨論之言，以解吾民之惑。

閑道録卷之八終

闢道録卷之九

宣城沈壽民耕巖纂輯
孫　廷璐編次
後學胡夢周校梓

議、原、問、答、對、誡、詮、解

蔡謨字道明。考城人。晉司徒，左光禄大夫。

佛像頌議成帝時彭城王紘上言樂賢堂有明帝手畫像，經歷寇難，此堂猶存。宜勅作頌。以謨議寢。

佛者，戎狄之俗，非經典之制。先帝量同天地，多才多藝，聊因臨時而畫此像。至於雅好佛道，所未承聞也。盜賊奔突，王都隳敗，而此堂塊然獨存，斯誠神靈保祚之徵，然未有大晉盛德之形容歌頌之所先也。人臣睹物興義，私作賦頌可也，今欲發王命、勅史官，上稱先帝好佛之志，下爲戎狄作一像之頌，於義有疑焉。廣弘明集首云：佛者，戎人。惟聞變夷從夏，不聞變夏從夷。先帝天縱多才，聊畫此像。

韓愈

原道〔一〕

博愛之謂仁，行而宜之之謂義，由是而之焉之謂道，足乎己無待於外之謂德。仁與義爲定名，道與德爲虚位。故道有君子小人，德有凶有吉。老子之小仁義，非毁之也，其見者小也。坐井而觀天曰天小者，非天小也。彼以煦煦爲仁，孑孑爲義，其小之也則宜。其所謂道，道其所道，非吾所謂道。其所謂德，德其所德，非吾所謂德也。凡吾所謂道德云者，合仁與義言之也，天下之公言也。老子之所謂道德云者，去仁與義言之也，一人之私

〔一〕 原文不分段，整理者據文意劃分。

言也。周道衰，孔子没，火於秦，黄、老於漢，佛于晉、魏、梁、隋間。其言道德仁義者，不入於楊，則入於墨；不入於墨，則入於老；不入於老，則入於佛。入於彼，必出於此。入者主之，出者奴之；入者附之，出者汙之。噫！後之人其欲聞仁義道德之説者，從而聽之？〔一〕老者曰：「孔子，吾師之弟子也。」佛者曰：「孔子，吾師之弟子也。」爲孔子者，習聞其説，樂其誕而自小也，亦曰「吾師亦嘗師之」云爾。不惟舉之於其口，而又筆之於其書。噫！後之人雖欲聞仁義道德之説，其孰從而求之？甚矣！人之好怪也！不求其端，不訊其末，惟怪之欲聞。

古之爲民者四，今之爲民者六。古之教者處其一，今之教者處其三。農之家一，而食粟之家六。工之家一，而用器之家六。賈之家一，而資焉之家六。奈之何民不窮且盗也？古之時，人之害多矣。有聖人者立，然後教之以相生相養之道。爲之君，爲之師，驅其蟲蛇禽獸，而處之中土。寒然後爲之衣，饑然後爲之食。木處而顛，土處而病也，然後爲之宫室。爲之工以贍其器用，爲之賈以通其有無，爲之醫藥以濟其夭死，爲之葬埋祭祀以長

〔一〕按，此處文義不通，檢通行本原道，「從而聽之」前當有一「孰」字。沈壽民此書，時有改動原文，撮其大要之舉。

其恩愛，爲之禮以次其先後，爲之樂以宣其湮鬱，爲之政以率其怠倦，爲之刑以鋤其强梗。相欺也，爲之符璽斗斛權衡以信之。相奪也，爲之城郭甲兵以守之。害至而爲之備，患生而爲之防。今其言曰：「聖人不死，大盗不止。剖斗折衡，而民不争。」嗚呼！其亦不思而已矣。如古之無聖人，人之類滅久矣。何也？無羽毛鱗介以居寒熱也，無爪牙以争食也。是故君者，出令者也；臣者，行君之令而致之民者也；民者，出粟米麻絲，作器皿，通貨財，以事其上者也。君不出令，則失其所以爲君；臣不行君之令而致之民，則失其所以爲臣；民不出粟米麻絲，作器皿，通貨財，以事其上，則誅。今其法曰：必棄而君臣，去而父子，禁而相生相養之道，以求其所爲清浄寂滅者。嗚呼！其亦幸而出於三代之後，不見黜於禹、湯、文、武、周公、孔子也。其亦不幸而不出於三代之前，不見正於禹、湯、文、武、周公、孔子也。

帝之於王，其號各殊，其所以爲聖一也。夏葛而冬裘，渴飲而饑食，其事殊，其所以爲智一也。今其言曰：「曷不爲太古之無事？」是亦責冬之裘者曰：「曷不爲葛之之易也？」責饑之食者曰：「曷不爲飲之之易也？」傳曰：「古之欲明明德於天下者，先治其國；欲治其國者，先齊其家；欲齊其家者，先修其身；欲修其身者，先正其心；欲正其心者，先誠其意。」然則古之所謂正心而誠意者，將以有爲也。今也欲治其心而外天下國家，蔑其天常，子焉而不父其父，臣焉而不君其君，民焉而不事其事。孔子之作春秋也，諸侯用夷禮則夷之，戎而進於中國則中國之。經曰：「夷狄之有君，不如諸夏之亡。」詩曰：「戎狄是膺，荆舒是懲。」今也舉戎狄之法，而加之先王之上，幾何其不胥而爲戎也？

夫所謂先王之教者，何也？博愛之謂仁，行而宜之之謂義，由是而之焉之謂道，足乎己無待於外之謂德。其文：詩、書、易、春秋；其法：禮、樂、刑、政；其民：士、農、工、賈；其位：君臣、父子、師友、賓主、昆弟、夫婦；其服：麻絲；其居：宫室；其食：粟米、果蔬、魚肉。其爲道易明，而其爲教易行也。是故以之爲己，則順而祥；以之爲人，則愛而公；以之爲心，則和而平；以之爲天下國家，無所處而不當。是故生則得其情，死則盡其常，郊焉而天神假，廟焉而人鬼饗。曰：「斯道也，何道也？」曰：「斯吾所謂道也，非向所謂老與釋之道也。堯以是傳之舜，舜以是傳之禹，禹以是傳之湯，湯以是傳之文、武、周公，文、武、周公傳之孔子，孔子傳之孟軻，軻之死，不得其傳焉。荀與揚也，擇焉而不精，語焉而不詳。由周公而上，上而爲君，故其事行。由周公而下，下而爲臣，故其説長。然則如之何而可也？曰：不塞不流，不止不行。人其人，火其書，廬其居。明先王之道以道之，鰥寡孤獨廢疾者有養也。其亦庶乎其可也！

劉宗周 號念臺。浙江會稽人。明左都御史。

原道〔一〕

夫道，常而已矣。天地，大常而已矣。人心，大常而已矣。有老氏者起而言道德，則曰「道可道，非常道。名可名，非常名」。進而求之玄，舉仁義而土苴之，此所謂反常者也，然猶依附於道德也。至談天衍、雕龍奭、炙轂過髡、滑稽之莊周，與夫堅白異同三耳三足之爲公孫、田駢之屬，而荒唐極矣。然猶依附於名理也。其後有佛氏者，以天地爲塵

〔一〕原書不分段，整理者據文意劃分。

刼，以世界爲幻妄，以形骸爲假合，以日用彝倫事理爲障礙。至此一切無所依附，單言一心。心則猶是心也，孰從而辨之？吾儒言心，佛氏亦言心。佛氏之言心也，曰空；其進而言性也，曰覺。而究竟歸其旨於生死。其言空也，曰空無空。無空之空，乃爲真空。其言覺也，曰覺非覺。覺覺之覺，乃爲圓覺。而其言生死也，曰本無生死。無生無死，乃了生死。則吾儒所未及也，幾何不率天下而從之乎！曰：「善言心者，莫佛氏若也。」噫嘻危矣！

君子曰：此言心而幻者也。吾請言吾常心。常心者何？日用而已矣，居室之近、食息起居而已矣。其流行則謂之理，其凝承則謂之性，其主宰則謂之命，合而言之，皆心也。是心也，未嘗不空，而政不必空其空，懼其病吾理也。未嘗非覺，而政不必覺其覺，懼其蝕吾性也。未嘗不知生死，而政不必本無生死，懼其衡吾命也。夫學，窮理盡性至命而已矣，此修道之極則也。於是聖人喟然嘆曰：「中庸其至矣乎！民鮮能久矣。」而斯道之常，遂爲萬世鵠。彼佛氏者，方欲依附吾儒，求其心而過之，其如天地猶是，世界猶是，一切形骸事理猶是，彼亦終不能去而逃之，勢不得還與心違，而徒以一種恍惚之見自成玩弄，真如電光之一瞬，而水漚之不容隨指而破也，烏睹所爲心者乎？食心曰蠹，殆爲是已。乃今之與二氏辨者，皆助流揚波者也。何以故？曰：不識心。

方孝孺

雜問 摘

長生久視，寧有斯理？堯、舜大聖，奚亦死乎？

偓佺、安期，果何在乎？誰能不死，閱千載乎？

怪士好誕，非愚孰惑乎？剖符尚主，誅之何益乎？

夷法汙華，紛其可駭乎？緇衣髡首〔二〕，曷徧四海乎？

藉其成佛，復何庸乎？滅倫敗類，情厥躬乎？

流毒深且久，曷不去乎？不伐厥本，勞斧鋸乎？

井田法布，孰有游民乎？斂其浮誕，化以仁義，孰敢不循乎？

〔二〕「髡首」二字原缺，據四部叢刊本遜志齋集卷六補。

教出一孔，政曷窒乎？持之弗變，屏異術乎。

雜誠摘第二十章

君子事親以誠，緣情以禮。知其無益而僞爲之，非誠也。惑異教而冀冥福者，非僞乎？聖賢所不言而不合乎道者，非禮也。化乎異端而奉其教者，豈禮也哉？事不由禮者，夷也。夷者夷之〔二〕，死不附乎祖。

金罍山人對

陳絳字用揚。蕭山人。

問者曰：藏山於淵，夜半有力者不負而去乎？夫山人得而有之，則魏氏固窟宅於此矣。山係漢魏伯陽氏嘗棲真處，迨晉太康中有於此濬井得金罍者，故名。山人對曰：唯唯，否否。斯

〔二〕「夷也。夷者夷之」句中三「夷」字原缺，據四部叢刊本遜志齊集補。

亦未睹厥理也。相尚以道，不聞以力。元凱之賢而不能與叔子争一峴首，其道貶也。夫有對而後與之争，儒者之道，無對於天下，而神仙者流迺能役其游魂，倚險而與吾角斯丘也。聲吾儒之説，鼓行而前，猶有燩乎？將圖其督、亢，縞車服而陳乎道左，吾得有斯山省矣。問者於是墨墨，不復致辨而去。

郝敬

易佛詮〔一〕

易之爲書，窮極天地古今道德精微之奥，蔑以加矣。朱元晦局爲卜筮，邵堯夫規爲占候，陳希夷以下諸人，摹爲養生。凡老氏之徒，鍊神馭氣，如參同、悟真等書，莫不引八卦，爲火候，託先天爲玄牝，而大道淪爲方伎矣。高明之士，過而不問，乃至崇尚虚無，逃儒歸佛，其説較卜筮養生差爲近理，而要其所爲近理者，抑亦易道之糟粕耳。士大夫與其學佛，何如學易？斷緣息想，定慧止觀，何如學艮？直下領悟，脱穎忘機，何如學

〔一〕原書不分段，整理者據文意劃分。

蒙？事理不二，即妄成真，何如無妄？六根圓通，玅净無染，何如咸？自他普利，平等無諍，何如同人？忍辱行持，大慈無畏，何如謙？諸行無常，四大本空，何如涣？蠢動含靈，自性天真，何如中孚？智慧破無明，煩惱成菩提，何如復？法身無量，徧虛空界，何如乾？六度萬行，隨順無礙，何如坤？因緣和合，生滅去來，普同法界，不動周圓，何如一陰一陽之謂道？不思善，不思惡，以爲本來面目，何如洗心退藏於密？法本無法，亦無無法；心本無心，亦無無心；言語道斷，心行處滅，何如默而成之？不言而信，無常迅速，生死事大，體取無生，了本無速，何如原始反終，通乎晝夜之道而知？華嚴以無盡境界爲一禪門，無盡衆生，無明形相而爲佛事，承事無盡諸佛，徧知無盡諸法，而不壞心，何如寂然不動，感而遂通天下之故？楞嚴七處徵心，十八界，十二圓通，種種破滅，攝妄歸真，何如艮其背不獲其身？金剛不住色聲香味觸法，無所住而生其心，何如不耕獲，不菑畬，則利有攸往？一切有爲，幻夢泡影，作如是觀，何如見乃謂之象？諸佛世界，無量億恒河沙數，西方净土，天堂地獄，六道輪迴，荒唐悠渺，窮奇極怪，總之不離象，而吾聖人之言象，惟一畫，天地鬼神之奥畢。二氏所謂妙宗密義，由易觀之，皆譚士所謂牙後慧。惟吾聖人雅言淡簡，而佛氏蠻語秸鞠，千百言不了一意，然皆吾國中學士竊聖人義理文字爲之緣飾，故其真贗雜沓，雅俗混淆。有志性命者，何如反而求諸易？

或曰：「聖人言性命，佛老亦言性命，有以異乎？」曰：「性命豈有二？佛老言性命，如五霸假三王，竊聖道而偏用之者也。佛欲空性命，出世以爲大覺，老欲修性命，同天地長久。夫欲出世者，視生爲無常，空一切爲解脱。一空之外，盡屬鹵莽。老氏躭空，鹵莽與佛同。其所謂同天地長久者，貪生畏死，其識愈卑。大抵老知命不知性，佛知性不知命，有性命之虚名，無參贊之實用。聖人作易，觀變於陰陽，而發揮於剛柔，和順於道德，而理於義，範圍天地，經綸帝王，前民利用，所以萬世由之而無弊也。即使佛能見性，老能復命，將何所用？其究惟自私自利，而學者喜其簡徑，樂其任放，强以性命歸焉。小儒無識，遂盡推以予之。不思羲、文作易，佛老安在？盜竊主人財，主人不辨，盜遂即真。苟吾聖人之教明，而彼自歸吾宇下矣。」

或曰：「請問其所以異？」曰：「昔者堯命司徒設教，勞來匡直，輔翼自得，又從而振德之。道無速化，學惡躐等。聖如孔子，必下學而上達，十五志學，七十從心。君子先難，雖有智慧，必深造以道，欲其自得之也。故升之大象曰：君子順德，積小以高大。佛氏妄謂見性即成佛，不立文字，一念相應，即屠兒淫女立躋聖地。果若此也，則教學可廢，而狂愚斯須變爲聖人，豈其然乎？善教莫如孔子，從游者三千七十人。曾參篤志，始唯一貫；顔回竭才，乃見卓爾。其他寥然無聞。今佛法彈指頓悟，一超直入。則是孔門終身爲賢者僅七十人，而佛門立譚證聖果者千二百五十人，何其多且易也！佛教入中國今千餘年矣，竟未聞中國有一聖人者出，是何教西戎易而教中國難也？豈不誕罔無稽之甚乎？昔子路使子羔仕，曰：『何必讀書然後爲學。』夫子不斥其非，而惡其佞。夫不斥其非者，容有是理，而惡其佞者，終無是事也。蓋良心不學而能，不可謂無。一念偶合，而不深造，終於無得。佛謂見性云者，卒然乍見，行乞人同心，然必擴充盡其材，然後美大聖神可企。今窺其一曲，即證其全體，輒印扳授偈謂復一聖人出，而后此幾希難保。授記已定，衣鉢已傳，假託師承，惑世誣民，其害不可勝道矣。蓋佛惟取明宗，不求實踐，故聖教立誠，佛法證空；聖學主忠信，佛惟務解脱，所以荒唐悠渺，無當實用。而俗儒喜頓悟爲省便，半語投機，一念無著，輒稱心地法門。薄師匠而廢規矩，鹵莽滅裂，無復忌憚，如是者豈非學問之一大蠹哉！自古帝王因時立政，興利除害，惟日孜孜，故天地之大德曰生，聖人之大寶曰位。何以守位曰仁，何以聚人曰財，理財正辭、禁民爲非曰義，此經世之定模也。佛教見性之外，一切空諸所有，以涉世爲苦海，應務爲煩惱，無家爲修行。然則天生君子謂何？方且自謂廣度群迷，利諸有情。夫既無人我衆生，無階級名相，無科條度數，無禮樂刑政，徒以口授度化，不經印可，俱斥爲外道，如是則窮年説法，所度幾人？天下溺，援之以手。無法無政，雖堯、舜不治。而乃爲之辭曰：我無一切心，何用一切法。夫我則無心，而民各有心，故聖人擬而後言，議而後動，擬議以成其變化，雖至賾而不可亂，至動而不可惡也。今佛氏常樂我凈，以動賾爲五蘊濁世，不勝其厭惡，雖與之天下，豈能一朝居乎？皋陶戒舜曰：『兢兢業業，一日二日萬機。』設使無心無法，則元首叢脞，股肱墮壞，萬事不理，大亂之道矣。蓋佛本戎狄，無諸夏理義文字，故能絶學無爲，以拈花微笑、彈指棒喝爲心印；無君臣、父子、夫婦、兄弟、朋友，故能髡首行乞，棄親離家，絶種類，斷恩愛以爲修行。反天之道，拂人之情，如此而可以爲學，則世何不委心事佛，而焉用面諛羲、文、周、孔以爲師？如此而可以爲治，則士大夫何不直取桑門，而焉用附和二帝、三王以爲政？如此而可以出世稱天人導師、妙湛總持、希有世尊，則庖羲、神農諸聖人皆爲虚生，開物成務，前民利用，皆爲虚事。即釋迦、老聃可奉以爲明主，而告子、莊生可舉以爲察相，許行、陳相可用以爲師友。一念不生爲清浄法界，六根不動爲極樂國土。如是則禮樂刑政可無用，宗廟朝廷可無設，城郭宫室可無營建。洚水儆余，何必平治？鳥獸偪人，何必驅除？洪荒不開，萬古如長夜。孟子謂率獸食人，人將相食。王衍、何晏之徒，所以誤天下蒼生，而韓愈氏欲人其人，火其書，廬其居，正以此也。如是者，豈非治教之一大蠹哉？此兩端姑舉其最大者。其他舛謬，更僕難數，有志者亦惟明經而已。經術明，而是非邪正如視諸掌矣。」

中庸無聲無臭解

道以通微爲極，故歸於無聲無臭。二氏以無爲常，從無説向有，中庸以有爲常，從有説向無。從無向有，懸空無著，從有向無，根基可據。故曰：「下學而上達。」二氏偏著上達，所以失之。或曰：中庸言無，與佛言空，何別？佛氏言空，無色無像，中庸言誠，有色像而無聲臭。色像本有也，佛謂之無，是以有爲無也。聲臭本無也，聖人謂之無，是以無爲無也。故曰形色天性也。有形色，無聲臭，則有者實有，無者實無。故曰誠。法象莫大乎天地，佛氏併天地爲空。夫實者焉能使空？聖道有無虛實同體，形上曰道，形下曰器。色像者，器也。無聲臭者，道也。道器有無一貫，色像隱乎聲臭。無聲臭不離乎色象。故但可謂之無聲無臭，終不得謂之無色無象。佛併色象無之，誕矣。然則佛氏與聖人異乎？曰：佛氏焉可與聖人言同異！粤自孔子、子思時，佛未興也。學者多識言語文字，未聞性與天道，故子思述性道。而佛晚出，拾聖人唾洟自文。聖人言性，亦言性，言心亦言心，言中亦言中，言真妄亦言真妄。如大學言明，佛亦言明，言知亦知，言止亦止，言定亦定，言静亦静。論語言空亦空，言覺亦覺。百家蹈襲，未有如斯之公然雷同無忌諱者也。聖人開基垂統，中業式微，佛氏陰謀篡竊，以吕易嬴，真贋不分。朱元晦謂彌近理而大亂真，誠然也。爲今之計，惟有守其真，討其亂。而世儒不能討，又不能守，但呶呶然訴我非佛，至於逃形畏影，舉千年堂搆、累代衣冠重器，委而去之，如周棄豐、鎬，越棲會稽，自守彈丸以爲己有。使佛氏久假，坐成强大，不思當孔子言性、道，子思作中庸時，佛氏安在？千年後忽被攘奪，儒者反謂明心見性、圓覺真空皆佛語也。余謂之割聖道以奉佛，不其然歟！若佛氏者，吾夫子所謂不可使知之者耳。其流弊譸張亂正一至此，而儒者昏懦，畏盗養寇，莫知其害，遂令與吾聖人分曹而論同異。此儒者所以爲儒而已矣。

孟子好辨解〔一〕

唐、虞之事，莫大於洪水；三代之事，莫大於征伐；春秋、戰國之事，莫大於邪説。自唐、虞至周，千有餘年，世亂幾更，皆賴聖君賢相撥亂反正。至於春秋，上之人無復有如禹、周公者，而孔子以韋布維持世教。迄於戰國，百有餘歲，邪説日多，世亂日甚。顧學孔子者，焉得不任其責！蓋人所以異於禽獸者，惟其有仁義，知敬愛，明君臣父子也。守此則治，易此則亂。人皆知生民之害，莫甚於洪水猛獸，不知邪説害仁義，使人類盡猛

〔一〕原書不分段，整理者據文意劃分。

獸，世道盡洪水也。有聖人在上，拯溺亨屯，則經理易。聖遠教衰，邪説横行，君子不得在位，徒以口舌稱仁義，明孝弟，守先王之道，其功比於排洪水，驅猛獸，艱難弘鉅，寧詎相遠哉？蓋天下有無洪水猛獸之世而皆不無邪説暴行之憂，堯、舜以後，桀、紂以前，非有洪水，而已有邪説。周公以降，東遷以後，并猛獸無之，而邪説暴行尤甚。故仁義之功，與生民相終始。此二帝、三皇所以開仁義之統，孔子成春秋之功，與唐、虞、三代并，而孟子七篇之言，繼春秋而再作也。蓋聖人在上，以天位爲大寶，其道顯；聖人在下，以修辭爲居業，其道微。道微則言不得顯，是以春秋不能必天下人知我，亦不敢辭天下人罪我。義直而言遜，情切而語寬，知我者固不察其隱，而罪我者亦不見其端。聖人所以藏身之固，而救世之權也。莊周云：「春秋經世，議而不辨。」若孟子七篇，則辨矣。然亦有不辨也者。自謂距楊、墨，而楊朱、墨翟死久矣，七篇與楊、墨辨者無幾焉。蓋七國之亂，非盡楊朱、墨翟也，遊説縱横之徒爲害也。舍遊説縱横不辨，而辨區區之楊、墨，何也？攻不仁不義之流而指害仁義之源也。世道惟人與我，聖人忘人忘我，無所爲而爲。二子一執爲我，一執兼愛。爲我害仁，兼愛害義。害仁者自至於無父，害義者自至於無君。二子未嘗不言仁義，而天下之不仁不義者必歸焉。雖未嘗教天下無君父，而天下之無君父者必歸焉。淳于髡非楊非墨，而其言曰先名實者爲人，此墨之言也。後名實者自爲，此楊之言也。凡富貴利達之謀，縱横强戰之士，以至賊父弑君者，莫不生於爲我，而逞於爲人。故夫楊、墨之害道，非必楊朱、墨翟二人害之，天下歸楊、墨者共害之也。天下歸楊、墨者，非以其道歸之，各以其邪淫之言歸之也。如騶衍、淳于髡之便佞，蘇秦、張儀輩之危險，孫臏、吴起輩之强戰，莊周、惠施輩之悠謬，韓非、申不害之慘刻，鬼谷、公孫龍之怪誕，荀卿、吕不韋之杜撰，龐雜紛拏，哇嗚蟬噪，竽濫而不可勝聽。原其心，同出於不仁不義；究其端，皆起於爲人爲我；而極其禍，同抵於無父無君，則同謂之歸楊、墨而已矣。故曰：「天下之言，不歸楊則歸墨。」楊、墨之道不息，孔子之道不著，此也。七篇中言性善堯、舜之旨，入孝出弟之實，安宅廣居之喻，惻隱羞惡之端，發政施仁之略，知言養氣之學，孰非與楊、墨辨者？何但與夷之言厚葬，與子莫言執中，謂之距楊、墨乎哉？

或曰：「孟子與稷下諸人同朝，而言不少概及，何也？」曰：「孟子日討諸人訓之，而世人不覺也。蓋仁義之説申，則孝弟之行立。天下曉然知不學不慮之良，立愛立敬之本。雖有邪説暴行，牛羊牧，斧斤戕，而民彝物則，皎如日星，經正民興，邪慝自無所容矣。孔子之道著，則楊、墨之道息。楊、墨之道熄，則百家之難解。豈必與小人争齒牙之利，犯世主之諱，然後爲與之辯哉？嗟夫！此其所以爲私淑孔子而法春秋也。與楊、墨辯而人不覺，與儀、秦、稷下諸人辯而人又不覺，七篇之義蓋如此。然則孔子之春秋，亦可知已。故聖賢居業之詞微，衛道之心苦。孔子嘆莫我知，孟子稱不得已；孔子使人知，則春秋廢，孟子使人知，則七篇毀，而灾及其身。故曰：『罪我也。』亦何怪乎後世詆春秋爲朝報，毀孟子如王充、李白諸人者，信乎明經未易而閑道難也。」

或曰：「孔子六經之功，賢於堯、舜，獨稱春秋，何也？」曰：「春秋爲撥亂之書也。易、詩、書、禮，爲賢人君子作，春秋爲亂臣賊子作也。故聖帝明王，不著於春秋；賢人君子，不列於春秋；嘉言善行，不録於春秋；豐功顯績，不載於春秋。春秋無功而有過，有善惡而無毀譽，有是非而無褒貶，有筆削而無凡例，未嘗有意書名書氏書爵書人，未嘗有意增一字減一字。未嘗命德，何謂華衮？未嘗討罪，何謂斧鉞？未嘗爲政，何謂素王？未嘗獎人，何謂獎五伯？未嘗予人，何謂予齊、晉？未嘗黜人，何謂黜秦、楚、吴、越？未嘗深文煩例，苛條密綱，何謂刑書？其辭明白，其理平直，其意委婉，其量含弘，無偏無黨，直道而行已矣。」「然則何以謂爲天子之事？」曰：「是書所言，非魯事也，非諸侯事也，天下之事也。蓋五伯之亂，由於無天子。天子爲禮教宗，而春秋尊天子、正名分，是禮教之事也。天子爲征伐主，而春秋記强戰，是征伐之事也。君在臣名，故大夫有名者，而諸侯亦名，非天子不名諸侯也。國各有史，春秋魯史，書魯事，而他國事亦書，非天子不兼列國也。君舉必書，故魯君在，書；魯君不在，諸侯在，亦書，非天子不兼諸侯也。天下有道，則禮樂征伐自天子出，天下無道，則禮樂征伐自諸侯出，甚自大夫出，又甚自陪臣出。春秋記大事所在，以待天子出者也。有亂當討未討，春秋紀亂臣，以待天子出而討之也。有賊當誅未誅，春秋紀賊子，以待天子出而誅之也。史記言動，世無良史爲天子代書記，以待天子出而省視之也。凡此皆春秋所爲天子之事者也。」「然則何不即爲天子作史，而修魯史何也？」曰：「魯，周公之後，文王之昭也。昔者成王嘗賜魯公以天子禮樂，後世踵之，郊天禘祖，歌雍舞八佾，立武宫，起廟樂，皆齊、晉諸國所未嘗有者，而周公之子孫皆已用之，國史皆已書之。

我以魯民修葺魯史，申明周公之法度而已，何知其他？故曰：吾之於人也，誰毁誰譽？斯民也，三代之所以直道而行也。知此義者，謂之知我。而亂臣賊子，亦緣是不能藏其奸，安得無罪我者乎？解者曰知我者謂春秋遏人欲於横流，存天理於既滅，是也。又曰罪我者謂孔子無位而託二百四十二年南面之權，非也。使孔子無位而竊南面之權，如所謂命德討罪，華衮鈇鉞，素王刑書云者，而以遏人欲，存天理，何異披蓑而救火，竊簡牘而寫法律也？親爲亂臣以討亂賊？世儒之誣春秋久矣，予於解春秋詳之。」或曰：「不爲天子之事，何以使亂臣賊子懼？」曰：「春秋所以使人懼者，非刑書鈇鉞也，有嚴於刑書，威於鈇鉞者，是不可枉之直道，三代之民心同焉者也。故曰：人之生也直。怵惕惻隱，人皆有之。羞惡是非，人皆有之。親親，仁也。敬長，義也。無他，達之天下也。聖人人倫之至，先得人心之所同者耳。臣弑其君，子弑其父，聖人所懼，天下其誰不知懼。春秋書弑君三十六，以告諸天下後世。人有目，胸有心。跖之心，無異於堯、舜。亂臣賊子之懼，無異於孔子、孟子。孔、孟之懼，即堯、舜之警予也。道脉心傳，治亂窽係，千古綿綿，惟此一脉。孟子所以汲汲於正人心也。人心不懼，雖刑書鈇鉞將安施？而徒挾天子之事，震懾天下，鄙哉！硜硜乎世儒之言春秋也。愚故曰孟子與楊、墨辨，法春秋，學孔子也。」

鬼神解〔一〕

或問：「中庸言鬼神德之盛，何也？」曰：「善言鬼神，莫如易。鬼神之爲言屈伸也。易曰：『往者，屈也。來者，伸也。屈伸相感而利生焉。』此鬼神之正訓也。一氣相生，往以致來，來以逆往，變化不測，故爲德之盛。易曰：『一陰一陽之謂道。』即鬼神之爲德也。萬事萬物，不離陰陽，不但男女牝牡爲陰陽，不但祭祀如在爲鬼神。陰陽變化是鬼神，鬼神靈爽是人心，人心真精謂之誠，誠而行之謂之道。誠也，道也，陰陽也，鬼神也，一也。近而一呼一吸，遠而天地闔闢，小而一物之成毁、一事之利鈍，大而國家之興廢、古今之升降，微而一念之起滅，顯而萬變之經綸，凡不離屈伸往來消息盈虚者，皆鬼神也。其應無方，其變無窮，不行而至，不疾而速，可通萬年於一息，可齊方寸於千里。所謂泰山非大、秋毫非小、彭松非壽、殤子非殀者，皆鬼神之謂也。是故大舜、文、

〔一〕原書不分段，整理者據文意劃分。

武，震世勳業，不過尺蠖之一屈。古今人事，世代升沉，不過寒暑之一推。盈虛消息，小大理齊，故通鬼神之説者，即知天下無物非鬼神矣。今人不知體物不遺之義，謂人死則爲鬼神，祭祀則有鬼神，其説起於祭義，附會周易而失之也。易曰：『精氣爲物，游魂爲變，是故知鬼神之情狀。』夫天地之間，孰非物也，孰非魂也，孰非變也，而祭義謂人死形歸於土爲魂，其氣發揚於上爲神。夫神在天地間，豈盡死人之氣之所化歟？如謂生爲人，死爲鬼神，則是鬼神惟死有之，惟祭祀有之。但能死而不能生，但能幽而不能明，但能陰而不能陽，偏缺而不全，何以稱盛德？何以爲體物不遺乎？恒人惟作此解，故祭祀一時，粗與鬼神交，過此則昏昧放逸見謂日用惟人事，焉有鬼神？不知人即鬼神也，萬事萬物皆是鬼神，起居食息皆是鬼神，視聽言動、應事接物皆是鬼神。人能常如祭祀，齋明盛服，如在上在左右，則至誠無息，顯微無間，是謂知鬼神之情狀，可以通幽明之故，與生死之説矣。形骸非我有，是鬼神之凝聚也。精神非我有，是鬼神之英爽也。生死去來，是鬼神之乘運變化也。故知體物不遺之義者，盡性至命，生死齊，晝夜通矣。」

或曰：「然則聖人言鬼神，不言生死，何也？」曰：「生實有而可言，死虛無難言也。故夫善言死者，必言生。言鬼神便是言生死，知鬼神即知生死。二氏言因果地獄鍊形脱化亂幽明之故，反有無之常，其説怪誕不足信也。」

又曰：「人有垂死見幽冥者，又何也？」曰：「病劇，魂魄恍惚，識情瞑眩，爲夢爲幻，非真常之理，不可言誠，烏可執爲有也！」曰：「既無有，何以有祭祀？」曰：「祭祀者，人道也。人死形銷，則氣還虚。而子孫在，即形氣之餘也。事死如生，猶祖考未死也。事亡如存，猶祖考未亡也。然而祖考實死矣，實亡矣。子孫之誠敬，即祖考也。子孫之精神，即祖考也。故曰誠之不可掩。雖謂之未死未亡可也。」「然則又有上帝后土郊禘以祖考配之，何也？」曰：「亦誠之不可掩也。天者，生氣之祖。上帝者，祖烝之靈，天之主也。如人身百骸皆靈，而心一竅爲主，其實即人也。天謂之帝，其實帝即天也。天下人物之靈皆帝也。靈氣洩於人最秀，故曰天心，人也。天也，人也，帝也，一也。如祖考與子孫也。人心各自有上帝祖考也，形散而靈氣歸虚，如海水在瓶，瓶破歸海。時或結聚而爲鬼物，然亦終必散耳。苟不散，則不合，不滅則不生，如人身無呼不成吸，無吸不成呼，呼吸相循，息息不窮。此幽明之故，晝夜之道，生死之説，通一無二也，皆鬼神之德也。故曰知死者知生，善死者善生。鬼神不離日用，生死亦不離日用。夫子開視季路不過如此。」

或曰：「鬼神有爲厲者，何也？」曰：「二氣得常，往來時序，生順死安，人神不相越，則永無妖邪之患。若二氣偏沴，淫滯不通，於是有神號鬼哭，種種怪事。亦是精氣游魂，爲妖爲孽，由人心生也。人心得常，妖孽自銷。君子致中和，天地位，萬物育，自無鬼怪神異之事。即有之，亦不勝德矣。」

或曰：「祈禱之説何如？」曰：「此即祭祀如在之理也。天地間草木瓦礫皆有靈氣，依人則顯，不依人則氣不能自聚。今方士致鬼物，由精氣聚鍊而成。學其術者，用自己元神，借符咒招演，其鬼立至。苟不假人氣，雖符咒不驗。即誠之不可掩也。」曰：「鬼未至以前在何處？既去以後歸何處？」曰：「有無聚散，陰陽不測，無聲無臭，所謂神也。易曰：無思也，無爲也，寂然不動，感而遂通天下之故；非天下之至情，其孰能與於此。若有在處，即不謂之神。無思無爲，寂然不動，聖人洗心退藏於密，所謂視之不見，聽之不聞者也。感而遂通天下之故，所謂體物不遺者也。其要即人心。人心未發之中，便是鬼神歸藏之處，未可以語言傳也，未可以形象求也。」

或曰：「輪迴之説何如？」曰：「元氣在天地間，往來循環不息則有之。然造化無心，性命各正，如謂此物今身即是彼物前身，必世上人物，合有定數始得。即使偶然有之，亦是妖孽。此化生之正理。不足據也。」

或曰：「天堂地獄有無？」曰：「此沿襲戴記百昌歸土，其氣發揚於上之説，加緣飾耳。二氏亦自謂權乘，未嘗謂其爲必有也。人死形毀而神散矣，即有天堂地獄，以何往受？若云陰魂結滯，亦無歷結不散之理。如謂塵劫永不散，則地獄鬼多，應無處可容矣。大凡二氏之言，竊聖人之餘緒，而流爲怪誕，於鬼神之説尤甚。『鬼神』兩字，亦自聖人發，佛語侏儒，焉識所謂鬼神者云何？俗儒舍聖言而講求異端，予所謂割聖道以奉佛氏者也。」

閑道録卷之九終

閑道録卷之十

宣城沈壽民耕巖纂輯
孫　廷璐編次
後學劉祖掙校梓

疏奏、封事、上書、表、策、劄子

王度字□□。□□〔一〕人，晉中書著作郎。

料簡沙門奏按，釋文紀：石虎僭號，建武時，百姓因佛圖澄率多奉佛，皆營造寺廟，削髮出家。

〔一〕此處底本缺四字。

虎乃下書問中書令。中書著作郎王度乃有此奏。

夫王者郊祀天地，祭奉百神，載在祀典，禮有常饗。佛出西域，功不施民，非天子諸侯所應祀奉。往漢明感夢，惟聽西域人得立寺都邑，以奉其神。其漢人皆不得出家。魏承漢制，亦循前軌。今大趙受命，率由舊章。華戎制異，人神流别，外不同内，饗祭殊禮。華夏服禮，不宜錯雜。國家可斷趙人悉不聽詣寺燒香禮拜，以遵典禮。其百辟卿士，下逮衆隸，例皆禁之。其有犯者，與淫祀同罪。高僧傳

荀濟字子通。潁川人。

上武帝詆佛書

濟見帝信重釋門，寺像崇盛，遂上書論佛教貪淫妖妄。又譏造同泰寺營費太甚，必爲蕾患。帝怒，將誅之。奔魏。濟，北史有傳，不載此書。廣弘明集條引折難，今堇條附。六朝、唐初人主大都信佛，故下多顧忌，凡詆佛者悉略也。

三墳五典，帝王之稱首；四維六紀，終古之規模。及漢武祀金神，莽新以篡國；桓、靈祀浮屠，閹豎以控權。三國由茲鼎峙，五胡〔一〕仍其薦食。衣冠奔于江東，戎教興于中壤。使父子之親隔，君臣之義乖，夫婦之和曠，友朋之信絶。海内殽亂三百年矣。

稽古之詔未聞，崇邪之命重沓。歲時禘祫，未嘗親享；竹脯麪牲，欺誣宗廟。違黄屋之尊，就蒼頭之役。朝夕敬妖怪之戎鬼，曲躬供貪淫之賊禿。耽信邪戎，諂祭淫祀，恐非聰明正直，而可以福祐陛下者也。

陛下以因果有必定之期，報應無遷延之業，故崇重像法，供施彌隆，勞民伐木，燒掘螻蟻，損傷和氣，豈顧九重之慈悲乎？戎鬼堪能致福，可廢儒道；釋禿足能除禍，屏絶干戈。今乃重關以備不虞，擊柝以爭空地。殺螻蟻而營功德，既乖釋典；崇妖邪而行諂祭，又虧名教。五尺牧豎，猶知不疑。四海之尊，義無二三之德。臣竊爲陛下不取也。

宋、齊兩代，重佛敬僧，國移廟改者，但是佛妖僧僞，姦詐爲心，墮胎殺子，昏淫亂道，故使宋、齊磨滅。今宋、齊寺像見在，陛下承事，則宋、齊之變，不言而顯矣。今僧

〔一〕「胡」字原缺，據廣弘明集補。

尼坐夏不殺螻蟻者，愛含生之命也，而傲君父，妄仁於蜫蟲也。墮胎殺子，反養于蚊虻也。夫易者，君臣夫婦父子，三綱六紀也。今釋氏君不君，乃至子不子，綱紀紊矣。廣弘明集

張普惠字洪賑。常山九門人。後魏東豫州刺史。

諫孝明帝崇佛疏普惠爲諫議大夫，以帝不親視朝，過崇佛法，郊廟之事多委有司，上疏。敕付外議。

臣聞明德恤祀，成湯光六百之祚；嚴父配天，孔子稱周公其人也。故能馨香上聞，福傳遐世。伏惟陛下重暉纂統，欽明文思，天地屬心，百神佇望，故宜敦崇祀禮，咸秩無文。而告朔朝廟，不親于明堂；嘗禘郊社，多委于有司。觀射游苑，躍馬騁中，危而非典，豈清蹕之意。殖不思之冥業，損巨費于生民。減祿削力，近供無事之僧；崇飾雲殿，遠邀未然之報。昧爽之臣，稽首于外；玄寂之衆，遨遊于內。愆禮忤時，人靈未穆。愚謂從朝夕之因，求秖劫之果，未若先萬國之懽心，以事其親，使天下和平，菑害不生者也。伏願淑慎威儀，萬邦作式，躬致郊廟之虔，親紆朔望之禮，釋奠成均，

竭心千畝，明發不寐，潔誠禋祀。孝弟可以通神明，德教可以光四海，則一人有喜，兆民賴之。〔二〕量撤僧寺不急之華，還復百官久折之秩。已興之構，務從簡成；將來之造，權令停息，仍舊亦可，何必改作。庶節用愛人，法俗俱賴。臣學不經遠，言多孟浪，忝職其憂，不敢默爾。魏書

劉晝字孔昭。渤海阜城人。舉秀才不第，竟無仕進。

上書釋文紀作上高歡書。按，滯惑解但云「上書」，不言「上歡」。今從之。

尼與優婆夷，實是僧之妻妾。損胎殺子，其狀難言。今僧尼二百許萬，并俗女向有四百餘萬。六月一損胎，如是則年族二百萬户矣。驗此佛是疫胎之鬼也。按大藏律文，佛告諸弟子：汝慎勿妄度沙彌尼，女人姿態難保悦，在須臾以後佛〔三〕生惡意，不真菩薩不可妄度。據此，則尼之醜行，固亦佛法所惡也。奸僧宄梵，托佛倚法，亂人族以損天胎。地獄之設，彼烏得不自入哉！

〔二〕據魏書，此處缺下六句：「然後精進三寶，信心如來。道由化深，故諸漏可盡；法隨禮積，故彼岸可登。」當是沈氏節引。

〔三〕此處原文恐抄撮摘引有誤。

狄仁傑字懷英。太原人。唐江南巡撫。相武后，反周爲唐。

諫造佛像疏摘

功不使鬼，必在役人；物不天來，終須地出。不損百姓，將何以求？又曰，梁武、簡文，捨施無限。及其三淮沸浪，五嶺騰烟，列刹盈衢，無救危亡之禍；緇黃蔽路，孰效勤王之師。

朱光庭字公掞。登第，見明道，曰：光庭在春風中坐了一月。調萬年主簿。人號明鏡。

請戒傳習異端疏

臣竊以天覆于上，地載于下，人位于中，三才一貫，純粹不雜。有聖人作，因天叙而惇五典，因天秩而庸五禮，因天命而章五服，因天討而用五刑。然後三綱五常立而萬事咸治。聖人爲能以皇極之道，彌綸輔相于其中，故天下無一民一物不得其所。此極盛之治，後無以復加也。不幸三代既還，王道不振，黃、老雜之于前，釋氏亂之于後。

黄、老之術，主于清净虚無，世惑猶淺。惟是釋氏最爲大惑，人無賢愚，皆被驅率。高明之士則沉溺于性宗，中下之材則纏縛于輪迴，愚賤之俗則畏懼于禍福，甚可怪也。聖人曰「未知生焉知死」，儒者當窮理而後知。苟不務知此而求他，可乎？聖人曰「天命之謂性」，儒者當盡性而後知。苟不務知此而求他，可乎？聖人曰「惠迪吉，從逆凶，惟影響」，儒者當視履而後知。苟不務知此而求他，可乎？聖人言行，布在方策，明如日星，可師可法。今士大夫被儒者服，當法師聖人言行，而乃自暴自棄，區區奔走，從事戎法。古者學非而博，在四誅而不以聽；今之棄先聖之言，從戎人之學，無乃學非而博者乎？豈可以不禁之也！學官教多士以禮義，禮官正朝廷之典禮，若習異端，尤當深責。古者道路男子由右，婦女由左，重其有別。今之士大夫與民庶之家，婦女恣入寺門，敗壞風俗，莫此之甚。此不可以不禁也。臣訪聞今月二十日，相國寺惠林院長老開堂，衣冠大集，座下聽法者曲拳致恭，環拜致禮，無所不盡。在無知輩不足責，其士大夫皆棄吾道，不知自重如此，不可以不責也。臣昨日上章，乞詔執政詰問今月二十日，于相國寺長老座下聽法臣寮，乞行敕戒。今後更不得造其門，傳習異端；及學官、禮官，前日亦曾詣門聽法者，乞正違經棄禮之罪。仍乞今後一應士大夫與民庶之家，婦女並不得入寺門，明立之禁。臣所以爲陛下力言者，方聖明在御，俊乂滿朝，當尊吾堯、舜、禹、湯、文、武、周、孔之道，以致太平，而不當縱異端之術以惑天下。伏望聖慈特賜睿斷施行。

解縉字大紳。吉水人。明翰林學士。

大庖西上皇帝書洪武戊辰四月　摘略

釋、老之壯者，驅之俾復于人倫；經咒之妄者，火之俾絶其欺誑。斷所謂瑜珈之教，禁所謂符籙之科。絶鬼巫，破淫祀。云云

又曰：陛下天資至高，合于道微。百家神怪，誕妄怳惚。臣知陛下洞矚之矣，然猶不免欲以愚弄天下，若所謂以神道設教者。臣謂不必然也。一統之輿圖已定矣，一時之人心已服矣，一切之奸雄已慴矣，天無變災，民無患害，聖躬康寧，聖子神孫，繼繼繩繩，所謂得真符者矣。何必興師以取寶爲名，謂衆以神仙爲徵應，謂有所有謂某仙某神孚祐國家

者哉？且以傳國寶論之。潞王從珂已焚之矣。屢求屢得，真僞莫辨。假令真有之，亦區區李斯之書，秦政之制已耳，何足爲寶哉！周武之時，未有神仙符應，書之所載，可見也已。而古今享國之長，未有如周者。神仙釋老，誕謾恍惚，何足稽哉！

海瑞

治安疏 摘

君道不正，臣請再爲陛下開之。陛下之誤多矣。禮佛而修醮，修醮所以求長生也。自古聖賢之生，修身立命，止云順受其正。蓋天地賦予，于人所爲性命者，此盡矣。夫堯、舜、禹、湯、文、武之君，聖之盛也，未能久而不終。下之亦未見方外士，漢、唐、宋存至今日，使陛下得以訪其術者。陶仲文，陛下以師呼之，仲文則既死矣。仲文不能長生，而陛下獨何求之？至謂天賜仙桃、藥丸，怪妄尤甚。昔伏羲氏王天下，龍馬出河，因則其文以畫八卦。禹治水時，神龜負文而列于背，因而第之以成九疇。河圖、洛書，實有此瑞物，洩此萬古不傳之秘。天不愛道而顯之聖人，藉聖人以開示天下。猶之日月星辰之布列，而曆數成焉，非虚妄事也。宋真宗獲天書于乾佑山。孫奭進曰：「天何言哉！豈有書也。」桃必采而得，藥由人工擣合以成，無因而至，桃、藥有足行耶？天賜之者，有手執而付之耶？陛下玄修多年矣，一無所得。至今日而左右姦人逆陛下懸思妄念，區區桃、藥導之長生，理之所無，而玄修之無益可知矣。

馬鈞陽

言國制疏摘略

國制：僧、道，府各不過四十人，州三十人，縣二十人。今天下百四十七府，二百七十七州，千一百四十五縣，額該僧三萬七千九十餘人。成化十三年，度僧十萬。成化二十二年，度僧二十萬。以前所度僧、道，又不下二十萬人。共該五十餘萬人。以一僧一道食米六石論之，該米二百六十餘萬石，足當京師一歲之用。况不畊不織，賦役不加，軍民匠竈，私自披剃而隱于寺觀者，又不知其幾。創修寺觀，徧于天下，自京師達之四方。公私之財，用于僧、道過半。乞嚴加禁約。今言

林俊號見素。福建莆田人。明刑部尚書。謚貞肅。

災異陳言疏摘略　成化中，上方寵僧繼曉及寺人梁芳。于是俊以災異上疏。時爲工部主事。

臣聞修養之説，佛氏之教，怪誕無稽，其事不見于堯、舜、禹、湯、文、武之世，其誕每見于漢、唐、宋史之間，可考也。妖僧繼曉，市井無賴，猥挾邪術，詐欺楚府。竄身逃罪，潛住京師。多方夤緣，致蒙聖眷。敢復惑亂聖聰，發内庫銀數十萬兩，蓋造寺塔。是必繼曉小人，過爲誕説，謂此等一造，則聖壽益綿，國祚彌昌，民命咸永，邊疆底寧，以此陷陛下也。不知以可用之財，供無益之費，國計且日損矣。縱盡如下人師師，争先事佛，聖政且日壞矣。居民重遷，工役不息，人怨且日興矣。况繼曉之言，先王之政，然且不爲，况萬無是理而有大害也哉。昔衛懿公好鶴，鶴有乘軒者。將戰，國人受甲者皆曰：「使鶴。鶴實在位。予將焉戰！」夫鶴之好，未害，其失人若此，臣懼夫不斬繼曉，異日之禍，誠恐未涯也。然薦之者梁芳，芳傾覆陰狡，引用邪佞，附之者驟得美官，觸之者動遭竄逐。欺罔若趙高，奢侈若石崇。數年間以進貢買辦爲名，盜國帑藏，貲財山積，尚銘、汪直，未能或先。乃復薦進繼曉，陰求蓋寺。夫天下猶身也：賢才，元氣；財用，骨肉；小人，疾病也。梁芳耗元氣，削骨肉，而爲疾爲病，臣切爲身危之。今内而大臣，外而百官，下及閭井饑餓之民，咸欲食梁芳、繼曉之肉，而無一人敢以此言進者，獨惜官而畏死耳。臣何忍畏死不言，而以爲陛下仁聖之累耶？

上孝宗皇帝書 摘

李夢陽 字獻吉，號空同。陝西慶陽人。明江西學使。

五曰方術眩惑之漸。夫方術眩惑之漸者，臣以爲去之不力，則誘之必入也。夫自帝王享國長久者，畏天而憂民也，非以奉佛也。康强少疾者，清心而寡慾也，非以事仙也。且陛下獨不見梁武、唐憲乎？梁武帝奉佛最謹，然罹禍最深。唐憲宗事仙又最謹，然年又最短。此其明效大驗，彰彰可考者。而今創寺創觀請額者，陛下弗止也。比又詔葺其圮廢，臣不知陛下乃何所取于彼而爲之也。夫真人者，大虛無爲之名也。今酒肉粗俗道士，陛下敬重之如神，尊爲真人，又法王、佛子等，並肩輿出入，珍食衣錦。陛下踐祚，詔曰：僧、道不得作醮事，扇惑人心。堂堂天語，四海誦焉。夫陛下神心睿姿，不減于前也。乃今復爾者，臣故知有誘之者也。夫去之不力，則誘之必入。譬如鋤草不盡，反滋其勢。陛下奈何去之不力，而反使之滋也。夫誘者必曰：其道妙，又其法靈。今天變屢見于上，百姓嗷嗷于下，邊報未捷，倉庫匱乏。信如真人、國師，道足以庇，法足以佑，陛下何不遂一試之？且彼能設一醮、噀一法，使天下變息而嗷嗷者安乎？此固必無之事。而陛下不察，反聽其誘，此臣之所日夜悲心者也。

正祀典疏

張九功明給事中。

弘治元年四月，禮科給事中張九功言：國之大事，在祀與戎，祀典正則人心正。今聖明御極，脩明祀典。然而朝廷嘗祀之外，尚有釋迦牟尼文佛、三清三境九天應元雷聲普化天尊之祭，又有金闕真君元君、神父神母之祭，諸宮觀中又有水官星君、諸天諸帝之祭，非所以示法于天下也。乞敕禮部稽之祀典，盡爲釐正，及一切左道惑人之事，通爲禁止。上是其言，命禮部會官考詳何神立于何代，何神有功于國，何神澤及生民，今何神應祀與否，明白具奏。于是尚書周洪謨等會議，謂我太祖高皇帝稽古定制，凡前代所加嶽鎮海瀆封號，郡縣城隍神號，盡行革正。其忠臣烈士，亦止以當時封號稱之。凡異端亂正之術，一切有禁。所以正風俗，曉人心者至矣。伏望以聖祖爲法，敬事天地，孝祀宗廟，嚴事山川百神。此外凡有齋醮禱祀之類，通行罷免。不惟絶異端之姦，亦可省無益之費。仍敕中外凡宮觀祠廟，非有功德于民，不合祀典者，俱令革去。間有累朝敕建，難于輒廢者，亦宜釐正名號，減殺禮儀，庶盡以禮事神之心。

謹按：世俗所謂釋迦牟尼文佛、三清三境天尊者，蓋西域有國曰中天竺，乃釋迦所生之地。漢明帝時，其法始入中國。後之宗其教者，遂以釋迦之本性爲法身，德業爲報身，并其真身而爲三，其實本一身耳。唐儒韓愈有曰：三代之時，百姓安樂壽考，中國未有佛也。自有佛法以來，亂亡相繼。宋、齊、梁、陳以下，事佛漸謹，年代尤促。梁武捨身施佛，餓死臺城。由此觀之，佛不足事明矣。

至于道家，以老子爲師。宋儒朱熹有曰：玉清元始天尊，既非老子之法身；上清太一道君，又非老子之報身。設有二像，又非與老子爲一。而老子又自爲上清太上老君，蓋倣釋氏之失而又失之者也。況老聃亦人鬼耳，豈可僭居昊天上帝之上乎？如宋徽宗躬親祠醮，傾心崇奉，卒之陷身□〔二〕廷，覆亡宗社，可爲明戒。佛、老之徒，妄相稱述，惑世誣民，莫之能廢。不合祀典，莫此爲甚。伏望自今以始，凡遇萬壽千秋等節，不令修建吉祥齋醮。或遇喪禮，不令修建薦揚齋醮。俱不先期遣官祭告釋迦牟尼文佛于大興隆寺，及三清三境天尊于朝天宫，則祀典正矣。所謂北極中天星主紫微大帝者，蓋北極五星在紫微垣中，其北第五星名曰天樞，是爲天文之中正。又曰紫薇大帝之座，乃朝廷宮殿之像。正統初，建紫微殿于大德觀東，設大帝之像，每節令亦遣官祭告。

夫幽崇祭星，古禮也。祖宗以來，每歲南郊，已有星辰壇合祭之禮，今乃像之如人，稱之爲帝，以極星之正，祠于異端之宫。稽之祀典，誠無所據。其祭告乞罷免。

〔二〕原缺一字，據明實録孝宗實録卷十三，當作「虜」。

所謂九天應元雷聲普化天尊者，凡陰氣凝聚，陽氣在内不得出，則奮擊而爲雷霆。今道家妄以爲玉霄真府總司五雷，雷部諸神，皆其所主。而又以六月二十四日爲天尊示現之日。故朝廷歲以是日遣官詣顯靈宫致祭。夫風雲雷雨，每歲南郊已有合祭之禮，而山川壇復有秋報之祭。況自二月發聲之後，無非雷霆奮震之日。今乃以六月二十四日爲示現之日，于義何取？設像稱名，禮亦何所據哉？其祭告亦乞罷免。

又有所謂祖師三天扶教輔玄大法司真君者。傳記云：漢張道陵，光武時人，善以符治病。至桓帝永壽元年，百二十歲而没，人傳白日上昇。唐天寶，宋熙寧、天觀間，累號正一靖應真君，子孫亦有封號。國朝乃襲正一嗣教真人之封，秩視二品。然宋邵伯温聞見録云：「漢建安二十年，曹操破張魯，定漢中。魯祖陵、父衡，以符法相授受，自號師君，其衆曰鬼卒，曰祭酒，大抵與黄巾相類。朝廷不能討，就拜魯漢寧太守，鎮夷中。」蓋陵本非異人，而道家祖陵爲天師者，特因天寶之稱而云耳。今歲以正月十五日爲陵生辰，遣官詣顯靈宫祭告。夫生辰自應聽其子孫祭于家，而乃遣官祭告，尤非祀典。亦乞罷免。

所謂大小青龍神者。記云：昔有僧名盧，自江南來，寓居今京師西山。一日，有二童子來拜于前，盧納之，供奉無怠。時久旱不雨，二童子白于盧，請限雨期，即委身龍潭。須臾化二青龍，遂得雨。後賜盧號曰感應禪師，建寺設像，又别設二青龍祠于龍潭之上。宣德中，敕建大圓通寺，加二青龍以封號，令春秋祭之。夫妖由人興，久自衰息。况今連年亢旱，所禱二龍，杳無應驗。則怪誕不足崇奉明矣。

又有所謂梓潼帝君者。記云：神姓張，諱亞子。其先越巂人，因報母仇，徙居梓潼之七曲山。仕晉，戰没，人爲立廟。唐玄宗、僖宗，宋咸平中，屢封至英顯王。道家謂上帝命梓童掌文昌府事，及人間禄籍。故元加號爲帝君，而天下學校亦有立廟祀之者。景泰中，因京師舊廟闢而新之，歲以二月三日爲帝君生辰，遣官致祭。夫梓童顯靈于蜀，則廟食其地，於禮爲宜。祀之京師，何也？况文昌六星，爲天之六府，殊與梓童無干。乃合而爲一，是誠附會不經。乞并與大小青龍之祭，俱敕罷免。其梓童祠在天下學校者，俱令拆毁，庶足以解人心之惑。

又道家有所謂北極佑聖真君者。蓋真武乃北極玄武七宿，後人乃以玄武爲真聖，而作龜蛇于其下。宋真宗避諱，乃改玄武爲真武，加號曰佑聖助順顯靈真君。及考圖志，乃云真武爲靖樂王太子，得道術，修煉武當山，功成飛昇。奉上帝命，往鎮北方。被髪跣足，建皂纛玄旗，攝玄武位。此則道家附會誕妄之説。再考國朝御制碑，謂太祖平定天下，兵戈所向，陰佑爲多。嘗建廟南京，載在祀典。及太宗肅靖内難，以神有顯相功，又于京城艮隅，并武當山重建廟宇。兩京歲時朔望，各遣官致祭，而武當山又專官督視祀事。至我憲宗，嘗範金爲神像，屢遣内官陳喜安奉武當山。蓋亦承列聖崇奉之意，以祈神休而已。乃援引左道鄧嘗恩輩，熒惑聖聽，虐害生民，奏請重修京城廟宇，改號靈明顯佑宫，日進邪説，遂使香火之地，幾爲盜賊之場。今嘗恩輩已伏其罪，而其所貽蠹國害民之事，尚未止息。如頻年賫送神像，及多給武當山道士衣布，濫費香蠟之類是也。請止照洪武間例，每年以三月三日、九月九日，用素羞，遣太常官致祭。其餘祭祀，悉皆停免。繼後神像，再不賫送。凡府縣應辦給衣布，并香蠟諸費之勞民者，俱量爲裁省，庶幾國用稍節，而于累朝崇奉之禮，亦未嘗廢也。

所謂崇恩真君、隆恩真君者。道家相傳以崇恩真君姓薛名堅，西蜀人。宋徽宗時，嘗從王侍宸、林靈素輩學法有驗。而隆恩真君，則玉樞火府天將王靈官是也。又嘗從薩真君傳符法。永樂中，以道士周思得能傳靈官法，乃于禁城之西建天將廟及祖師殿。宣德中，改廟爲大德觀，封真君。成化初，改觀曰顯靈宫。每年换袍服，三年一小换，十年一大焚，復易以新。珠玉錦綺，所費不貲。每節候歲時，皆遣官致祭。夫薩真君之法，因王靈官而行。王靈官之法，因周思得而顯。而其法之所自，又皆林靈素輩所附會。況近年祈禱，皆無應驗。今若以累朝創建之故，難于廢毁，其祭告之禮，宜令罷免。四時袍服更换，宜令收貯勿毁，此後不必再焚，亦不必再製。如此則妄費可省，而邪説可破矣。

所謂金闕上帝、玉闕上帝。誌云：「福建閩縣舊有洪恩靈濟宫，即祀今之金、玉闕二真人者。五代時，徐温子曰知證封江王，曰知諤封饒王，常提兵平福州。福人德之，圖像以祀，宋賜今額。」又考國朝御製碑，謂太宗嘗不豫，藥罔效，禱神輒應，因大新閩地廟宇，令春秋致祭，易衣，給户洒掃。又立廟祀于京師，加封知證金闕真君，知諤玉闕真君。正統、成化間，累加號爲上帝。每朔望節令，俱遣官祀，及時薦新食，四時致皮弁冠，紅金雲龍朝服。近又加平天冠，用黄錦綺服。其黄服五年一换焚，紅服十年一换焚。

夫神之年代世系事迹，本非有甚異也，而兄弟並稱上帝，本處既有春秋祀，而京師復一年數祀。袍服在京换焚，費已不貲。閩之袍服，又數勞人齎送。其僭號既宜革正，而妄費亦宜節省。請仍存閩之廟祀，廢京師之諸祀，革其帝號與服色，止稱真君，服舊服。其衣服更换，俱令本宫收貯，不必再焚，每歲亦不得再製。若在閩而敝者，令府縣量爲修補，不必齎送。如此則于禮庶不爲瀆，而報功之典，亦未嘗不存也。

所謂神父聖帝、神母元君，又金、玉闕元君者，即二徐之父母及其配也。宋封父齊王爲忠武真人，母曰仁壽仙妃，配皆爲仙妃。國朝永樂至成化間，屢封其父爲聖帝，母及二配皆以爲元君。每歲時節令，俱遣官祀。而金、玉闕元君，又有誕辰之祀。僭瀆一至于此。載考徐温，乃五代時吴國專權弑主之賊，殊無功德可録。但緣二徐爲子，有一時禱應之功，故濫恩至此。伏乞削去上帝、元君之號，一切濫祀俱宜罷免。

所謂東嶽泰山之神者。泰山爲五嶽之首，在山東泰安州山下。唐、宋、元皆加號曰王，或曰帝，若祀人鬼然者。我太祖正祀典，止稱東嶽泰山之神，有司春秋致祭，有事則遣官祭告。每歲南郊并二、八月山川壇，俱有合祭之禮。蓋以山川靈氣有發生之功故也。

今朝陽門外有前元東嶽舊廟，國朝因而不廢。其後，歲以三月二十八日及萬壽聖節，遣官致祭。夫既專祭于封内，又合祭于郊壇，則此廟之祭，實爲煩瀆。亦乞罷免。

所謂京師都城隍之神者。蓋建國者，必設高城深隍以保其人民，其制自黄帝始。今天下府、州、縣，各有城隍廟。在京師者，謂之都城隍廟，舊在順天府西南。俗以五月十一日爲神誕辰，故是日及節令皆遣官祀。夫城隍之神，非人鬼也，安有所謂誕辰者？况南郊秋祀，俱有合祭之禮，則誕辰并節令之祀，亦宜罷免。

議既上，上曰：「卿等言是。修建齋醮，遣官祭告，并東嶽、真武、城隍廟、靈濟宫祭祀俱仍舊。二徐真君并其父母妻，革去帝號，止仍舊封號。原冠袍等物，換回焚毁。今後福建冠袍，每六年一齎送，餘俱如所議行之。」

許夢熊字應男。南陵人。明兵部職方司員外郎。

崇正學疏摘

臣聞至尊莫如天，人君代天而爲之子，故稱「天子」。今道士張國祥者，古巫祝之流耳，乃對衆庶而稱「天師」。此而稱天，非尊無二上之義也。人臣事君，由一命以上，積資累考，稱職無過，然後循而陟之。自九品以至一品，不啻九淵之望天際也。今國祥以童豎之年，素無勳伐，一旦陟之崇階，齒于公卿大臣之列，使滿朝恥乎爲伍，得無非分而僭越乎？此臣所謂憂其漸之逼，而得肆其邪媚之説，熒惑聖心，將使皇上之道，駁雜而不純，如漢武、宋道君故事，其爲聖學之累不小。雖其教相沿，非自今始。然明先王之道，以正千古之非，闢異端之邪，以尊六經之教。如韓愈所謂人其人，火其書，廬其居，使天下帖然知國家專以帝王聖賢爲法，以禮義綱常爲治，是在大聖人之乾斷獨持耳。且皇上御極以來，最慎賞賚。非臣工久著勞伐，内安社稷，外靖疆場者，不得服玉帶。今國祥以降革之餘，特蒙恩復，乃一供醮事，即恬然受玉帶上賞而不辭，侈然列縉紳崇班而不讓。設有大功伐，大勳勞，保皇躬奠鼎祚于億萬年之安者，又將何物以賜之耶？以賜〔二〕道童者而賜勳臣，臣固知其不以爲榮勸也。伏乞勅下禮官酌議，俾國祥循分知讓，繳回玉帶，庶體統以正，群情始安。更求皇上顧繹初心，始終典學，察帝王中正之道，重民生日用之倫，任經術以親賢士，勤政事以任賢才。毋馳騖于荒誕不經非常可喜之事，以求放心。念天心之仁愛，而儆戒無虞。思稼穡之艱難，

〔二〕「賜」字原缺，據光緒二十五年木活字本南陵小志卷四補。

而節省倍至。則聖德豈不媲美黄、虞而超越千古哉！

韓愈

論佛骨表〔一〕

臣某言：伏以佛者，戎狄之一法耳。自後漢時流入中國，上古未嘗有也。昔者黄帝在位百年，年百一十歲。少昊在位八十年，年百歲。顓頊在位七十九年，年九十八歲。帝嚳在位七十年，年百五歲。帝堯在位九十八年，年百一十八歲。帝舜及禹，年皆百歲。此時天下太平，百姓安樂壽考，然而中國未有佛也。其後殷湯亦年百歲。湯孫太戊在位七十五年，武丁在位五十九年，書史不言其年壽所極，推其年數，蓋亦俱不減百歲。周文王年九十七歲，武王年九十三歲，穆王在位百年。此時佛法亦未入中國，非因事佛而致然也。漢明帝時，始有佛法。明帝在位，纔十八年耳。其後亂亡相繼，運祚不長。宋、齊、梁、陳、元魏已下，事佛漸謹，年代尤促。惟梁武帝在位四十八年，前後三度捨身施佛。

〔一〕原文不分段，段落爲整理者劃分。

宗廟之祭，不用牲牢。晝日一食，止于菜羹。其後竟爲侯景所逼，餓死臺城，國亦尋滅。事佛祈福，乃更得禍。由此觀之，佛不足事，亦可知矣。

高祖始受隋禪，則議除之。當時群臣材識不遠，不能深知先王之道、古今之宜，推闡聖明以救斯弊，其事遂止。臣常恨焉。伏惟睿聖文武皇帝陛下，神聖英武，數千百年以來，未有倫比。即位之初，即不許度人爲僧尼、道士，又不許創立寺觀。臣嘗以爲高祖之志，必行于陛下之手。今縱未能即行，豈可恣之轉令盛也！今聞陛下令群僧迎佛骨于鳳翔，御樓以觀，舁入大内，又令諸寺遞迎供養。臣雖至愚，必知陛下不惑于佛，作此崇奉以祈福祥也。直以年豐人樂，狥人之心，爲京都士庶設詭異之觀，戲翫之具耳。安有聖明若此而肯信此等事哉！然百姓愚冥，易惑難曉，苟見陛下如此，將謂真心事佛，皆云天子大聖，猶一心敬信，百姓何人，豈合更惜身命。焚頂燒指，百十爲群，解衣散錢，自朝至暮，轉相倣效，惟恐後時。老少奔波，棄其業次。若不即加禁遏，更歷諸寺，必有斷臂臠身，以爲供養者。傷風敗俗，傳笑四方，非細事也。

夫佛本戎狄之人，與中國言語不通，衣服殊製。口不言先王之法言，身不服先王之法服，不知君臣之義、父子之情。假如其身至今尚存，奉其國命來朝京師，陛下容而接之，不過宣政一見，禮賓一設，賜衣一襲，衛而出之于境，不令惑衆也。况其身死已久，枯朽之骨，凶穢之餘，豈宜令入宮禁？孔子曰：「敬鬼神而遠之。」古之諸侯行吊于其國，尚令巫祝先以桃茢祓除不祥，然後進吊。今無故取朽穢之物，親臨觀之。巫祝不先，桃茢不用，群臣不言其非，御史不舉其失，臣實耻之。乞以此骨付之有司，投諸水火，永絶根本，斷天下之疑，絶後代之惑。使天下之人知大聖人之所作爲出于尋常萬萬也。豈不盛哉！豈不快哉！佛如有靈，能作禍祟，凡有殃咎，宜加臣身。上天鑒臨，臣不怨悔。無任感激懇悃之至，謹奉表以聞，臣某誠惶誠恐。

策

蘇軾字子瞻，號東坡。眉山人。宋。歷官兵部尚書，謚文忠。

御試制科策摘

伏惟制策，有推尋前世，深觀治迹。孝文尚老子而天下富殖，孝武用儒術而海内虚耗。道非有弊，治奚不同？臣竊以爲不然。孝文之所以爲得者，是儒術略用也。其所以得而未盡者，是用儒之未純也。而其所以爲失者，則是用老也。何以言之？孝文得賈誼之説，然後待大臣有禮，御諸侯有術。而至于興禮樂，係單于，則曰未暇。故曰儒術略用而未純也。若夫用老之失，則有之矣。始以區區之仁，壞三代之肉刑，而易之以髡笞，髡笞不足以懲其罪，則又從而殺之。用老之失，豈不過甚矣哉！且夫孝武亦未可謂用儒之主也。博延方士，而多興妖祠；大興宫室，而甘心遠略，此豈儒者教之？今夫有國者，徒知狥其名而不考其實，見孝文之富殖，而以爲老子之功；見孝武之虚耗，而以爲儒者之罪，則過矣。此唐明皇之所以溺于宴安，撤去禁防，而爲天寶之亂也。

議學校貢舉劄子 摘

臣竊有私憂過計者，敢不以告。昔王衍好老、莊，天下皆師之，風俗陵夷，以至南渡。王縉好佛，捨人事而修異教，大曆之政，至今爲笑。今士大夫至以佛老爲聖人，粥書于市者，非老、莊之書不售也。讀其文，浩然無當而不可窮；觀其貌，超然無着而不可一挹，此豈真能然哉？蓋中人之性，安于放而樂于誕耳。使天下之士，能如莊周齊生死，一毁譽，輕富貴，安貧賤，則人主之名器爵禄，所以礪世磨鈍者廢矣。陛下亦安用之？而况其實不能，而竊取其言以欺世者哉！

民政策三

蘇轍字子由，號潁濱。東坡弟。宋。官尚書右丞，進門下侍郎。

聖人將有以奪之，必有以予之；將有以正之，必有以柔之。納之于正而無傷其心，去其邪僻而無絶其不忍之意。有所矯拂天下，大變其俗，而天下不知其爲變也。釋然而順，油然而化，無所齟齬，而天下遂至于大正矣。蓋天下之民，邪淫不法、紛亂而至于不可告語者，非今世而然也。夫古者三代之民，畊田而後食其粟，蠶繅而後衣其帛。欲享其利而勤其力，欲獲其報而厚其施。欲求父子之親，則盡心于慈孝之道；欲求兄弟之和，則致力于長悌之節；欲求夫婦之相安、朋友之相信，亦莫不務其所以致之之術。故民各致其生，無望于僥倖之福，而力行于可信之事。凡其所以養生求福之道，如此其精也。至于不幸而死，其親戚子弟，又爲之死喪祭祀、歲時伏臘之制，以報其先祖之恩，而可安恤孝子之意者甚具而有法。籩豆簠簋、飲食酒醴之薦，而大者于廟，小者于寢，薦新時祭，春秋不闕。故民終三年之憂，而又有終身不絶之恩愛，慘然若其父祖之居于其前而享其報也。至于後世則不然。民怠于自修，而其所以養生求福之道，皆歸于鬼神冥寞之間，不知先王喪紀祭祀之禮。而其所以追養其先祖之意，皆入于佛老虚誕之説。是以四夷之教交于中國，縱横放肆。其尊貴富盛，擬于王者，而其徒黨徧于天下，其宫室棟宇、衣服飲食，常侈于天下之民。而中國之人、明哲禮義之士，亦未嘗以爲怪。幸而其間有疑怪不信之心，則又安視而不能去。此其故何也？彼能執天下養生報死之權，而吾無以當之，是以若此不可制也。蓋天下之君子嘗欲去之，而亦既去矣，去之不久而還復其故。其根之入于民者甚深，而其道之悦于民者甚佞。世之君子，未有以解其所以入，而易其所以悦，是以終不能服天下之意。天下之民，以爲養生報死皆出于此。吾未有以易之，而遂絶其教，欲納之于正而傷其心，欲去其邪僻而絶其不忍之意，故民之從之也甚難。聞之曰：「川竭而谷虚，丘夷而淵實。」作乎此者，必有以動乎彼也。夫天下之民，非有所悦乎佛老之道，而悦乎養生報死之術。今能使之得其所以悦之之實，而去其所以悦之之名，則天下何病而不從？蓋先王之教民有方，而報死有禮。凡國之賞罰黜陟，各當其實。貧富貴賤，皆出于其人之所當然。力田而多收，畏法而無罪，行立而名聲發，德成而爵禄至。天下之人皆知其所以獲福之因，故無惑于鬼神。而其祭祀之禮，所以仁其祖宗而慰其子孫之意者，非有鹵莽不詳之意也。故孝子慈孫有所歸心，而無事于佛老。臣愚以爲嚴賞罰，勑官吏，明好惡，慎取予，不赦有罪，使佛老之福不得苟且而惑其生；因天下之爵秩，建宗廟，嚴祭祀，立尸祝，有以大塞人子之意，使佛老之報不得乘隙而制其死。蓋漢、唐之際，嘗有行此者矣，而佛老之説未去；嘗有去者矣，而賞罰不詳，祭祀不謹，是以其道牢固而不可去，既去而復反其舊。今者國家幸而欲減損其徒，日朘月削，將至于亡。然臣愚恐天下尚猶有不忍之心。天下有不忍之心，則其勢不可以久去。故臣愚欲奪之而有以予之，正之而有以柔之。使天下無憾于見奪，而日安其新。此聖人所以變天下之術歟！

閑道録卷之十終

閑道録卷之十一

宣城沈壽民耕巖纂輯
孫　廷璐編次
外孫　梅兆頤校梓

詔、令、諭、教

宋孝武帝諱駿，字休龍。文帝子。

沙汰僧徒詔大明二年，有曇標道人與羌人高闍謀反。世祖下詔，設諸條禁，非戒行精苦並使還俗。而諸尼出入宫掖，制竟不行。

門下：佛法訛替，沙門混雜，未足扶濟鴻教，而專成逋藪。加頃姦心頻發，凶狀屢

聞，欺道亂俗，人神交忿。可付所在，與寺耆長，精加沙汰。後有違犯，嚴其誅坐。主者詳爲條格，速施行。廣弘明集

後魏太武帝諱燾，字佛狸。明元帝子。

禁養沙門詔

世祖以司徒崔浩言，信用寇謙之道。會蓋吴反，世祖西征至長安。從官見沙門室有弓矢矛楯，奏聞。疑與吴通謀，案閲財産及諸非法。詔誅長安沙門，焚破佛像。勅下四方。時恭帝爲太子，素敬佛，再三表諫，不許。復下嚴詔。是歲，真君七年三月也。恭帝猶濳緩宣詔，故沙門經卷得秘匿而土木宫塔則畢毁矣。

愚民無識，信僞惑妖，私養師巫，挾藏讖記。沙門之徒，假西域虚誕，坐致妖孽，非所以一齊政化，布淳德於天下也。自王公已下，至於庶人，有私養沙門者，皆送官曹，不得隱匿。限今年二月十五日，過期不出，沙門身死，容止者誅一門。魏書、廣弘明集合〇魏書首句彼沙門者坐致書作安生。

又詔

昔後漢荒君，信惑邪僞，妄假睡夢，事戎妖鬼，以亂天常。自古九州之中無此也。夸誕大言，不本人情，叔季之世，闇君亂主莫不眩焉。由是政教不行，禮義大壞，鬼道熾盛，視王者之法，蔑如也。自此以來，代經亂禍，天罰亟行，生民死盡。五服之内，鞠爲丘墟，千里蕭條，不見人迹，皆由於此。朕承天緒，屬當窮運之敝，欲除僞定真，復羲、農之治。其一切蕩除胡〔二〕神，滅其蹤迹，庶無謝於風氏矣。自今以後，敢有事胡〔三〕神及造形像泥人、銅人者，門誅。雖言胡〔三〕神，問今胡〔四〕人，共云無有，皆是前世漢人無賴子弟劉元真、吕伯疆之徒，乞戎之誕言，用老、莊之虚假，附而益之，皆非真實。至使王法廢而不行，蓋大姦之魁也。有司宣告征鎮諸軍刺史，諸有佛圖形像及佛經，盡皆擊破焚燒，

〔二〕「胡」字原缺，據魏書釋老志補。
〔三〕「胡」字原缺，據魏書釋老志補。
〔三〕「胡」字原缺，據魏書釋老志補。
〔四〕「胡」字原缺，據魏書釋老志補。

沙門無少長悉坑之。魏書

後周武帝諱邕，字禰羅突。文帝子。

叙廢立義命章周承光二年，平齊，便行廢教。勅前修大德並赴殿集。武帝自昇高座，叙廢立義命章。净影寺釋慧遠答詔抗論，不從。

朕受天命，寧一海宇。世弘三教，其風逾遠。考定至理，多愆陶化，今並廢之。然其六經，儒教之弘政術，禮義忠孝，於世有宜，故須存立。且自真佛無像，遥表敬心。佛經廣嘆，崇建圖塔。壯麗修造，致福極多。此實無情，何能恩惠！愚人嚮信，傾竭珍財，徒爲引費，故須除蕩。凡是經象，皆毁滅之。父母恩重，沙門不敬，悖逆之甚，國法不容。並退還家，用崇孝始。廣弘明集

除佛法詔

佛生西域，寄傳東夏。原其風教，殊乖中國。漢、魏、晉世，似有若無。五胡〔一〕亂華，風化方盛。朕非五胡〔二〕，心無敬事。既非正教，亟宜廢之。

又

法興有時，道亦難准。制由上行，王者作則。縱有小利，尚須休廢。況佛無益，理不可容。何者？敬事無徵，招感無效，自救無聊，何能益國？自廢以來，民役稍希，租調年增，兵師日盛。東平齊國，西定妖戎。國安民樂，豈非有益？若佛有益，太祖存日，屢嘗討齊，何不見獲？朕壞佛法，若是違害，亦可亡身。既平東夏，明知有益。廢之合理，義無更興。按，釋文紀、佛道論衡、廣弘明諸集題皆作任道林叙辨周武帝除佛法詔，意所重在辨。兹於辨概

〔一〕「胡」字原缺，據文淵閣四庫全書本廣弘明集卷十補。
〔二〕「胡」字原缺，據文淵閣四庫全書本廣弘明集補。

不録，第摘録詔二條，以存梗概。廷璐附記。

周世宗名榮，姓柴氏。太祖無嗣，養以爲子。及太祖崩，乃承大統。在位六年。

詔毁銅佛像

周世宗立之明年，詔悉毁天下銅佛像以鑄錢。宣曰：「吾聞佛説，身世爲妄，以利人爲急。使其真身尚在，猶欲割截，况此銅像，豈所惜哉！」

明太祖

革天師號

洪武元年，詔革龍虎山道士張正常天師號爲真人。君子曰：俗之不返也如此。禮曰：「執左道以亂政，殺。假於鬼神時日卜筮以疑衆，殺。」張道陵，黄巾之遺孽，其亂甚矣，是向者先王所必誅也。而元封爵之，冠師以天。夫天，尊無上者也。君代天理物，猶命之曰天子。庶人而師天，尊踰於君，至亡等矣，而况於亂人乎！革之誠是矣！惜乎！去其真人也而可矣。明紀要

諭高麗王

洪武二年，高麗使者歸，帝賜其王書，諭以持危保國之道。又戒令備倭，勿佞佛。以六經、四書、通鑑、漢書賜之。紀要

與諸儒論學術

高皇帝嘗與諸儒論學術。學士陶安對曰：「道之不明，邪説害之也。」帝曰：「然。邪説之害道，猶色之炫目也，鮮不惑者，非豪傑不能決去之。夫邪説不去，則正道不興，正道不興，天下烏得而治！」安謝曰：「主臣，此探本之論也。」紀要

明世宗

詔嚴禁僧尼戒壇説法

嘉靖四十五年九月，詔順天撫、按官，嚴禁僧尼戒壇説法。仍令廠、衛、巡城御史通

查勘京城僧寺。如有仍前受戒寄寓者，收捕下獄。四方遊僧，並聽所在有司遞回原籍。當是時，白蓮教盛行，御史鮑承蔭以妖盜本爲一途，恐投邪鼓衆，釀成大患，遂令禁之。從信録

明神宗

詔革左道

萬曆八年，儀封人曹崙作亂，自稱三乘教主。官兵逐之，梟斬其黨張景陽。崙走鹿邑，生得之。下詔，嚴行禁革左道。紀要

閑道録卷之十一終

閑道録卷之十二

宣城沈壽民耕巖纂輯
孫　廷璐編次
後學胡啓淵校梓

記

雜記

蘇軾

自省事來，聞世所謂道人，有延年之術，如趙抱一、徐登、張無夢，皆近百歲。然竟死，與常人無異。及來黄州，聞浮光有朱元經尤異，公卿尊師之甚衆。然卒亦病死，死時中風搐溺。但實能黄白，有餘藥，藥金皆入官。不知世果無異人耶？抑有人而不見，此等舉非耶？不知古所記異人虚實，無乃與此等不大相過，而好事者緣飾之耶？

記歐陽論退之文

韓退之喜大顛，如喜澄觀、文暢之意，了非信佛法也。世乃妄撰與顛書，其詞凡陋，退之家奴僕亦無此語。有一士人，於其末妄題云：歐陽永叔謂此文非退之莫能。此又誣永叔也。

曾鞏字子固。南豐人。宋。

鵝湖院佛殿記

慶曆某年某月日，信州鉛山縣鵝湖院佛殿成。僧紹元來請記，遂爲之記曰：自西方用兵，天子宰相與士大夫勞於議謀，材武之士勞於力，農工商之民勞於賦斂。而天子嘗減乘輿掖庭諸費，大臣亦往往辭賜錢，士大夫或暴露其身，材武之士或秉義而死，農工商之民或失其業。惟學佛之人不勞於謀議，不用其力，不出賦斂，食與寢自如也。資其宫之侈，非國則民力焉，而天下皆以爲當然，予不知其何以然也。今是殿之費，十萬不已，必百萬也；百萬不已，必千萬也；或累而千萬之，不可知也。其費如是廣，欲勿記其日時，其得耶？而請予者又紹元也。故云耳。

訪欽禪師過馬鞍嶺記

李孝光

夜宿天柱下寺，水、英二人來〔一〕坐。與之語，不悖其師者也。頗能言欽禪師修浮屠氏之法，居退讓之節，知止足之義。予久不見欽，因二人者謝之。客怪而問焉：「子平生名不喜其法，而竊私其人，胡謂也？」予謂客：「今衆子百家，皆不能抗仲尼氏之道，而異端獨遺其二焉：曰佛與道而已矣。爲佛之説，又有二焉：曰大乘、小乘。乘猶言道也。

〔一〕「人來」，文淵閣四庫全書本五峰集作「上人」。

或爲其大者，或爲其小者。凡爲果報、禍福、輪轉之説，皆其道之所謂小者，爲其大者固已譏笑之。所謂爲其大者，曰吾將以求吾心也，吾將以見吾性也。然恒過於中而弗趨於常，泥於體而不適於用。視儒者之有父子、君臣、夫婦、昆弟也，輒詘而卑之。然而生斯世也，非儒之立，則不能一息居也。其詘而卑之也，又其徒之不能盡其師之道者也。彼有能盡其師之道，常賴吾之有君臣、父子、夫婦、昆弟也。則不爲强者之所暴，貪者之所攘，然後去之窮山大谷，取其人之枯槁顑頷不適於用，而爲世之所棄者以爲之徒，而教以其師之説。舍茨而不以宫，衣麻而不以絲，食麥與菽而無以膏酪魚牲。其言曰：修吾法者其爲宫室、土田、衣服、膏酪無以異於人，是自成其心也。故其有宫室、土田、衣服、膏酪，則其徒之不肖，悖其師之意，假爲禍福之説以勸愚民也。今使周公、孔子之居是世也，亦將修其禮樂政教，以扶樹君臣、父子、夫婦之道而已。彼枯槁顑頷不適於用，爲世之所棄，去之窮山大谷以修其師之道，則亦莫之制也。今名爲浮屠氏，棄其法不用，然而爲儒者不能盡其道，則亦何以異於是！而欽獨善守其師之法而爲之，且得其道之大者，亦可尚矣。」於是客咸願一見其爲人，去從院南登小山，復折入西南，過小溪百步許，至柏菴問欽，適往延恩院未歸。惟有一小僮居户下，遂南去谷口，與持槖者會。南過馬鞍嶺，借宿山人家。山人姓金氏。

海游記

王世貞字元美，號弇州。太倉人。明刑部尚書。

登故枕海，出東門不一里，大蒐之圃在焉，其陽依海壖而壇。余與參政姜君文翰行部登。既視事五日，乃以牘之閒出游，觴於壇。輕雲蒙籠，風師不驚。文淪若縠，容裔滉漾，與天下上。俄而東南雄虹起，亘空若銀橋，蜿蜒而下飲於海，驚流噴蹙，璣貝萬斛，飛躍注射若五金之在鎔，芒熲眴〔一〕爛，眥觸晴眩，已徐徐縮入海。既〔二〕久之，顧見鼉磯、大小竹諸島，雲氣驟變，峰峦盡改。或斷或續，或方或圓，或峻或衍，或英或坏〔三〕，或陟或密，或墮或隳。或漫漶波浪，或斗插入漢。或爲鴟，或爲伏虯、爲虎豹者不一。童子趨

〔一〕「眴」，據文淵閣四庫全書本弇州四部稿卷七十二當作「絢」。
〔二〕四庫本於「既」字後標「句」。
〔三〕「坏」，四庫本作「坏」。

而前曰：「是其將雨乎！」忽大風發，吹雲散。不果雨。〔一〕余慨然謂姜君曰：「於呼！此奇衺之士所得而影響其君爲始若武者哉！彼其驚幻變之熹微，嘆光景之恍忽，以爲其下真若有神仙者焉。思竭天下之力以從之，而竟不可得。不知其泡沫之軀，忽焉而滅，爲兹海之雲氣久矣。夫身挾名而俱盡者何限，乃南望田横之島，則隱隱負生色焉。然至於讀魯仲連被髮蹈海之書，蟬蜕物表，視斯人未嘗不惝怳俱失也。於乎！古所謂仙不死者，是歟？非耶？」姜君不答，第趣觴觴余，醉而歸。

陳邦瞻字德遠。高安人。明。

記元世佛教之崇

世祖至元十九年，帝師亦憐真死。荅兒麻八剌乞列嗣。初，土番人八思巴者，相傳自其祖朵栗赤以其法佐國主霸西域十餘世。八思巴生七歲，誦經數十萬言，能約通其大義，國人號之聖童。年十五，謁帝於濳邸，與語大悅，日見親幸。中統元年，帝即位，尊爲國

〔一〕「雨」，四庫本作「市」。

師，授玉印。命製蒙古新字，字成，上之。其字僅千餘，其母凡四十有一，其相關紐而成字者，則有韻關之法；其以二合三合四合而成字者，則有語韻之法，而大要則以諧聲爲宗。至元六年，詔頒行天下。凡璽書頒降，並用蒙古新字，各以其國字副之。遂升號八思巴曰大寶法王。十一年，請告西還，乃以其弟亦憐真嗣焉。十六年，八思巴死，詔贈皇天之下一人之上宣文輔治大聖至德普覺真智佐國如意大寶法王西天佛子大元帝師。亦憐真嗣，凡六歲，至是死。復以荅兒麻八剌乞列嗣立。自是，每帝師一人死，必自西域取一人爲嗣，終元世無改焉。

文宗天曆二年，帝師輦真吃剌思至，上命朝廷一品以下，咸郊迎。大人俯伏進觴，帝師不爲動。惟國子祭酒孛木魯翀舉觴立進，曰：「帝師，釋迦之徒，天下僧人師也；予孔子之徒，天下儒人師也。請各不爲禮。」帝師笑而起，舉觴，卒飲，衆爲之栗然。

按元自太祖起朔方時，已崇尚釋教。及得西域，世祖以其地廣且險遠，俗獷好鬭，思有以柔服其人。乃郡縣土番之地，設官分職，盡領之於帝師。乃立宣政院，其爲使位居第二者，必以僧爲之。帥臣以下，亦僧俗並用，軍民盡屬統理。於是帝師之命，與詔並行。

西土百年之間，朝廷所以敬禮而尊信之者，無所不用，甚至雖帝、后、妃、主，皆因受戒而爲之膜拜。正衙朝會，百官班列，而帝師亦或專席於坐隅，且每帝即位之始，降詔褒護，必勅章佩監，絡珠爲字以賜，蓋其重之如此。其未至而迎之，則中書大人馳驛累百騎以往，所過供億送迎。比至京師，則勅大府假法駕半仗以爲前導。詔省、臺、院官，以及百司庶府，並服銀鼠質孫。用每歲二月八日迎佛，威儀往迓。且命禮部尚書、郎中專督迎接。及其卒而歸葬舍利，又命百官出郭祭餞。大德九年，專遣平章政事鐵木兒乘傳護送，賻金五伯兩，銀千兩，幣帛萬疋，鈔三千定。皇慶二年，加至賻五千兩，銀一萬五千兩，錦綺雜綵共一萬七千匹。雖其昆弟子姪之往來，有司亦供億無乏。泰定間，以帝師弟公哥亦思監將至，詔中書持羊酒郊勞，而其兄瑣南藏卜遂尚公主，封白蘭王，賜金印，給圓符。其弟子之號司空、司徒、國公，佩金玉印章者，前後相望。爲其徒者，怙勢恣睢，日新月盛，氣焰熏灼，延於四方，爲害不可勝言。有楊璉真加者，世祖用爲江南釋教總統，發掘故宋趙氏諸陵之在錢塘、紹興者，及其大人塚墓，凡一百一十所，戕殺平民四人，受人獻美女寶物無算。且攘奪盜取財物，計金一千七百兩，銀六千八百兩，玉帶九，玉器大小百一十有一，雜寶貝百五十有二，大珠五十兩，鈔一十一萬六千二百定，田二萬三千畝，私庇平民不輸公賦者二萬三千户。他所藏匿未露者不論也。又至大元年，上都開元寺西僧强市民薪。民訴諸留守李璧。璧方詢問其由，僧已率其黨持白挺突入公府，隔案引璧髪接諸地，捶朴交下，拽之以歸。閉諸空室，久乃得脱。奔訴於朝，遇赦以免。二年，復有僧龔柯等十八人，與諸王合兒八剌妃忽突赤的斤争道，挺妃墮車，毆之，且有犯上等語。事聞，詔釋不聞〔二〕。而宣政院臣方奏取旨，凡民毆西僧者截其手，詈之者斷其舌。時仁宗居東宮，聞之，亟奏寢其令。泰定二年，西臺御史李昌言，嘗經平凉府靜、會、定西等州，見西番僧佩金字圓符，絡繹道途，馳騎累百，傳舍至不能容，則假館民舍，因迫逐男子，奸污婦女。奉元一路，自正月至七月，往返者百八十五次，用馬至八百四十餘匹。較之諸王行省之使，十多六七。驛户無所控訴，臺察〔三〕莫得誰何。且國家之製圓符，本爲邊防警報之虞，僧人何事而輒佩之？乞更正僧人給驛法，且令臺憲得以糾察。不報。必

〔二〕「聞」，文淵閣四庫全書本元史紀事本末作「問」，是。
〔三〕「察」，文淵閣四庫全書本元史紀事本末作「憲」，是。

蘭納識里之誅也，有司籍之，得其人畜、土田、金銀、貨貝、錢幣、邸舍、書畫、器玩及婦人七寶裝具，價直鉅萬萬云。若歲時祝釐禱祠之常號稱好事者，其目尤不一。有曰鎮雷阿藍納四，華言慶讚也；有曰亦思滿藍，華言藥師壇也；有曰搠思串卜，華言護城也；有曰朵兒禪，華言大施食也；有曰朵兒只列朵四，華言美妙金剛迴遮施食也；有曰察兒哥朵四，華言迴遮也；有曰籠哥兒，華言風輪也；有曰昝朵四，華言作施食也；有曰出朵兒，華言出水濟六道也；有曰黨剌朵四，華言迴遮施食也；有曰典朵兒，華言常川施食也；有曰坐靜、有曰魯朝，華言獅子吼道場也；有曰黑牙蠻荅哥，華言黑獄帝王也；有曰搠思江朵兒麻，華言護江神施食也；有曰赤思古林搠，華言自受主戒也；有曰鎮雷坐靜、有曰吃剌察坐靜，華言秘密坐靜也；有曰斟惹，華言文殊菩薩也；有曰古林朶四，華言至尊大黑神迴遮施食也；有曰歇白咱剌，華言大喜樂也；有曰必思禪，華言無量壽也；有曰覩思哥兒，華言白傘蓋咒也；有曰收札沙剌，華言五護陀羅尼經也；有曰阿昔荅撒荅昔里，華言八十頌般若經也；有曰撒思斯〔二〕納屯，華言大理天神咒也；有曰

〔二〕「斯」字原缺，文淵閣四庫全書本元史紀事本末作「撒斯納總」，據補。

闊兒魯弗卜屯，華言大輪金剛咒也；有曰且八迷屯〔一〕，華言無量壽經也；有曰亦思羅八，華言最勝王經也；有曰撒思納屯，華言護神咒也；有曰南占屯，華言懷相金剛也；有曰卜魯八，華言咒法也；又有作擦擦者，以泥作小浮屠也；又有作荅兒剛者，其作荅兒剛者，或一所二所以至七所。作擦擦者，或十萬二十萬以至三十萬。又嘗造浮屠二百一十有六，實以七寶珠玉，半至海畔，半置水中，以鎮海災。延祐四年，宣徽使會每歲内廷佛事所供，其費以斤數者，用麪四十三萬九千五伯，油七萬九千，酥二萬一千八伯七十，寶二萬七千三伯。自至元三十年，醮祠佛事之日，僅百有二。大德七年，再立功德司，遂增至五伯有餘。僧徒貪利無已，交結近侍，欺昧奏請，布施莽齋，所需非一歲費千萬，較之大德不知幾倍。又每歲必因好事釋輕重囚徒以爲福利。雖大臣如阿里，閫帥如別沙兒等，莫不假是以逭其誅。宣政院參議李良弼受賕鬻官，直以帝師之言縱之。其餘殺人之盜，作奸之徒，夤緣幸免者至多。或取空名宣勅以爲布施而任其人，可謂濫矣。凡此皆有關乎一代之治體者，故今備著焉。若夫天下寺院之領於内外宣政院，曰禪、曰教、曰律，

〔一〕「且」字原缺，據元史釋老志補。文淵閣四庫全書本元史紀事本末「且八迷屯」作「策巴克默特」。

則固各守其業。惟所謂白雲宗、白蓮宗者，亦或頗通奸利云。

初哈麻嘗進西天僧，以運氣術媚元順帝。帝習爲之，號演揲兒法。演揲兒，華言大喜樂也。哈麻之妹壻集賢學士禿魯帖木兒故有寵於帝，與老的沙、八郎荅剌馬吉的、波迪哇兒禡等，俱號倚納。禿魯帖木兒性姦狡，帝愛之，亦薦西蕃僧伽璘真於帝。伽璘真善秘密法，謂帝曰：「陛下雖尊居萬乘，富有四海，不過保有現世而已。人生幾何，當受此秘密大喜樂禪定。」帝又習之，其法亦名雙修法。曰演揲兒、曰秘密，皆房中術也。帝乃詔以西天僧爲司徒，西番僧爲大元國師。其徒皆取良家女，或四人、或三人奉之，謂之供養。於是帝日從事於其法，廣取婦女，惟淫戲是樂。又選采女爲十六天魔舞，每宮中讃佛，則按舞奏樂，宮官受秘密戒者得入，餘不與。又爲龍舟，自後宮至前宮山下海子内游戲。八郎者，帝諸弟，與其所謂倚納者，皆在帝前相與褻狎。甚至男女裸處，號所出室曰皆即兀該，華言事事無礙也。君臣宣淫，而群僧出入禁中，無所禁止。醜聲著聞，雖市井之人，亦惡聞之。右並元史紀事本末

元時都下受戒，自妃子以下至大臣妻室，時延帝師堂下，戒師於帳中受戒，誦咒作法。

凡受戒時，其夫自外歸，聞娘子受戒，則至房不入。妃主之寡者，間數日則親自赴堂受戒，恣其淫佚，名曰大布施，又曰「以身布施」。其流風之行，中原河北，僧皆有妻。公然居佛殿兩廡，赴齋稱師娘。病則於佛前首謝，許披袈裟三日，殆與常人無異，特無髮耳。右雜俎篇

元世爲佛所惑，本不必存，而備著之，以爲惑於邪説者鑒。

李夢陽

宗儒祠碑記

宗儒祠舊名三賢祠。三賢祠者，祠唐李賓客，宋周、朱二公者也。故皆木主，弘治間江西按察司僉事提學蘇公止模周、朱二公像於中，而遷李賓客主於別室。及副使邵公爲提學，則又以嘗從朱子講學於洞者十四人從祠之，改曰宗儒祠。十四人者，林擇之、蔡沈、黄幹、陳宓、吕炎、吕燾、胡泳、李燔、黄灝、彭方、周耜、彭蠡、馮椅、張洽是也，詳其書院姓氏志。夢陽謹按：宗，本也，法也，又宗而主之也。大凡爲之本而可法，使其尊

而主之者，皆曰宗。故山曰岱宗，水曰宗海，大君曰宗子，家之嫡曰大宗，皆言尊〔一〕而主之，又爲之本而法之也。其學也，則各以其趨而歸之者爲宗。如史記道者宗清虛，陰陽者宗羲和，法者宗理，名者宗禮，墨者宗墨，而謂儒家者順陰陽、明教化、游文六經、留意仁義、宗孔子以重其言，於道最爲高者。夫是以歸而趨之者，亦以爲之本而足法焉爾。以爲之本而足法，則必尊之以爲之主。尊之以爲之主，則各是其是，彼得與我鼎峙而角立。於是吾之所宗者，或幾乎熄矣。故曰：「孔子没而微言絶。」孔子没百餘年，幸而孟軻氏起焉。孟軻氏殁千餘年，又幸而周、朱二公起焉。自周、朱二公起，於是天下始了然知有孔、孟之傳，莫不趨而歸之。夫然後吾之宗若山之岱、水之海、國之大君、家之嫡。雖有不尊而主之者不可矣。故曰周、朱者，儒之宗也。且人孰不欲爲聖賢，然異境則必遷，遷斯變，變斯雜，雜則流於清虛、陰陽、法、名、墨諸家，故有雖始了然知孔、孟之傳，而終或入於禪者，如游酢是也。今學於斯者，謁而見吾夫子及孟氏，又見周、朱二公，誠惕惕若有闗也，曰吾何舍此而從彼！於是流者歸，雜者一，變者定，遷者還，真欲趨嫡、趨

〔一〕「尊」字原缺，據空同集卷四十一補。

君、趨海、趨岱者之爲，是誰之力使然哉？故曰：周、朱者，儒之宗也。或問：張、程諸公不祠。曰：「二公者，此其過化之地，而朱子實爲章明洞學主。又是宗也，周倡之，而朱成之也。」

大隆福寺記摘

景泰四年，大隆福寺成。皇帝擇日臨幸，已夙駕除道，國子監監生楊浩，疏言不可事戎狄之鬼。禮部儀制司郎中章綸，疏言不可臨非聖之地。皇帝覽疏，即日罷幸。

錢宰

知止齋記

八年冬，詔天下士凡寄迹佛老，而有志於聖賢之學者，入國子學，俾習知天理民彝，然後授之政焉。余助教序舍間，因獲與諸茂異交。閒過尊經閣，訪黄君伯厚於東序。伯厚扁其齋居曰知止。噫！伯厚逃佛而歸於儒，不半載而知所止矣，何其化之速耶！今朝廷武功既成，誕修文教，示之以綱常，道之以道德，化之以禮樂，禁之以刑政，將使天下之士皆知堯、舜、禹、湯、文、武、周公、孔子之道，將使天下之民皆被堯、舜、禹、湯、文、武、周公、孔子之化。以世之學佛老者，往往多聰明識道理，俾務於學，去其虚而實踐，變其寂而有爲，黜其偏而歸於中正，猶反手耳。然而堯、舜、禹、湯、文、武、周公、孔子，以大中至正之道化天下後世，俾修諸身，措諸事業，莫不各有所止之地也。是故冠爾以章甫，使知首之所止焉；衣爾以逢掖，使知身之所止焉；正爾以夫婦，復爾以父子，明爾以君臣，使知心之所止焉。伯厚於是元冠綦纓，俯仰後先，以正其容貌，以齊其顔色；垂紳委佩，周旋抑揚以敬其儀刑，以慎其進趨。入其室，則夫夫婦婦，怡然乎其和樂而有别也。升其堂，則父父子子，愯然乎其慈孝而有親也。出而仕於朝，則君君臣臣，秩然乎其明良之際會而有義也。伯厚方且見之躬行矣。其視前日祝髮毀形，滅性離倫，違世獨立，而出物外者，夫豈伯厚之所止耶！

嗟夫！北辰之止於天也，不偏也；流水之止於海也，不息也。心猶辰也，静而不偏，則所止者正矣。心猶水也，動而不息，則所止者至矣。伯厚尚無惑於偏，無怠以息，庶幾終始慎其所止哉！

吴應箕

偶記

七月，督師楊嗣昌奏爲祈年事，内稱夷陵、荆門一帶枯旱，蝗蝻復生，不勝殷憂。因憶在永平府禱祝城隍，夢神告華嚴經第四卷可誦，四行所屬嚴誦得雨。比至江陵，特草一檄，刊送撫按，通行道、府、州、縣等官。有主事楊卓然，深爲地方慶幸，隨準撫臣宋一鶴咨，報承天府誦經蝗死，荆門知州沈延祉報誦經蝗死，宜城知縣陳美報誦經蝗死，江陵知縣何至孟稟稱誦經得雨，蝗變爲魚蝦。華嚴之神應若此，皆按臣汪刊行頒布之效也。推及河南鄧州知州劉世，新野知縣姚昌祚，知府顔日愉稟稱誦經全部，果得甘霖，蝗蟲盡死。臣久聞河北、山東，俱苦旱魃，俱願祈年誦經，稍寬至尊南顧之萬一云云。據此，則楊直一癡騃不明理之人，如此而尚望其殺賊成功乎！一時郡縣遂相率欺誑，又何怪楊之誕罔也！疏中且有「蝗死，賊豈復活」之言，直令人讀而掩口耳。時皖撫爲鄭公二陽，鄭在揚州備兵，寬然長者，最得士大夫之譽，故驟有是陞，其實用兵非其長也。時亦有誦經詛賊之請，天下聞而笑之。

皇五子加謚號。時皇子方數齡，逝時言及冥報等事。上大爲感慟，故諭内閣擬謚號，後封爲顯靈王。先是，上留心聖學，排斥佛、老。宫中銅佛皆爲銷鑄，而所損壞神像甚多。至是，復信因果，深加崇奉，至以九蓮菩薩等稱加崇先聖后，亦大異矣。是時内閣未聞揭争，禮官不能執奏，臺省不能陳諫，即號稱大僚賢者，亦不過咄嗟嘆息而已。人臣之不忠，未有甚於此時者也。予在南京，見邸傳，深以此爲過舉，不可以示後世。時禮部及臺省有數相知者，因勸其出一疏以正之，咸以恐得罪爲辭。予復慫恿少京兆張二無爲之。張亦留心佛經者，曰：「此中有諸老，謂皇上此舉遠過漢、唐，予何敢争！」予笑曰：「向使阿難爲今宰官，一定少不得這一本。」張笑而唯唯。後予見北禮部李焻者亦頗及此，然語皆含糊，不敢明言正論也。

虎丘書禪僧講經事

聚衆講經，最敗風化，而兆亂端。非獨排斥不遺餘力，亦嘗以所在不能禁絶爲恨。崇禎己巳，南京延江西法師某講經於南門，聽者數十萬人，男女夾雜，至不忍言。於是勳臣爲之倡率，御史爲之護持，祠部爲之贊導，此其勢之傾動何如哉！予聞之扼腕，謂使身爲執法之官，必先置僧於理，而後露章劾諸在事之人。不獨維風，實以防亂。即使天下有深明佛法者，必不以予此舉爲過也。

甲戌，過杭州，聞事有類於南京者。士大顛倒，殆有甚焉！予趨而避之。丁丑，寓虎丘，適有兹役。予同舍弟筵往觀，僧俗各半，而婦女尤多，至繞臺攀座，無非是者。其耳目眩亂，使人見之欲嘔。而講者之高下，姑置不論。嗚呼！此又無問風化矣。夫愚民不足道，獨怪士大夫當多事之日，豈無職業，而遑盡心於此！即儒者讀孔、孟之書，初未聞於師友質疑問難，有所發明，而學爲科舉之文者，於一先生之業，尚多漏而弗精。乃於茫無有得者，而隨俗跪拜，冀有徹悟，豈不悖哉！書此以使世之好禪學者覽而有所感焉。

張自烈

雜記

友有惑志冥報，爲放生社者，醵錢市魚蝦鳥雀放之。適金陵南村苦澇，老稺乏饔飧，烹田間螺充腹。友惻然曰：「螺無知，遭厄如此。盍少給莩者錢，使市米啖粥，毋噬螺，螺得全矣。」予曰：「公胡不忍於螺而忍於人，饑族衆，豈少錢能活？宜協心規措，合後先放生資以賑饑，則惠什伯放生，不放生可也。不然，螺活而人殭，雖日放生何益哉！子輿氏先仁民後愛物，施有序也。今立視其人之死，而惟螺是私，無乃失差等歟？孔子曰：『好仁不好學，其蔽也愚。』仁者萬物一體，聞不嗜殺，未聞放生也。」或曰：「放生始佛法，何可廢？」予曰：「一放生社耳，所放幾何？惡能盡天下禽魚而悉放之？且所放魚鳥，皆市諸捕者之人。捕者利得直，我日放，彼日捕。是敺之捕也，害滋甚。況捕而後放，出網罟餘生以少緩須臾之死，不數日放者尋就斃。哀哉！然則今日之放生者，惑也，非仁也。仁莫若孔子，釣不網、弋不射宿而已。豈嘗放生以市德哉！若夫不忍於螺，而忍於人，又惑之甚者也。」

書後、跋

劉基

書劉禹疇行孝傳後

世之所謂浮屠者，果何道而能使人信奉之若是哉？人情莫不好安樂而惡憂患，故惴之必於其所恒懼，誘之必於其所恒願，然後不待驅而自赴。浮屠設爲禍福之説，其亦巧於致人與！夫四海之衆林林也，而無不爲其所致，何哉？彼固非止惑愚昧而已也。人情無不愛其親，親没矣，哀痛之情未置，而謂冥冥之中欲加以罪，孰不惕然而動於其心哉？間有疑焉，則群咻之，若目見其死者拘於囹圄，受箠楚而望救者。故中材之人，莫不波馳而蟻附。雖有篤行守道之親，則亦文致其罪，以告哀於土偶木俑之前。彼固自以爲孝，而不知其爲大不孝，豈不哀哉！且彼謂戕物者，必償其死。故有牛、馬、羊、豕、蛇、虺之獄，謂天下之蠢動者舉不可殺也。今夫虎、豹、鷹、鸇搏擊飛走以食，日不知其幾何，而獨無罪也哉？人之殺物有獄矣，虎豹食人而無獄，何其重禽獸而輕人也？彼又謂婦人之育子者，必有大罪，故兒女子尤篤信其説以致恩於其母。吾不知司是獄者誰歟？人必有母，將舍其母而獄人之母與？將并與其母而獄之與？獄其母不孝，舍其母而獄人之母不公。不孝不公，俱不可以令，二者必一居焉。將見群起而攻之矣！雖有獄，誰與治之？宰天地者帝也，彼則謂有佛焉。至論佛之所爲，呴呴嫗嫗若老婦然，有呼而求救，不論是非，雖窮凶極惡，無不引手援之。使有罪者勿恒刑，是以情破法也。夫法出於帝而佛破之，是自獲罪於天也。吾知其無是事也，昭昭矣。以劉子之賢，其不爲所惑，無足怪者。吾獨悲夫天下之爲劉子者不多也。故又爲之言，以寤夫知愛其親而不知道者。

楊士奇名遇。以字行。泰和人。明大學士，謚文貞。

跋四十二章經

佛最初入中國，獨有四十二章經。觀其以生中國爲難，彼固歆慕乎此矣。而此之人，樂其説者，往往願生西方，何也？

閑道録卷之十二終

閑道録卷之十三

宣城沈壽民耕巖纂輯
孫　廷璐編次
後學江上珍校梓

傳、行狀、年譜、石表辭

范曄字蔚宗。順陽人。南北朝。

漢明帝皇后馬氏列傳 摘

后寢疾，不信巫祝小醫，數敕絶禱祀。後漢書

漢和帝皇后鄧氏列傳摘

后常以鬼神難徵，淫祀無福，乃詔有司罷諸祠官不合典禮者。後漢書

唐太宗皇后長孫氏列傳摘

宋祁字子京，雍丘人。宋。

后疾亟，太子欲請大赦，泛度道人，祓塞災會。后曰：「死生有命，非人力所支。若修福可延，吾不爲惡；使善無效，我尚何求！且赦令國大事，佛老異方教耳，皆上所不爲，豈以吾亂天下法。」太子不敢奏，以告房玄齡。玄齡以聞。帝嗟美，而群臣請遂赦。帝既許，后固争，乃止。唐書

唐張士衡傳摘

張士衡，瀛洲樂善人。太宗擢崇賢舘學士。太子承乾問士衡事佛營福，其應奈何。對

曰：「事佛在清浄仁恕耳。如貪惏驕虐，雖傾財事之，無損于禍。且善惡必報，若影赴形，聖人言之備矣。爲君仁，爲臣忠，爲子孝，則福祚永。反是而殃禍至矣。」時太子以過失聞，士衡因是規之。唐書

唐李邕傳摘

中宗立，鄭普思以方技幸，擢秘書監。邕諫曰：「陛下躬政日淺，有九重之嚴，未聞道路横議。今藉藉皆言普思馮詭惑、説妖祥。陛下不知，猥見驅使，孔子曰『詩三百，一言以蔽之，曰思無邪。』陛下誠以普思術可致長生，則爽鳩氏且因之永有天下，非陛下乃今可得；能致神人耶，秦、漢且因之永有天下，非陛下乃今可得；能致佛法耶，梁武帝且因之永有天下，非陛下乃今可得；能鬼道耶，墨翟、于寶〔一〕且各獻其主永有天下，非陛下乃今可得。自古堯、舜稱聖者，臣觀其所以行，皆在人事，敦睦九族，平章百姓，不聞以鬼道治天下。惟陛下省察。」不納。唐書

〔一〕「于」，新唐书卷二〇二作「干」。

唐王縉傳摘

王縉字夏卿，與兄維齊名。累官黄門侍郎、同中書門下平章事。時元載專朝，天子拱手，縉曲意附離，無敢忤。素奉佛，不茹葷食肉，晚節尤謹。妻死，以道政里第爲佛祠，諸道節度、觀察使來朝，必邀至其所，諷令出財佐營作。初，代宗喜祠祀，而未重浮屠法，每從容問所以然。縉與元載盛陳福業報應，帝意向之。由是禁中奉佛，諷唄齋薫，號内道場。引内沙門日百餘，饌供珍滋，出入乘厩馬，度支具廪給。或戎狄入寇，必合衆沙門誦護國仁王經爲禳厭。幸其去，則横加錫與，不知紀極。胡〔一〕人官至卿監、封國公者，著籍禁省，勢傾王公。群居賴寵，更相凌奪，凡京畿上田美産，多歸浮屠。雖藏奸宿亂踵相逮，而帝終不悟，詔天下官司，不得箠辱僧尼。初，五臺山祠鑄銅爲瓦，金塗之，費億萬計。縉給中書符，遣浮屠數十輩行州縣，歛丐貲貨。縉爲上言：國家慶祚靈長，福報所馮，雖時多難，無足道者。禄山、思明毒亂方熾，而皆有子禍，僕固懷恩臨亂而踣，西戎

〔一〕「胡」字原缺，據新唐書卷一四五補。

内寇，未及擊輒棄去，非人事也。故帝信愈篤。七月望日，宮中造盂蘭盆，綴飾鏐琲，設高祖以下七聖位，幡節、衣冠皆具，各以帝號識其幡。自禁内分詣道佛祠，鐃吹鼓舞，奔走相屬。是日立仗百官班光順門，奉迎導從，歲以爲常。群臣承風，皆言生死報應，故人事置而不修。大曆政刑，日以堙陵，由縉與元載、杜鴻漸倡之也。性貪冒，縱親戚尼姏，招納財賄，猥屑相稽，若市賈然。及敗，劉晏等鞫其罪，同載論死。上憫其耄，不加刑。唐書

沈耕巖曰：元載一門賜死，發祖父塚，斵棺棄尸，毁私廟主。何佛不相護也？

唐常衮傳摘

常衮，京兆人。中書舍人。時天子誕日，諸道争以侈麗奉獻，不則爲老子、浮屠解禱事。衮以漢文帝還千里馬不用，晉武帝焚雉頭裘，宋高祖碎琥珀枕，是三王者，非有聰明大聖以致治安，謹身率下而已。今諸道饋獻，皆淫侈不急。而節度使、刺史，非能男畊而女織者，類出于民，是斂怨而媚上也，請皆還之。今軍旅未寧，王畿户口十不一在，而諸

祠寺寫經造像，焚幣埋玉，所以賞賚若比丘、道士、巫祝之流，歲巨萬計。陛下若以易芻粟，減貧民之賦，天下之福豈有量哉！代宗嘉納。唐書

郎餘令傳摘

郎餘令，定州新樂人。幽州録事參軍。時有爲浮屠者積薪自焚。長史裴熀率官屬將觀焉。餘令曰：「人好生惡死，情也。彼違蔑教義，反其所欲。公當察之，毋輕往。」熀試廉按，果得其姦。唐書

高開道傳摘

懷戎浮屠高曇晟，因縣令具供，與其徒襲殺縣令，僞號大乘皇帝，以尼静宣爲耶輸皇后。建元法輪，遣使約開道爲兄弟，封齊王。開道引衆從之，居三月，殺曇晟，并其衆，復自稱燕王。唐書

張鎬傳摘

玄宗西狩，遣鎬詣肅宗所，數論事，擢諫議大夫，尋拜中書侍郎、同中書門下平章事。時引納浮屠數百，居禁中，號内道場，諷唄外聞。鎬諫曰：「天子之福，要在養人以一函宇，美風化，未聞區區佛法而致太平。願陛下以無爲爲心，不以小乘撓聖慮。」帝然之。唐書

歐陽修

五代史一行傳摘

五代時石昂，青州臨淄人。昂父好學，平生不喜佛説。父死，昂于柩前誦尚書，曰：「此吾先人所欲聞也。」禁其家，不可以佛事污吾先人。

馬令

南唐浮屠傳

傳曰：齊〔一〕戒修而梁國亡，非釋迦之罪也。然則浮屠之法，豈固爲後世患哉！衰亂之君，迷惑而不反，則壞法易紀，常由于此。南唐有國，蘭若、精舍漸盛于烈祖、元宗之世。而後主即位，好之彌篤。輒于禁中崇建寺宇，延集僧尼。後主與周后頂僧伽帽，披袈裟，課誦佛經，跪拜頓顙，至爲瘤贅。親削僧徒厠簡，試之以頰，少有芒刺，則再加修治。其手不抄，常作佛印而行。百官士庶稍稍效之，募道士願爲僧者予二金。僧人犯姦，有司具牘則曰「僧尼姦淫，本圖婚嫁。若論如法，是從其欲，但勒令禮佛百拜輒釋之。」由是姦濫公行，無所禁止。諸郡斷死刑，必先奏牘詳覆無疑。適幸遇其齋日，則于宫中對佛像燃燈，以達旦爲驗，謂之命燈。若火滅則依法，不滅則貸死。富商大賈往往厚賂左右内官，竊續其燈，而獲免者甚衆。

〔一〕據南唐書卷二六浮圖傳，「齊」當作「齋」。

小長老 録一傳

開寶初，有淮北僧號小長老，自言慕化而至。朝夕入論六根、四諦、天堂地獄、循環果報之説，後主大喜，謂之一佛出世。身被紅羅銷金衣，後主誚其太奢。答曰：「陛下不讀華嚴經，安知佛富貴。」因説後主廣施梵刹，營造塔像。自是囷庾漸虚，財用耗斁。又請于牛頭山大起蘭若千餘間，廣集僧徒，日設齋供。食有不盡者，明日再具，謂之折倒。識者謂折倒乃敗徵也。及王師渡江，即其寺爲營署。金陵受圍，後主召小長老問禍福。對曰：「臣當以佛力禦之。」乃登城大呼，周麾數四。後主令僧俗軍士念救苦菩薩，滿城沸涌。未幾，四面矢石俱下，復召小長老麾之，稱疾不起。始疑其誕，遂殺之。

蘇軾

陳公弼傳 摘

公諱希亮，字公弼。眉之青神人。中天聖八年進士第，始爲長沙縣。浮屠有海印國師者，交通權貴人，肆爲姦利，人莫敢正視。公捕置諸法，一縣大聳。去爲雩都，巫覡歲斂民財祭鬼，謂之春齋，否則有火災，民訛言緋衣三老人行火。公禁之，民不敢犯，火亦不作。毀淫祠數百區，勒巫爲農者七十餘家。及罷去，父老送之出境。遣去，不可，皆泣曰：「公捨我去，緋衣老人復出矣。」

宋濂字景濂，號潛溪。浦江人。明翰林學士，謚文憲。

鄭氏孝友傳摘

鄭大和，浦陽人。性方正，不奉浮屠、老子經像。冠、昏、喪、祭必稽朱熹家禮而行。子孫從化，孜孜孝謹。文憲公集

李光縉字衷一。

參知定齋許先生傳摘。先生諱宗鎰。

先生之學，以鄒、魯爲宗，閩、洛爲翼。非六經不以道，非箋注不以遵。一切佛乘貝

葉諸書，近世士大夫所喜談樂附者，先生輒麾之，以爲叛中國聖人之教。非其力不任，而其心不好也。

李夢陽

大傳摘

有弟曰孟章，頗好與黃冠人遊。其伯氏見其日與黃冠人遊，怒罵之，曰：「夫吾家業詩、書，世有顯名焉。今傳汝，汝奈何弗省！」弟知伯氏弗己悦也，于是間説之曰：「夫人日劻劻勷勷，何爲者與？是非爲名與利哉？夫豢我者，戕我者也；軒冕者，桎梏我者也。今釋養生之道不務，乃日劻劻勷勷與利名争，是亦速自戕爾。長老有言曰：上牀脱屣，不知生死。言旦暮難保也。夫神仙黃白之事，天下之至妙也。弗汩爾之形，弗摇爾之精，取之自盈，而與事無争，是大道之程也。夫儒生薄此而不爲者，徒以芻豢可以厚生，而軒冕可以耀名也。夫芻豢、軒冕，是不可必得者也。乃今汩汩以死效，此非天下之大愚與？」伯氏曰：「夫予日見芻豢、軒冕者于道路也，而不聞有見仙者也。夫仙庸其有乎？」弟對曰：「不然。夫雞鴨有翅，飛不越尋丈。何者？其分卑也。故飄飄遺世以獨立者，上仙之分也。今吾非不能力致富若貴，乃亦醜其與雞鴨等伍已矣。」伯氏不能奪其説，迺問曰：「夫黄白之事，亦可爲乎？」弟對曰：「可。穹隆三足，納汞貫藥，煮之桑木之火，厥候不爽，而大藥可成也。大藥成，可以爲黄金。黄金成，而可以爲長生。」伯氏于是積桑木之薪，購汞求藥，置鼎于前，乃令弟爲黄白之事。弟爲之踰月而藥不就。于是伯氏以爲賣己，乃大怒，將笞之。弟恐，于是棄其妻，奔京師，而依仲氏。會仲氏如通州，弟從如通州。仲氏覘弟有異材，于是教之以先王禮樂，與仁義道德之説。弟幡然改悟，而著論以自解。其略曰：「夫神仙者，天地之大盗也。夫人有君臣、父子、夫婦、兄弟者，非以立争也，將以禁淫而範邪也。今神仙棄君臣、父子、夫婦、兄弟之倫不務，迺日思高翔遠舉，以遺世絶粒，此滅生之道也。夫束手而不務滋殖，而變幻金鐵，欺世以盗利，此導民爲奸者也。是故先王之制禮也，朝饔夕飧，以防踰也。春耕而夏耨，以教勤也，故教義立而民不偷。夫君子之立于人朝也，非以芻豢足以悦口，而軒冕足以華體也。故曰：治人者食于人。故芻豢軒冕者，報功者也。今一概以爲戕我，則必盡除天下君臣、父子之倫而後可，是豈人情也哉！」弟于是不復再言神仙黄白之事。顧嘐〔一〕嘐然曰：「夫六經者，則譬之鳥也。諸子百家者，羽翼也。予盡讀諸子百氏以探知六經之紀，然後約于道。」然是時弟已病，不能行也。弟爲兒時，業自言火蒸蒸自丹田起，衝腦眩，迺後恒病熱，卒死。彼諺有之曰：「入田看稼，從小看大。」言有兆必先也。由是言之，弟之談説仙術，其亦弗祥也已矣。

尚書湛公傳摘

公名若水。官南都時，有劉公廟聚衆燒香，爲沉其像于江。絶衆惑，盡毁私創庵院。僧尼勒令歸俗。後生子，多以湛名者。

侯方域字朝宗。河南商丘人。明。

湯御史傳贊湯名兆京。宜興人。

侯方域曰：「余王父與湯公同朝，爲言官。既老致政，每見朝廷事有得失，輒嘆曰：

〔一〕「顧嘐」二字原缺，據文淵閣四庫全書本空同集卷三八補。

『今言路無湯公，卒無言者矣。』又言有僧達觀者，善言佛法。居京師，公卿見者皆膜拜。李太后方好佛，嘗取達觀所噀水入宮禁，謂之[一]法水。湯公爲御史，大怒，捕達觀，痛笞之，繫獄以死。嗚呼！公真骯髒大丈夫也哉！」

行狀

方孝孺

贈禮部員外郎瞿府君行狀摘

府君諱嗣興，字華卿，姓瞿氏，常熟人。晚喜浮屠言，讀其書，豁然若會其意者。復閲北溪陳氏性理字義，即解其要，曰：「聖賢之學，蓋如是。」因戒其二子懋、莊曰：「我少不學，至老而始悔。若等勉之。」懋與莊服父訓，刻志事學。

〔一〕「之」字原缺，據四部備要本壯悔堂文集卷五湯御史傳補。

年譜

漆嘉祉字蔚生。江南新昌人。明寧國司理，遷副使。

吴忠節公葦庵先生年譜摘

崇禎辛巳二月，劉太夫人壽六十。先生同季弟偕諸子姓奉觴上壽。先生素簡酬應，尤不喜多致賓客，兹則來祝者皆觴之。太夫人欲從本誕日作佛事，俗云預修也。先生進之曰：「所謂預修者，修善事耳。男將置疏籍一册，凡所爲賙恤濟應之資，逐事計費，期盡佛事之數而止。」先生平生尊尚正學，不狥二氏之異，故臨以慈諭，亦必婉引于治命。

癸未九月，先生晉户科都給事中。時上方急鼓鑄之令，先生疏請諸刹銅像、銅镈之類，以廣鑪鑄。適有鑄佛像高三丈者，疏毁之。

甲申三月，先生殉節時，囑姪曰：「不須殯斂，付之一炬可矣。不得齋醮。」

宋濂

朱丹溪先生石表辭摘

縣有暴丞，好諂瀆鬼神，欲修岱宗祠以徼福。懼先生莫己與，以言嘗之，曰：「人之死生，嶽神實司之。欲治其宮，孰敢干令？」先生曰：「吾受命于天，何庸媚土偶爲生死計耶？且嶽神無知則已，使其有知，當此儉歲，民食糠覈不飽，能振吾民者，然後降之福耳。」卒罷其事。潛溪文集

閑道録卷之十三終

閑道録卷之十四

宣城沈壽民耕巖纂輯
孫　廷　璐編次
後學江上瑛校梓

言行録

李幼武字士英，□[一]人。宋。

[一] 此處原缺一字，當是沈壽民原稿未及添補。按，李幼武，廬陵人。

宋名臣言行録摘

王翰林禹偁字元之。濟州人。

真宗即位，詔群臣論事。公上疏陳五事：一曰謹邊防，通盟好；二曰減冗兵，併冗吏；三曰難選舉；四曰澄汰僧尼；五曰親大臣，遠小人。

陳晉公恕字仲言。洪州人。

公素不喜釋氏，嘗請廢譯經院，辭甚激切。

孫宣公奭字宗古。博平人。

永興軍上言朱能得天書。真宗自拜迎入宫。公知河陽，上疏切諫，以爲天且無言，安得有書。其辭有云：「得來惟自于朱能，崇信只聞于陛下。」其質直如此，上亦不之責。頃之，朱能果敗。

余襄公靖字安道。建州人。

開寶塔災，得舊瘞舍利，迎入内廷，傳言頗有光怪，將復建塔。公言，彼一塔不能自衛，何福可及于民。凡腐草皆有光，水精及珠之圓者，夜亦光，烏足異也。上從之。

陳摶字圖南。亳州人。

摶隱居華山，多閉門獨卧，至百餘日不起。周世宗召至闕下，令于禁中扃户以試之。月餘始開，熟寐如故，甚異之。因問黄白之術，摶曰：「陛下爲天下君，當以蒼生爲念，豈宜留意于爲金乎？」世宗不悦，放還山。宋太宗即位，再召，留闕下。宰相宋琪等問曰：「先生得元默修養之道，可以授人乎？」曰：「練養之事，皆所不知。然正使白日昇天，何益于治？聖上龍顔秀異，有天人之表，洞達古今治亂之旨，誠有道仁聖之主。正是君臣合德以治天下之時，勤行修練，無以加玆。」琪等表上其言，上甚喜。

吕正字大臨字與叔。

富公弼致事家居，專爲佛老之學。故吏吕大臨與叔奏記于公曰：「大臨聞之，古者三公無職事，惟有德者居之，内則論道于朝，外則主教于鄉。古之大人，當是任者，必將以斯道覺斯民，成己以成物，豈以爵位進退、體力盛衰爲之變哉？今大道未明，人趨異學，不入于莊，則入于釋，疑聖人大道爲未盡，輕禮義爲不足學。致人倫不明，萬物憔悴。此老成大人惻隱存心之時，以道自任，振起壞俗，在公之力，宜無難矣。若夫移情變氣，務求長年，此山谷避世之士，獨善其身者之所好，豈世之所以望于公者哉。」

范蜀公鎮字景仁。成都人。

公學本于六經仁義，口不道佛、老、申、韓之説。東坡云：「景仁平生不好佛。晚年清慎，减節嗜慾，一物不芥蔕于心。却是學佛作家，然至死不取佛法。」

司馬温公光字君實。陜州人。

公不喜釋老，曰：「其微言不能出吾書，其誕吾不信。」

吕申公公著字晦叔。文靖之子。

邇英進讀，神宗留公論治道，遂及釋、老虚寂之旨。公問曰：「堯、舜知此道乎？」曰：「堯、舜豈不知？」公曰：「堯、舜雖知此而常以知人安民爲志。」

沈耕巖曰：「申公晚多讀釋氏書，又勸温公留意，終是信道不篤。豈律己與勉君異術耶？」

范内翰祖禹字淳夫。成都人。

哲宗朝，秘書監王欽臣奏，差真靖大師陳景元校黄本道書。公封還之，以謂諸子百家、神仙道釋，蓋以備篇籍異聞，以示藏書之富。本非有益于治道，不必使方外之士讎校，以崇長異學也。昔王安石使其門僧智緣隨王韶誘説木征，時人謂之安撫太師。今乃有校書道士，人必謂之編校太師矣。事雖至微，實損國體。遂罷其命。

陳忠肅公瓘字瑩中。南劍州人。

公爲越州僉判，蔡卞爲帥，待公甚厚。初，卞嘗爲公語：「張懷素道術通神，雖飛禽走獸能呼遣之。至言孔子誅少正卯，彼嘗諫以爲太早。漢、楚成臯相持，彼屢登高觀戰。不知其歲數，殆非世間人也。」公每竊笑之。及將往四明，而懷素且來會稽。卞留少俟，公不爲止，曰：「子不語怪、力、亂、神，以不可訓也，斯近怪矣。州牧既甚信重，士大夫又相諂合，下民視之，從風而靡。使真有道者，固不願此。不然，不識之未爲不幸也。」後二十年，懷素敗，多引名士。或欲因是染公，竟以尋求無迹而止。非公素論守正，則不免于羅織矣。

張天覺晚年亦好佛重道，建華嚴閣，作醮籙會。黄冠釋子紛紛從之。公雖被其薦引，然素未相識及通書也。至是代書簡之曰：「辟穀非直道，談空失自然。何如勳業地，無愧是神仙。」

沈耕巖曰：「劉器之、陳了翁一時忠勁真堪伯仲，而劉微遜陳者，器之愛看佛書，不如了翁定識鉅力，卓然難惑也。」

劉秘書恕字道原。筠州人。

道原尤不信浮屠説，以爲必無是事。曰：「人如居逆旅，一物不可乏，去則盡棄之矣。豈得賫以自隨哉！」可謂知之明而决之勇矣。

王徽猷居正字剛中。上世故蜀人。其高祖徙居維揚。

公上疏云：「伏蒙聖慈，許臣以舊所著論王安石父子平昔之言不合于道者進呈，得四十二篇，釐爲七卷：一曰蔑視君親，虧損恩義；二曰非聖人、滅天道，詆誣孔、孟，宗尚釋、老；三曰深懲言者，恐上有聞；四曰託儒爲奸，以行私意，變亂經旨，厚誣天下；五曰隨意互説，反覆背違；六曰排斥先儒，經術自任，務爲新奇，不恤義理；七曰三經字説，自相牴牾。集而成之，謂之辨學。」詔送秘書省。嘗進言曰：「陛下深惡安石之學，不識聖心灼見其弊安在？」上曰：「安石之學雜以伯道，取商鞅富國强兵。今日之禍，人徒知蔡京、王黼之罪，而不知天下之亂，生于安石。」公對曰：「誠如聖訓。然安石所學，得罪于萬世者不止此。因陳安石訓釋經義無父無君者一二事。」上作色，曰：「是豈不害名教？孟子所謂邪説者，正謂是矣。」公退，即序上語，繫于辨學書首上之。

范太史如圭字伯達。建之建陽人。

公屬疾，移書政府舊交告訣，語不及私。惟以中原未復、民力未蘇、遺賢未用是寄。戒諸子强學，且毋得用浮屠法治吾喪。

胡學士銓字邦衡。廬陵人。

公因旱蝗星變求言，請勿徼福佛老，躬行周宣政事，罰監司守令之貪殘者。

明道先生宗丞程純公顥字伯淳。河南人。

先生自十五六時，聞汝南周茂叔論道，遂厭科舉之業，慨然有求道之志。未知其要，泛濫于諸家，出入于老、釋者幾十年。反求諸六經而後得之。明于庶物，察于人倫，知盡性至命必本于孝弟，窮神知化由通于禮樂。辨異端似是之非，開百代未明之惑。秦、漢以來，未有臻斯理也。謂孟子没而聖學不傳，以興起斯文爲己任。其言曰：「道之不明，異端害之也。昔之害，近而易知；今之害，深而難辨。昔之惑人也，乘其迷暗；今之惑人也，因其高明。自謂能窮神知化，而不足以開物成務。言爲無不周徧，而實則外于倫理。窮深極微，而不可以入堯、舜之道。天下之學，非淺陋固滯，則必入于此。自道之不明也，邪誕妖異之説競起，塗生民之耳目，溺天下于污濁。雖高才明智，膠于見聞，醉生夢死不自覺也。是皆正路之蓁蕪，聖門之蔽塞，辟之而後可以入道。」先生進覺斯人，退將明之書。不幸早世，皆未及也。

康節先生著作郎邵公雍字堯夫。其先范陽人，屢徙爲河南人。

司馬温公一日薄暮見先生，曰：「明日僧脩顒開堂説法，富公、晦叔欲偕往聽之。晦叔貪佛，已不可勸，富公果往，于理未便。光後進，不敢言。先生曷不止之？」先生曰：「恨聞之晚矣。」明日，富果往。後先生因見富，謂曰：「聞上欲用裴晉公禮起公？」富笑曰：「先生以謂某衰病能起否？」先生曰：「固也。或人言上命公，公不起。一僧開堂，公乃出。無乃不可乎？」富驚曰：「某未之思也。」富以先生年高，勸學修養。先生曰：「不能學人胡走亂走也。」朱子曰：「康節之學，抉摘窈微，與佛老之言，豈無一二相似！而卓然自信，無所污染。」此其所見，必有端的處。

上蔡先生學士謝公良佐字顯達。〔二〕上蔡人。

先生嘗手柬胡文定公曰：「儒異于釋，正在下學處。顔子工夫真，百世軌範，舍此應

〔二〕謝良佐字顯道。此處作「顯達」，誤。

無入路，無住宅。二三十年，不覺便虛過了。」

龜山先生侍講楊文靖公時字中立。先世弘農人。五世祖唐末避地閩中，寓南劍州將樂縣，遂家焉。

伊川自涪歸，見學者彫落，多從佛學，獨楊、謝不變。因嘆曰：「學者皆流于戎狄矣。惟有楊、謝長進。」南軒云：「宋興百有餘年，四方無虞。有儒生高談詩、書，自擬伊、傅，而實竊佛、老之似，濟非、鞅之術，舉世風動。雖巨德故老，有莫能燭其奸。其説一行，而天下紛紛多事。反理之訐〔一〕，詭道之論，日以益熾。邪慝相乘，卒兆裔夷〔二〕之禍。考其所致，有自來矣。先生奏其學謬，請追奪王爵，罷去配享。雖公之説未得盡施，然大統中興，論議一正。到今學者，知荆舒禍本，而有不屑焉，則公之息邪説、距詖行、放淫辭，以承孟氏者，其功顧不大哉！」〔三〕

〔一〕「訐」，明嘉靖元年刻新刊南軒先生文集卷十作「評」。
〔二〕「夷」字原缺，據新刊南軒先生文集補。
〔三〕此文與文集文字略有不同。

侯公仲良字師聖。河東人。二程先生舅氏華陰先生無可之孫。

人有欲舘侯子于其門者，侯子造焉。則壁垂佛像，几積佛書，其家人又常齋素，欲侯子從之。侯子遂行。或問之。侯子曰：「蔬食，士之常分。若食彼之食，則非矣。吾聞用夏變夷，未聞變于夷者也。」

武夷先生侍講胡文定公安國字康侯。建之崇安人。

先生壯年，嘗觀釋氏書，後遂屏絶。嘗答贛州曾幾叟書曰：「窮理盡性，乃聖門事業。物物而察，知之始也；一以貫之，知之至也。來書以五典四端，每事擴充，亦未免物物致察，非一以貫之之要。是欲不舉足而登泰山也。四端固有，非外鑠；五典天叙，不可違。充四端，惇五典，則性成而倫盡矣。釋氏雖有了心之説，然其未了者，爲其不先窮理，反以理爲障，而于用處不復究竟也。故其説流遁，莫可致詰，接事應物，顛倒差謬，不堪點檢。聖門之學，則以致知爲始，窮理爲要。知至理得，不迷本心。如日方中，萬象皆見，則不疑所行而内外合也。故自修身至于天下國家，無所處而不當矣。來書又謂：充良知良能而至于盡，與宗門要妙兩不相妨，何必舍彼而取此。夫良知良能，愛親敬長之本心也。儒者廣而充之，達于天下，釋氏乃以爲前塵、爲妄想，批根拔本而殄滅之，正相反也。而以爲不相妨，何歟？」

五峰先生胡公宏字仁仲，文定公季子。

南軒見先生，先生辭以疾。他日，見孫正孺而告之。孫道五峰之言曰：「渠家好佛，宏見他説甚？」南軒方悟前此不見之因。于是再謁之，語甚相契，遂授業焉。南軒曰：「栻若非正孺，幾乎迷路。」

病翁先生劉公子翬字彦冲，忠顯公次子。

晦庵一日請問先生平昔入道次第。先生欣然告之，曰：「吾少未聞道。官莆田時，以疾病，始接佛、老之徒，聞其所謂清浄寂滅者而心悦之，以爲道在是矣。比歸，讀吾書而有契焉，然後知吾道之大，其體用之全如此。」附朱子語問：「原道謂軻之死，不得其傳。程子以爲非見得真實，不能出此語。屏山乃以爲孤聖道、絶後學，何如？」笑曰：「屏山只要説釋子道流皆得其傳耳。」又問：「如十論之作，于夫子全以死生爲言，似以此爲大事了？」乃久之，曰：「他本是釋學。但只是翻騰出來，説許多話耳。」

張受先曰：「朱子不阿私其師。」

延平先生李公侗字愿中，謚文靖。南劍之劍浦人。

異端之學，無所入于其心。然一聞其説，則知其詖淫邪遁之所以然者，蓋辨之于錙銖眇忽之間，而儒釋之邪正分矣。

晦庵先生徽國朱文公熹字元晦。世徽人，居紫陽山下，後隨父韋齋公徙閩。

公年二十四，始學于李延平。初，韋齋雅敬延平，故公往師之。嘗言：自見李先生，爲學始就平實，乃知向日從事釋、老之説皆非。

南軒先生張宣公栻字敬夫。魏國忠獻公嗣子。

世俗佛老之説，必屏絶之。獨于社稷山川，古先聖賢之奉，爲之兢兢。

象山先生陸文安公九淵字子静。撫之金谿人。

故事，上元，郡設齋醮，曰爲民祈福。先生會吏民講洪範五皇極，皇建其有極，斂時五福，用敷錫厥庶民。惟時厥庶民于汝極，錫汝保極一章，代醮事。

學士陳公襄字述古。

公判尚書祠部時，遇權貴人奏乞寺觀名額，且度僧人道士。公堅執著令不爲行。因奏「近年以來，自宫闈宦官，以及要近，一例陳乞。蓋秉政大臣不爲陛下愛惜典刑，首爲瀆亂。所有詔令，未敢奉行。」

沈耕巖曰：「公居官以所在繕學舍、授經義爲要務。垂没無他語，但索紙筆書先聖先賢四字，付其子而絶。蓋卓然吾道干城也。」

焦竑字弱侯。上元人。明翰林修撰。

玉堂叢語摘四條

霍公韜官南都，禁送喪之設宴飲，絶婦女之入庵院，罪樂户之買良人。毁淫祠、建學舍、散僧尼。建祠表岳武穆、何尚寶之忠節，給田表蘗谷王都憲之清貧。甄别應天鄉飲之賓介，援恤忠臣花雲之弱孫。此皆關係風化之要者也。

祠部給度，十年一舉。時僧道集京師以萬計，權貴多爲之請。傅瀚力言此輩蠹耗天下，宜痛加禁革。縱未能如祖宗朝之制，亦當稍賜裁抑。于是乃改十年一給之例。

康陵好佛，自稱大慶法王。外廷聞之，無徵以諫。俄内批禮部，番僧請腴田千畝，爲大慶法王下院。乃書大慶法王，與聖旨並。傅尚書珪佯不知，執奏孰爲大慶法王者，敢與至尊並，褻天子，壞祖法，大不敬。上弗問，田亦竟止。

自羅倫、王徽等貶斥，中外結舌，以言爲諱。編修陳名上疏曰：「方今人才日降，言路日塞，異端日熾，宜招還致仕尚書李秉、修撰羅倫、編修張元禎、平事章懋、給事中王徽、舉人陳獻章，置之臺諫。革去法王、佛子、真人位號，禁止創建寺觀。則正人用，言路開，妖妄息。」不報。

昭亭日鈔摘

宋王介甫子雱病，命道士行醮，大陳楮錢。弟平甫曰：「兄在相位，當令天下取法。雱雖疾，丘之禱久矣，爲此奚益？且兄嘗以君法繩墨吏，今以楮邀福，安知三清門下獨不行法耶？」介甫大怒。

介甫新法，毒流寰宇。晚歸鍾山放魚，人譏曰：「錯認蒼姬六典書，中原從此變蕭疏。幅巾投老鍾山日，辛苦區區活數魚。」

宋末浙民歲輸身丁錢絹。細民生子，悉棄之。虞公允文聞之惻然。訪知江渚有荻場，其利甚溥，而爲勢家及浮屠所私。公令有司籍其數以聞，請以代輸民之身丁錢絹。符下日，百姓歡呼鼓舞，始有父子生聚之樂。

柳渾十餘歲時，有巫告曰：「兒相夭且賤，爲僧可緩死。」諸父欲從其言。渾曰：「去聖教爲異術，不如速死。」學益篤，後至宰相。

相國寺言佛有汗流。節度使劉元佐命駕，自持金帛以施，其妻亦至。由是將吏商賈奔走道路，惟恐輸之不及。因命官爲簿，籍其所入。十日乃閉寺，曰：佛汗止矣。得錢巨萬，以贍軍資。

妖僧羊角禪師，能前知，且善咒死術，遠近神之。縣令皆畏憚不敢問。有張某令縣，一老婦訴僧，公受其詞。出獄中死囚擒僧。僧知之，曰：「張公擒我。」其徒勸之亡。僧曰：「張公正人也，行將安之？吾數已盡，殆不免矣。」因縛僧至。士民觀者如堵，皆言僧不可犯。公杖之至百，僧了無傷，而杖隸號呼稱痛。公謂曰：「汝能咒杖者死，復咒其生，即貸汝。」試之不驗，遂收獄。其夜大風摇屋宇，公正衣冠而坐，待曙升堂，取僧出，厲聲結責，褫其衣，以介方拍案，僧股慄，脇下墜一紅珠，光爛爍，并妖書一册，遂死。公恐其詐，掘地瘞之。三日發視，尸已腐矣。

陳賢，永樂初徵入舘，修大典。先後八年，爲諸儒所重。嘗獻平安南頌、嘉禾頌、孝感賦，上奇其才。朝廷建普度大齋，詔百官欲追薦其先者，各上名禮部。賢獨不上，曰：「吾生平不佞釋子，今敢以狗君耶？」論者劾其違詔不忠，忘親不孝。衆爲危之。賢曰：「吾以此得罪，復何恨！」有旨置不問。

嘉靖初，用工部侍郎趙璜奏，没入正德末所造諸寺繪鑄佛像，刮取金一千三十餘兩。相國夏桂州值上崇醮事，諸大臣皆道服，而公獨儒服，遂放歸。

林公廷選，撫廣東時，其寺歲一僧云成道，擇日修設大會。疊薪，僧處其巔，舉火焚之。男女聚觀，不遠數百里。富人施財千百計。林廉知之，而心疑其詐。届期親往，呼僧下詰之，張目不能言。命舁至司，以水沃之，稍甦，言：「我非僧，乃丐者。僧留我令披剃出家，至今月日飲我醇酒，遂啞不能言，懵懵如夢，今幸得生。」林勅人圍寺擒僧，無一脱者，悉首服。始知往歲荼毗皆丐者。戮其僧，赭其寺。

嘉靖時，山東某方伯，喜禪學。留一僧衙署。久之，窺見其夫人殊色，賄僕得其髪，瞰公外出，然燈卧榻前，髪圍繞眉間，手劍持咒。是晚夫人果心動，欲就僧。顧念隨起隨止，後漸難遏。徑造僧所，聞咒聲，翻然走歸。會方伯卧他室，促之起，告以故。云奸僧必有法術，召我魂魄，速究之。公大駭，隨出窺其僧，手劍持咒，口剌剌不休，即時杖死。宋公某家清源門外，有叫夜僧聲最苦。公憐之，施金一餅。明日，業娼者以償店值，蓋出僧宿錢也。奸僧所爲若此。

閑道録卷之十四終

閑道録卷之十五

宣城沈壽民耕巖纂輯
孫　廷　璐編次
姪　覲　生校梓

諸子

劉基

郁離子摘

楚人有見蛇蝎而必殺之者，又有曲爲之容而惟恐人之傷之者。或曰：「斯二者孰是？」郁離子曰：「其亦殺之者是，而容之者非耳。」或曰：「人有害于人，傷成而受罪，律也。今蛇與蝎未嘗傷人而輒殺之，不已甚乎？」郁離子曰：「是非若所及也。夫人與物之輕重，較然殊矣。蟲蛇之無知，而欲以待人者待之，不亦惑乎？昔者周公命庭氏射妖鳥以救日之弓、救月之矢，又命哲簇氏掌覆妖鳥之巢，著爲典訓。故孫叔敖見兩頭之蛇，殺而埋之，其母以爲陰德，君子不非焉。况毒人之蟲，中之者不死則瘓。而曰必待其傷成而後可殺，是以人命同于蟲蛇，其失輕重之倫，不可甚哉！近世之爲異端者，以殺物爲有罪報，而大小善惡無所别。故見惡物而曲爲之容，私于其身爲之，而不顧其爲人之害，其操心之不仁可見。吾故曰是非若所及也。」

江淮之俗，以斗指寅、申、亥爲天地水三官按罪錫福之月，而致齋以邀祥焉。滿三年計之，多不得祥而得禍。人曰：「若是乎鬼神之渺茫也。」郁離子曰：「果若是，則鬼神不渺茫矣。夫神，聰明而正直者也。惟其聰明也，故無蔽焉；惟其正直也，故無私焉。無蔽無私，不可欺也，則亦不可媚也。今擇其按罪錫福之辰而致齋焉，是欺之也；焚香炳燭，朝夕稽叩拜跪，是媚之也。人之稍有知識者不受欺與媚，而况于聰明正直之鬼神乎？

今之致齋者，非濫官污吏、姦胥悍卒，即市井豪儈及巨商大賈之爲富而不仁者。使鬼神果有按罪錫福之典，則斯人也，降之祥乎？降之禍乎？故曰：若是則鬼神不渺茫矣。」郁離子觀于嶽祠，悵然嘆曰：「悲哉！先王之道隱，而鬼神亦受人之誣也！而况于人乎！」管豹問曰：「何也？」郁離子曰：「若不聞聖人之言曰：曾謂泰山不如林放乎。言泰山不享非禮之祭也。今也又從而爲之祠，形其神而配以妃，不亦誣且褻乎？夫人之生死，有天命焉。福善禍淫，天之道也。使誠有鬼司之，猶當奉若帝命，其敢受非禮之祈，而淫縱其禍福于其所不當得者乎？而祠以私之，是以濁世之鄙夫待鬼神也。其不敬孰大焉？」

陳絳

金罍子摘

元光元年，董仲舒以賢良對策，因推春秋大一統之義，謂諸不在六藝之科、孔子之術者，皆絶其道，勿使並進，然後統紀可一，而法度明。致堂胡氏稱之，謂其功不下孟子也。及觀漢書，武帝建元之元年，實帝即位之初年，冬十月，始詔丞相、御史、列侯，舉賢良方正、直言極諫之士。而丞相衛綰奏所舉賢良或治申、商、韓非、蘇秦、張儀之言，亂國政，請皆罷。奏可。則先此仲舒對策之六年，已肇建斯議，非始自仲舒矣。綰既奏可，未數年而仲舒廷對之言，已復懇懇及之，豈一嘗行之，而輒復廢于積習之未易除與？史稱綰以戲車爲郎，至丞相，終無可言。而其所建明乃如此。蕭相國、曹參貶矣，特其言排申、商、韓非、蘇、張，而不及黄、老。意竇太后之餘，人情猶有所諱。不然，或其所學正在此。史云綰醇謹廉實長者無他，則其人可知也。至田蚡繼之，始盡黜黄老、刑名、百家之言，延文學儒者以百數。而公孫弘又復以治春秋對策，取宰相，封侯。于是一時儒者，始雲合風動，益知所嚮往，而天下之學，始粹然一歸于正矣。是固諸臣先後倡導之力，而武帝表章之功亦安可誣與？世之談者，往往媲秦皇于漢武，秦皇始既平一天下，納丞相李斯之奏，令史官非秦紀皆燒之，偶語詩書者至于棄市。而武帝乃獨能建藏書之策，置寫書之官，表章六經，罷黜百家。由此觀之，其大本固已卓然。夫窮奢極欲，繁刑重斂，内侈宫室，外事四夷，信惑神怪，巡遊無度，所以異于始皇者固無幾也。然而諸有亡秦之失，而卒無亡秦之禍，其殆以是也夫，其殆以是也夫。

風俗通：「武帝迷于鬼神，尤信越巫。董仲舒數以爲言。帝欲驗其道，令巫詛仲舒。仲舒朝服南面，誦詠經論，不能傷害，而巫者忽死。」此與唐傅奕令胡〔二〕僧咒己大類。事有無不可知，予以爲就使有之，而仲舒不能懇之若無，乃朝服誦經，若作而自張者然。得無猶有慵于中耶？仲舒引巫自詛，蓋將以身悟武帝。武帝親見越巫之詛不能行于仲舒，而異日乃卒以巫蠱之惑，至于逐妻殺子而不恤。邪說之能移人，而惑之不可開也如是。

唐玄宗好道，而宰相李林甫等，皆請捨宅爲觀，以祝聖壽，迎上心而市寵也。小人哉！賀季真一代嘉德，爲秘書少監，天寶初，以夢游帝居，迺請爲道士還鄉里，詔許之。以宅爲千秋觀，賀亦餔糟歠醴耶？先幾察微，逌然遠遁，留侯、赤松之託也。然君子謂賀哲于謀身，而疏于悟主矣。惜哉！

唐懿宗咸通十四年，詔迎佛骨于鳳翔。或言昔憲宗時嘗爲此，俄晏駕。帝曰：「使朕生見之，死無恨。」四月至長安，天子御安福樓迎拜，至泣下。七月，帝崩。按，四月迎

〔二〕「胡」字原缺，據萬曆三十四年陳昱刻金罍子卷九補。

佛骨至禁中，七月而帝崩。或者之言驗耶？曰：不然。此枯腐安能與知人生死。人生死，天也。或言憲宗迎佛骨而無救于必死可也，謂憲宗以迎佛骨死則非也。使憲宗無迎佛骨亦死，懿無迎佛骨亦死。蓋論事于人主者，惟明義理以爲之斷，而無必以禍福之説恐而摇焉，斯可耳。敬宗將游驪山，或叩頭諫以天寶事者。敬宗曰：「驪山若是險耶？朕宜一往以驗卿之言。」及往而返，謂侍者曰：「彼叩頭之言，安足信耶！」吁！此皆唐事也。

佛氏之説，云輪迴五道，無有窮已。謂人出没于生死海中，人可鬼，鬼可人也。如此則一人一鬼，一鬼一人，絶于此，育于彼。攝入鬼録，曾無踰時，生登民版，愜有定數。既不由世道盛衰爲之繁耗，亦不由造化合散制其死生。此悠謬不經之至易晰者矣。且復歷世賢聖，今化何人？本家祖宗，更聯媚屬。甚者牛羊犬豕，皆且以爲吾祖而奉之。吁！猥褻極矣！

宋史稱真宗初年，李沆爲相，王旦參政。沆日取四方水旱盗賊奏之。旦以爲細事，不足煩上聽。沆曰：「人主少年，當使知四方艱難。不然，血氣方剛，不留意于聲色犬馬，則土木、甲兵、禱祠之事作矣。吾老，不及見此，參政他日之憂也。」及旦親見王欽若、丁謂等之所爲，欲諫則業已同之，欲去則上遇之厚。乃嘆曰：「李文靖真聖人也。」蓋文正至此已不能自亡悔。然儒林公議，又稱真宗祥符中行封禪之禮，興造宫觀以崇符瑞，時王旦爲相，迎合其事，議者或罪之。旦謂人曰：「自古帝王，或馳騁田獵，或淫亂聲色。今主上崇真奉道，爲億兆祈福，不猶愈于聲色田獵歟？」夫文靖以土木禱祠之憂，與聲色犬馬同，且爲旦他日憂之。而旦亦以此深服沆之遠識。至是則方且以爲瘉乎彼夫？旦可謂恕己量主，善乎其自寬也。謂爲大人之道，則不可也。

湘山野録：寇萊公罷相，移鎮長安，情況寥落。忽天書降于乾祐縣。或稱上意欲公保奏，取信天下。士論譏惜。未幾，召入相。有門生曰：「某有三策：第一，莫若稱疾求外補；第二，朝覲日，便以乾祐之事露誠上奏；第三，不過爲宰相耳。」公不悦，竟有海康之謫。按史，準罷相，改節度山南東道。巡檢朱能挾内侍都知周懷政爲天書。上以問王旦。旦曰：「始不信天書者，準也。今天書降準所，當令準上之。」準從，上其書。因此復入中書。則所謂稱上意，欲公保奏，取信天下者，王公旦也。天書之事，旦已身爲之。至是乃薄餌公以利，而重分公以謗。旦不欲公獨爲祥符、天禧間完人矣。始準固不欲，壻王署與周懷政善，因力勸成之。然此等事，豈宜決諸子壻哉！以彼其生平，然而爲之陷于其中而不自覺，他日愧悔，宜不俟海康之謫矣。門生三策，録失其名。史又佚其策。然青出于藍，詎不信哉！

李文定爲宋名相，獨嘗知徐州，奏所部鄰兖州，欲行縣因祠嶽爲上祈年禱皇子，此何爲也？仁宗語輔臣曰：「大臣當爲百姓訪疾苦，祈禱非迪所宜。其毋令往。」真聖主之言哉！王荆公在金陵，神宗嘗遣内侍凌文炳傳宣撫問，因賜金二百。荆公望闕拜受既，語文炳曰：「安石閒居，無所用。」即庭下發封，送蔣山常住置田飯僧，祝延聖壽。置田飯僧，祝延聖壽，既誕甚，且亦豈所以尊君賜也？

異端假吾儒而重久矣。佛者曰：「孔子，吾師之弟子也。」謂濂溪之學出于壽巖禪師者，此類耶？濂溪他日歸老九江，嘗于歸宗寺結青林社，以與真净文禪師者游，以踵夫白蓮之故者。而又名寺左之溪曰鸞溪，擬虎溪。其事爲佛者所盛傳，皆謁耶？抑道大德宏，無不可耶？考先生嘗題太顛堂詩，有曰：「退之自謂如夫子，原道深排老佛非。不識太顛何似者，數書珍重更留衣。」觀其繩退之之嚴，例其他皆誣，決然也。

世傳李林甫弱冠縱蕩無檢。有一道士甚醜陋，愛之，爲約後三日五更，會城下槐壇。及往，道士已先至矣。曰：「何後也？」更期三日。林甫夜半往，良久，道士至，甚喜，談笑極洽。且曰：「某行世間五百年，見郎君一人，已列仙籍，合白日昇天。如不欲，則二十年宰相重權在己。郎君且歸，熟思之。」後林甫願爲宰相，道士嗟嘆咄叱，如不自持。曰：「五百年始見一人，可惜可惜！」與之叙别。又宋夏竦父某爲禁侍，時竦尚幼，有道士甚愛之，乞爲養子。父止竦一子，勿許。道士曰：「是兒有仙骨，不爾，位極人臣，但可惜墮落了。」及竦爲判官，又見昔道士，曰：「尚可作地仙。」後在成都，復見道士跨驢于市，摇手曰：「無及矣。」遂不復見。林甫于唐，夏竦于宋，皆卓然小人，使仙籙當注如是人，吾寧倔曲自世間耳。

貴乎仙者，謂其清游漫化，而絶累于形感也。藍橋之約，赤城之媾，殆于不有躬矣。閒情葆氣，冲合自然，故能抱一而長視也。山中之棋局未終，樵者之斧柯已爛，不機心牯性乎？章聖皇帝之未有上也，嘗遣内侍往來茅山祈禱。内侍遇異人，言王真人已降生，爲宋第四帝耳。内侍問王真人何人？異人曰：「即古之燧人氏也。」是時章懿皇后亦夢羽衣數百人捧一仙官，自空而下，謂曰：「此託生于李夫人者。」既而奏其事，真宗甚悦。及帝生，火光屬天，佳氣滿室。帝方五六歲，常持槐木片，以筋鑽之。真宗問何用，曰：「試鑽火耳。」真宗謂后妃曰：「所謂燧人氏，言不誣耳。」出遵堯録。羅從彦辨微曰：「三五交運，雖剛柔雜揉，美惡不齊，然聖人之生，必得其純粹而不偏者，此理之常也。自古帝王之有天下，與士庶人無子祈禱而得者有之矣，皆出于至誠之所感，感必有應，此亦理之常也。夫事無徵不信，不信，民弗從。若内侍之遇異人、章懿皇后之夢，所謂無徵者也。無徵而言，啓詐妄之道，君子不取也。」按，無徵不信，啓妄詐之道，羅從彦之一言盡之矣。况天書紛綸，神人雜揉之世乎！他書史略又記乃赤脚大仙一笑而生，故異僧撫頂而謂曰：「莫叫莫叫，何事當初莫笑！」益誕妄矣。

梅溪先生記人説前生事，謂身嚴伯威之後身也。嚴伯威者，梵名嚴闍黎，伯威字。先生祖母賈兄，先生父舅氏，而法門之師也。博學工詩文，初先生父母無子，禱焉。及師卒，而先生之祖一夕夢師集衆花，結爲一大毬，字先生祖而遺之曰：「孝祖，此君家所求也。吾是以來。」是月先生之母彌月而先生生。稍長，眉濃黑而垂，目深，肖嚴闍黎，人皆曰嚴闇黎復生也。先生是以記之。按，先生亦遊戲翰墨間云爾。前後生，世容有之。而以先生祖母，遂孫其兄。先生父，乃子其舅氏。如此造化乎？則佛家且認六畜皆我祖先而敬之，宜不誣矣。夫舅甥雖異姓，然以一氣脉兄弟相通，母子相接，至并其形性有絶肖似者。桓豹奴形恒似王丹陽，神復時似。何無忌又酷似劉牢之，人不疑其甥舅也。如先生于嚴伯威，雖中隔一輩，然祖孫氣脉，豈無傳禪？眉目尤易表識，形似神似，且復酷似，理亦何異？而花毬之夢，先生大儒大名，釋氏抱送，生有善徵，恐未可以前後身謂之也。且先生他日絶句云：「石橋未到神先到，日裏還同夢裏時。僧教我名劉道者，前身曾寫石橋碑。」此前身劉道者，復前身嚴闇黎。何擾擾二氏之徒，皆先生前身乎？

圖爲一老人披裘拾穗故畦中，蓋列子之所謂林類者與！其一人肅立隴首，蓋即子貢，夫子所使往訊之者也。世言列子之學，參本佛經，今其爲類之言曰：「死之與生，一往一反，故死于是者，安知不生于彼。」皦然輪迴之説也。死者，生之所必有，時至而勿怛焉，可已。而以死爲樂；樂死，可也，而猶幾其復生。夫貪生者一世，而彼無竟，貪戀孰大焉？

貞觀五年，詔僧道致拜父母。顯慶三年，禁僧尼受父母拜。然則先此貞觀之詔，蓋未之行也。

罷娼籍，俾之從良；黜僧行道徒，約之返正，此變風俗第一事。而舉世恬之以爲宜然耳。至粉黛填巷，緇衣塞衢，上之人不惟勿之禁，實鼓盪之，欲人心從善，風俗不壞悖，可得哉？

温璉，五代時燕人，以儒學著稱。與馮道少相善，爲幽州從事郎中。經兵亂，有賣漆燈檠于市者。璉以爲鐵也，百錢買之。家人用燃燈燭，因施拂拭，迺知銀也。璉憫然曰：「此不義之物，安可寶爲！」訪其賣主而還之。主曰：「某自不識珍奇，粥于街肆，郎中原加酬直，又非强買，不敢復收。」璉固還之。主乃别賣，得五萬錢，將其半謝璉。璉終不納，施于僧寺。後璉官至尚書侍郎。見耳目記。璉固難能，彼賣者亦非常人也。然施于僧寺，不若施諸顛連無告者耳。

葉子奇字世杰〔二〕，龍泉人。明。

草木子摘

臨川之學，分心迹爲内外，内面是精，外面是粗。故託佛、老之似，以亂孔、孟之真；假仁義之言，以濟功利之實。

離物而言性，此佛氏所以淪于空寂；捨器而言道，此老氏所以溺于虚無。故大學之始教，所以不出于民生日用彝倫之外也。

東土初祖曰：「人性本善，不假勤苦修行，直下便是。」此則彌近理而大亂真矣。右俱原道篇

儒、佛言性之旨，譬之明珠。均之爲蚌也，儒謂珠由内出，生于蚌胎；佛謂珠由外入，寄在蚌胎。儒本諸天，佛由諸己。此學者當辨其理也。

佛氏以性爲自底，不涉于天，不知于何處求天；以山河大地爲幻妄，有時破壞，不知

〔二〕「世傑」二字原缺，據查繼佐明書本傳補。

于何處求地；以四大爲假合，本來非有，不知于何處求人。

禪宗一達此旨，便爲了此一大事公案，只知能作用者便是，更不論義理。所以疏通者流于恣肆，固滯者歸于枯槁。右俱鉤玄篇

閑道録卷之十五終

閑道録卷之十六

宣城沈壽民耕巖纂輯
孫　廷璐編次
姪孫　翰翀校梓

譜

潘游龍字鱗長。湖廣松滋人。明。

康濟譜摘

南齊虞愿，字士恭。餘姚人。爲散騎常侍。明帝起湘宫寺，費極侈。又起莊嚴刹十層，不可立，分爲兩刹，各五層。帝曰：「卿至湘宫寺未？我起此寺，是大功德。」愿曰：「陛下起此寺，皆百姓賣兒鬻女之資。佛若有知，當悲哭哀愍。罪高浮屠，有何功德！」

潘鱗長氏曰：「先儒楊奂云：『晉魏出，臣道壞。佛老興，子道絶。』又曰：『異端蟠結于中國而不解者，以名士大夫主之也。』故唐則蕭瑀、王縉、白居易、裴休，梁則蕭也，宋則王安石、張商英。故上而君相，下而閭里，信之不疑。嗟嗟！今之爲佛老主持者名士大夫，當不減唐宋。吾安得楊公輩起而唤醒之。無已，則述虞愿之諫明帝，梁公之諫造大像疏。望有心世道者，以主持佛老之心，爲國家幹辦天下事。子孫未有不食報于無窮矣。」

傅奕爲唐太史令。有西域僧，能咒人立死，復咒即生。太宗試之驗，語奕。奕曰：「此邪術也。臣聞邪不干正，請使咒臣，必不能行。」僧咒奕，奕不覺。僧僵仆而死。奕每戒子勿學佛書，集晉魏以來駁佛教者，爲高識傳以行于世。又有僧言得佛齒，所擊輒碎，觀者如市。奕謂其子曰：「吾聞有金剛石者，性至堅，惟羚羊角能破之，汝往試焉。」其子如其言叩之，應手而碎。觀者乃止。

陸履長氏曰：「世間有識見人，自然不崇邪信佛。今天下愚夫愚婦，誰不受其惑溺。即有读吾儒之書者，猶然不悟，總歸于愚而已矣。安得傅公高識傳，使之家喻而户曉也！傅公在高祖朝，曾有疏請除佛法。高祖詔百官議其事，惟太僕卿張道源稱奕言合理。蕭瑀曰：『佛，聖人也，而奕非之。非聖人者無法，當治其罪。』奕曰：『人之大倫莫如君父，佛以世嫡而叛其父，以匹夫而抗天子。蕭瑀不生于空桑，乃遵無父之教。非孝者無親，瑀之謂矣。』瑀不能對。高祖皆如奕言。下詔命有司沙汰天下僧尼。嗚呼！三代以下，如唐高祖者，人主可不法哉！我願學者時誦退之佛骨表、永叔本論及程朱諸先儒論議，以此治家治國，以此事君事親，庶幾可以繼傅公高識傳也。」

潘鱗長氏曰：「今欲端本以釐弊，要在良有司身先禮義，日與齊民講明聖論，使其曉然知君親之重，彼自不入于邪也。如曰佛氏盤踞中國已久，一旦起而驅之，恐挑緇禿之議，是甘爲傅公之罪人，而與蕭瑀同其族也。」

唐狄仁傑，太原人。刺寧州，持節江南巡撫。吴俗多淫祀，仁傑立毁一千七百餘所，惟留夏禹、吴太伯、季札、伍員四祠而已。

又武后幸汾陽宫，并州長史李冲玄以道出妒女祠，言盛服過者，致風雨之變，更發卒數萬改馳道。仁傑曰：「天子之行，風伯清塵，雨師灑道。何妒女避耶！」遂止其役。武后壯之，曰：「真丈夫哉！」

或問：「禹與太伯，祠之當矣。彼一千七百餘所，獨無賢於伍員者乎？而得與禹班，狄公何意哉？」曰：「公留四祠，蓋以諷武氏也。夏禹與子者也，太伯、季札，讓國者也，伍員復讐者也。某意若曰文皇與子而奪之，及今而讓猶足爲賢。不然，將有復讐者起矣。公豈苟然而已哉！」

外史氏曰：吴俗賢聖會，作俑者不知何人。每當夏月，日輿蓋街遊，與各廟行往拜禮。其執事、扈從、旌旗、夫馬等，與撫按出巡同。其帖用寅弟、寅侍生、單侍生、通家侍生者，止無年弟、年家之稱。其封條用察院、都察院。會飲用戲。其餚品供具極水陸之珍，無不具焉。其茶酒皆從神口入，隨從神大小竅出，人争接食以爲壓災。至請酒舉箸，兩神雖假左右手爲之酧酢，亦不勝其提掇之苦矣。如此往返幾兩月，然而褻神惑俗，莫此爲甚。坐間一神髻上簪茉莉花，一神髻無。其從急覓花至，髻又無孔。乃以錐貫之，未及半而頂裂。乃用帕束神之首，詭語曰：「老爺傷風，急乘暖轎而歸。」其戲狎如此，可笑也。而戲者無恙。則神之不能爲禍福亦明矣。俗何惑之終不解也。余感狄公毁淫祠事，乃述其大概，以告扶世君子。

又有府城隍會，每歲三出虎丘。雖緣祭無祀而設，費亦不貲。是日，男女樓船簫鼓，無萬數計。最可恨者，有種愚民，自械桎梏，甘受刑杖，以爲免罪。長人者，何不乘此機會，摘其隱罪，如其數而懲之？亦未始非神道設教之意。

又七月三十日，或二十九日，開元寺點肉燈會，其狀甚慘。是日，男女混雜，不可言喻。誠采而釐正之，真扶世之大化也。若曰俗弊難革，應撫張玉笥先生諱國維首禁吴民火葬，不其明驗歟！且夫火葬一事，其狀更慘。我太祖嘗與陶安登南京城樓，聞焚尸之氣。安曰：「古有掩骼埋胔之令，推恩及于枯骨。近世狃于元俗，或焚之而投枯骨于水中。于心何忍！」上曰：「此王道之言也。」自是王師所臨，見枯骨必掩之而後去。至是，乃令天下郡縣設義塚。凡貧民無力以葬者，命所在官司，擇近城寬闊地葬之。敢有狥習元人焚棄屍骸者，坐以重律。吁！聖恩之博厚如此。願仁民君子，推廣聖恩，而坐以焚棄之律，勿使中國之游魂仍蹈元人之慘習，陰隲莫大焉。

宋孔道輔，曲阜人。在寧州時，天慶觀道士塑真武像，有蛇穴其前，數出迎人。人疑其神，或以爲龍。刺史日兩至其庭朝焉，舉州人内外遠近，無不駿奔于門以覲，無敢怠者。州將欲上其事，率官屬奠拜之，而蛇果出。道輔至，怒曰：「明則有禮樂，幽則有鬼神。是蛇不以誣乎！惑吾民，亂吾俗，殺無赦。」往前以手板擊其首，斃之，則蛇無異焉。郡吏及州將以下皆大驚，已而莫不嘆服。繇是知名。

按，石介有擊蛇笏銘，其序略云：易曰知鬼神之情狀，公之謂乎！夫天地有純剛至正之氣，或鍾于物，或鍾于人。人有死，物有盡，此氣不滅。烈烈然彌亘億萬世而長在。在堯時爲指佞草，在魯爲孔子誅少正卯刃，在齊在晉爲董、史筆，在漢武帝時爲東方朔戟，在成帝時爲朱雲檻，在東漢爲張綱輪，在唐爲韓愈論佛骨表、逐鱷魚文、爲段太尉擊朱泚笏，今爲公擊蛇笏。故佞人去，堯德聰；正卯誅，孔法舉；罪趙盾，晉人懼；辟崔子，齊刑明；距董偃，折張禹；劾粱冀，漢室隆。佛老微，聖德行；鱷魚徙，潮風振；怪蛇死，妖氣散。噫！天地鍾純剛至正之氣在公之笏，豈徒斃一蛇而已哉！軒陛之下，有枉上欺民，先意順旨者，公以此笏指之；廟堂之上，有蔽賢蒙惡，違法亂紀者，公以此笏麾之；朝廷之内，有諛容佞色附邪背正者，公以此笏擊之。夫如是，則軒陛之下，不仁者去，廟堂之上無姦臣，朝廷之内無佞人，則笏之功也，豈止在一蛇！公以笏爲任，笏得公而用。公方爲朝廷之正人，笏方爲公之良器。敢稱德于公，作笏銘曰：「至正之氣，天地則有。笏惟靈物，笏乃能受。笏之爲物，純剛至正。公惟正人，笏乃能得。笏之在公，能破淫妖。公之在朝，讒人乃消。靈氣未竭，斯笏不折。正道未亡，斯笏不藏。惟公寶之，烈烈其光。」

宋程珦，河南人。知龔州。時宜獠區希範既誅，鄉人忽傳其神降，言當爲我南海立祠。遂迎其神往。至龔州，珦使詰之，曰：「比過潯，潯守以爲妖，投祠具江中，逆流而上。守懼，乃更致禮。」珦使復投之，順流而去，其妄乃息。徙漢州，宴開元僧舍。酒方行，人讙言佛光見。觀者騰踐，不可禁。珦安坐不動，曰：「如再放，可取來看。」頃之，遂定。

潘鱗長氏曰：「妖怪之興，多緣聽者。狂惑易動，轉相扶捏。以耳爲目，飾之以口，遂成極盛。若只看得平常，了無奇特。我既堅定有主，任其譸張，則不求破彼，彼將自息矣。」

宋孫子秀，餘姚人。爲吴江簿，日詣學宫，與諸生討論義理。有妖人稱水僊太保，郡守將治之，莫敢行。子秀奮然請往。至則焚其廬，碎其像，沉其人于太湖，曰：「實汝水僊之名矣。」妖遂絶。

潘鱗長氏曰：「士君子爲政，必有一段剛心勁氣，乃不爲俗惑。又須義理透徹，乃能見定而有主。即如孫君，一吴江簿耳，以太守莫敢治之妖僊，而君立治之。是豈可以簿目之哉！語云：官無崇卑，以能辦天下事者爲上。吾于孫君信之。」「又楚永州，接壤粵西。時旱魃爲祟，忽傳粵西活佛出世，自稱神農帝主，五穀真僊。能現身言語，或附體憑人。謂敬之則蟲不害稼，否則立致人死。楚、粵愚氓，晝夜迎賽，奉之若狂。于是巫覡乘機煽惑，科斂愈熾。永紳劉振賢封公諱國柱者，聞而嘆曰：『豈可令開天粒食之聖，淪于妖妄矣乎！』遂援古西門豹之投巫，韓昌黎之闢異，狄梁公之焚祠，上書當事，曉示愚氓，力爲止之。永士民稱公此舉，功被榆枌，是誠不誣也已。余謂此種擔當，真與孫君治妖僊同一識力。何也？夫毁淫祠，非燭理明而信道篤者不能。驅妖妄，非行己端而處心正者不敢。如孫、劉二公，斯無愧其爲古今之端人正士而已。」

宋程明道先生顥，爲鄠主簿。某寺有石佛，歲傳其首放光。遠近男女競往，晝夜雜處，莫能禁止。先生戒寺僧曰：「俟後現，必先白吾。不能往，當取其首就觀之。」自是不復有光。又茅山有龍池，其龍如蜥蜴而五色，自昔嚴奉以爲神物。先生見，捕而脯之，使人不惑。

潘鱗長氏曰：「先儒有言，學者須是學到通得鬼神處，方爲實學。如舜納于大麓，烈風雷雨弗迷。禹黄龍負舟，須臾俯首而逝。上矣！至如程子云俟佛光現，吾不能往，當取首就觀，其光遂滅。此皆是通得鬼神處，非然者皆不可以言慎獨之學也。」

沈耕巖曰：「張乖崖所云止妖之妙，貴于識斷，不在厭勝。先生其當之矣。」

宋錢元懿，彭城人，牧新定。一日閭里輒數火起，居民憂恐。有巫楊媪，因而遂興妖言，曰：「某所復當火。」皆如其言。民由是競禱之。元懿謂左右曰：「火如巫言，巫爲火也。宜殺之。」即斬媼于市，火遂息。

潘鱗長氏曰：「巫即爲火，錢公可謂洞燭其原矣。假使稍爲所惑，燎原之勢，可勝道哉！此與張魏公戮白頭翁，同一識力。」

宋孫覺，高郵人，知福州。民欠市易錢，繫者甚衆。有富人出錢五百萬，葺佛殿，請于覺。覺徐曰：「汝輩所以施錢者，何也？」曰：「願求福耳。」覺曰：「佛殿未甚壞，佛亦未露坐。若爲獄囚貸償官逋，釋此數百人桎梏之苦，即佛亦應含笑垂慈。得福不既多乎？」富人不得已，諾之。即日囹圄一空，而福俗佞佛之風遂止。

潘鱗長氏曰：「甚哉！民之愚也。假使葺殿塑像可獲福，誦經禮佛可免災，則是僧尼可以不死，佛像殿宇可以不毀也。富者得長壽，而貧者終無生理也。此理甚明。良由上無孫公其人開導之，又從而身先之耳。」

鱗長氏又曰：「當此民力疲憊，盜寇充斥之秋，長人者宜法孫福州之治，嚴禁飯僧講經之會，造像葺殿之舉。不惟民心不惑于虛無，亦且民室少免其懸磬。至往者印募簿而勸施，給硃示以鼓化者，更當猛省易轍。不則何異奪民口中食，而驅之乞市矣。悲夫！　愚生更有請焉。今世俗僧，每每串地棍演臺戲爲葺殿之舉。此不過倚佛爲名，爲誘良賭博之場耳。長人者恬不知禁，且樂給硃示爲之勸斂。藏奸搆訟，爲害非小。佛受暴斂之虚名，民罹剥膚之實禍，地方叵測之憂，當有不期而至者也。今不特戲會宜禁，即茶酒坊肆，簫鼓樓船，能一概痛革之，不惟地方受福無窮，長人者亦絶慮于叵測矣。」

宋包恢，建昌人，知建寧。俗以九月祠五王生日，靡金帛，傾市奉之。恢曰：「彼非犬豖，安得一日而五子同生，非不祥者乎！何尊畏之？」即毁其祠。

潘鱗長氏曰：「斷天下之疑，惟理足以勝之。彼非犬豖數語，何等痛快直捷！」

宋蔡襄，僊遊人。知福州，俗重凶事，喜奉浮屠，會賓客，以盡力豐侈爲孝，不然則深自愧恨，爲鄉里所羞。而奸民遊手無賴子，貪飲食，利錢財，往往至數百千人。至有親亡，秘不舉哀，破産辦具，然後敢發喪者。有力者乘其急，賤買田宅，貧者立券舉債，至終身不能償。襄曰：「弊有大于此耶！」下令禁止。其巫覡主病蠱毒殺人之類，皆痛斷絶。俗大化。

金孝章氏曰：「今日之俗，莫弊于喪事用浮屠。以彼所費不貲，了無益于死者。何如自盡其心于附身附棺之間乎！釋氏之教，則薦死者生西方，而道家又欲超之僊界。今二者並用，將令死者于彼乎？于此乎？」又曰：「經懺所以消罪業，勿爲陰譴也。且勿論地獄有無，人之爲惡，天之報之，不于其身，必于其子孫。豈經懺所能解免乎！使親賢而爲之，是誣其生前而陷之于惡也。使親果不賢，而爲之後者不思爲幹蠱蓋愆之計，徒以誦經修齋塞責，謂親罪已消，則必復爲惡以繼之，是自誣而重其戮也。若曰罪孽憑經懺而消，則是桀紂亦可生天，而殺人之盗跖，終作佛子也。早上屠人肝，晚間却修誦，不害其令名考終也。有是理乎？則天道何爲福善禍淫，而朝廷又何必賞善罰惡乎？善乎子輿氏之言也：無禮義則上下亂，無政事則財用不足。夫民不由禮義，是下亂也。治民無政事以示之，是上亂也。財用安得足乎？亦曰食之以時，用之以禮而已矣。」

潘鱗長氏曰：「世俗惑于浮屠，而用追薦之説。吾友孝章氏已言之祥矣。然余按追薦一事，惟浮屠氏有此説。而近世黄冠之流，亦有所謂煉度者。彼見浮屠得財甚易，故亦効而尤之也。在宋時猶未盛，故温公書儀，止言浮屠，而家禮亦止云不作佛事，非謂道教可用也。雖然，世俗之所以爲此者，蓋以禮教不明于天下，士庶之家一有喪事，無所根據，因襲而爲之，以爲當然之禮耳。其間固有爲因果而作者，然亦其徒云耳。若夫市井小人，其親之存，饑寒患難，尚有所不恤，況其既死，又安肯捐其財，超其出地獄而升天堂哉！夫亦畏世俗之譏笑而爲之耳。若夫所謂士大夫及仕宦之家，其心亦有知其非而不欲爲者，恐他人議己之不孝其親，又恐其議己之吝財費也，是亦不得已而用之。夫飲酒食肉處内，種種大不孝之事，恬然罔忌，而獨于追薦一節，人言是恤，烏在其爲知本哉？則是温公之訓，歐陽公之本論，又不可不讀也。」

陸起，令滇陽，濱桂陽。郡通□〔二〕俗，信鬼神，家有妖祀。人有欲爲義者，輒相恐曰：「神將祟汝矣。」至長吏有疑，亦因巫決。風俗大壞。村巫用銀甕貯蛇以爲龍，挾

〔二〕此處底本缺一字。

言禍福，民皆惑之。觀者如堵。起召巫詣廳事，取其蛇斬之，按巫以誑俗之罪。遠近駭服。

潘鱗長氏曰：「民所觀以率從者，長吏耳。乃至有疑亦因巫決，安用長吏爲哉？向非陸君出此辣手，視此蜿蜒甕中者，村巫倚之，坐作威福，豈惟戕民命，且從而制長吏之命矣！」

宋胡朝穎，湘潭人。提舉湖南。衡州有靈寺，吏民夙所畏事。穎撤作來諗堂，奉母居之。嘗語道州教授楊允恭曰：「吾夜必瞑目坐此室，絶無影響。」允恭對曰：「以爲無則無也。從而察之，則是又疑其有也。」穎甚善其言。爲廣東經略安撫使。潮州僧寺有大蛇，能驚動人。前守皆信奉之。穎聞其事，檄潮州僧舁蛇至，其大如柱而黑色。載以闌檻。穎令之曰：「爾有神靈，當三日見變。」過三日，則爾無神矣。及期，猶衆蛇耳，遂殺之，毁其寺，并罪僧以誑俗惑衆之條。

宋朱晦庵先生熹，知潭州。奏除屬縣無名之征，歲免七百萬。以俗未知禮教，因采古喪葬嫁娶儀制，揭以示民。命父老傳訓其子弟。折毁淫祠，男女聚僧廬爲傳經會，先生悉嚴禁而俗革。

潘鱗長氏曰：「凡民無所遵守，則邪説易以乘而眩之。此由司牧者之失道，非其民之罪也。譬諸飲食，既見粱肉可飽，豈有反甘惡草者耶？第其初，誕降嘉種，教之烹飪，不可無其人耳。文公其善爲調人者哉？」

宋王嗣宗，汾州人，知邠州。城東有靈應公廟，傍有山穴，群狐處焉。妖巫挾言禍福，民甚信嚮，前此長吏皆先謁之，然後視事。嗣宗至，毁其廟，熏其穴，得狐類盡殺之。

潘鱗長氏曰：「傳云物之所聚則有神，言人共獎成之耳。使前此長吏不先謁之而後視事，民亦未必甚信畏。惟長吏如此，所以一倡百和，舉而奉之，遂信若真有神焉，可以禍福之矣。藉非王公除之早，邠人民殘爲狐種矣。大都妖巫惑人，擾害利方。凡鋭心治理者，能立折毁其淫祠，最爲除奸第一善政。」

宋黄震，慈溪人。知廣德州，有祠山廟，歲合江淮之民祈禱者數十萬姓，皆用牛。郡惡少挾兵刃舞牲迎神爲嘗，争鬭以致犯法。其俗又有埋藏會，爲坎于庭，深廣皆五尺，以所祭牛及器皿數百納其中，覆以牛革，封錮一夕。明發視之，失所在。震以爲妖，而殺牛淫祀非法，言之諸司，立禁止之。

潘鱗長氏曰：「張南軒論祀祠山岳廟，當築一大壇於山下，望山而祭。今立殿宇，已爲不經。塑爲人像，又配之以夫婦，其褻瀆甚矣。陳北溪謂泰山封帝，儼然人形，且立後殿，不知又是何山配爲夫婦。近代無錫謝子蘭與常熟教授盛昭書，請出土地夫人，其亦南軒、北溪之遺意也。又曹州同知張浩，滄州人，深惡異端之説。凡境内庵院，折毁殆盡。他處僧尼，俱遣出境外。土人私自落髮者，悉令還俗。城隍廟載於祀典，不可廢。舊有夫人像，命掘一坑埋之，乃立三大碑于州前，一載明太祖祭五岳四瀆止用山川之名，革去名號，以明聖斷高出于前代。一載傅奕以來闢異端文。一自爲文以示禁戒。斯亦可稱卓然扶世之君子矣。嗟乎！舉世昏昏怵于禍福，即智慧之士，亦時趨之。習尚移人，堅不可破。吾安得南軒諸公其人爲政，一洗而新之也。噫！」

元陳天祥，讀書緱氏山，因號緱山先生。授山東西道廉訪使。平陽縣女子劉金蓮，假妖術以惑衆，所至官爲建立神堂，愚民皆奔走奉事。天祥謂同僚曰：「此婦以神怪惑衆，聲勢如此。若復有狡獪之人輔翼之，倣漢張角、晉孫恩所爲，必成大害。」遂捕而杖于市。自此神怪屏息。

潘鱗長氏曰：「自古反側子，必先以妖術惑衆，然後乘機倡亂。陳綵山妙用，正在乘其輔翼之未附，而捕杖于市，使天下曉然知妖不能爲禍福也。此最得除妖破惑之大體。若必待其斬關屠邑，逆我顏行，反形既成，捕何及矣。」

元韓鏞，授饒州路。俗尚鬼，有覺山廟者，自昔爲妖，以禍福人。爲盜賊者，事之尤謹。鏞到，撤其廟宇，沉土偶人于江，並毁其淫祠與祀典不合者。風俗爲之一變。

迂庵子曰：「今天下有司，肯力遵祖制，凡境内一切祠宇，查與祀典不合者，盡行折毁。土木偶人，火者火，沉者沉。僧道老年耋者聽之。其中年者，盡行勒令歸農。寺院舊者，聽其傾圮，不許修葺。敢有街巷創建菴堂者，律以靡費民財，誑惑之罪。其古寺新庵之木植，大而堅者，罰修橋梁，小者拆樹悲田院。至有誦經寄庫禮懺薦亡者，律以不孝之罪。佛若有靈，當亦爲之首肯矣。嘉靖時，吴門魏莊渠督學粤東，凡一切淫祠與佛寺院，不在祀典者，盡行拆毁，改建社學，或祠先儒明道、考亭及古忠臣孝子義夫節婦。僧道幼者，勒令還俗。一應僧寺田莊，謂出愚民施捨要福，豈可令無父無君之人，不耕而食乎！即嚴檄守令造册入官，改爲社田學田，以給生童之貧者。于是士民翕然知有聖學可崇，而一歸于正，至今德之。此可見返邪歸正之風，只在上之人一指點焉耳。」

閑道録卷之十六終

閑道録卷之十七

宣城沈壽民耕巖纂輯
孫　廷璐編次
後學　王世玠、世瑛校梓

類編

經濟類編摘

馮〔一〕

東晉孫恩，因民心騷動，自海島攻會稽。會稽内史王凝之，世奉天師道。不出兵，亦

〔一〕　此下原爲墨釘，當是經濟類編之編者馮琦之姓名籍里、仕官情況。琦字用韞，號琢庵，臨朐人，萬曆五年進士，官至禮部尚書。明史卷二一六有傳。

不設備。日于道室稽顙跪咒。官屬請出兵討恩，凝之曰：「我已請大道，借鬼兵守諸津要，各數萬，賊不足憂也。」及恩漸近，乃聽出兵，恩已至城下。陷會稽，凝之出走，執而殺之。

趙主石勒以天竺僧佛圖澄豫言成敗有驗，敬事之。及虎即位，奉之尤謹。衣以綾錦，乘以雕輦。朝會之日，太子諸公，扶翼上殿，主者唱大和尚，衆坐皆起。使司空李農旦夕問起居。太子諸公，五日一朝。國人化之，率多事佛。澄之所在，無敢向其方面涕唾者。争造寺廟，削髮出家。虎以其真僞雜糅，或避賦役爲姦宄，乃下詔問中書曰：「佛，國家所奉。閭里小人無爵秩者，應事佛否？」著作郎王度曰：「王者祭祀，典禮具存。佛，外國之神，非天子諸華所應祠奉。漢氏初傳其道，惟聽西域人立寺都邑以奉之，漢人皆不得出家。魏世亦然。今宜禁公卿以下，毋得詣寺燒香禮拜。」

北魏崔浩，研精經術，練習制度。凡朝廷禮儀，軍國書詔，無不關掌。不好老、莊之書，曰：「此矯誣之説，不近人情。老聃習禮，仲尼所師，豈肯爲敗法之書，以亂先王之治乎？」尤不信佛法。及世祖即位，左右多毁之。世祖不得已，命浩以公歸第。既歸第，因修服食養性之術。初，嵩山道士寇謙之，修張道陵之術，自言嘗遇老子降，命謙之繼道陵爲天師，授以辟穀輕身之術，及科戒二十卷，使之清整道教。又遇神人李譜文，云老子之玄孫也，授以圖籙、真經六十餘卷，使之輔佐北方太平真君。出天宫静輪之法，其中數篇，李君手筆也。謙之奉其書獻于魏主。朝野多未之信，崔浩獨師事之，從受其術，且上書贊明其事。世祖欣然，使謁者奉玉帛、牲牢祭嵩嶽，迎至謙之弟子在山中者，以崇奉天師，顯揚新法，宣布天下。起天師道場于平城之東南，重壇五層，給道士百二十人衣食，每月設厨會數千人。世祖備法駕，詣道壇受符籙，旗幟盡青。自是每帝即位，皆受籙。謙之又奏作静輪宫，必令其高，不聞雞犬，欲以上接天神。崔浩勸世祖爲之，功費萬計，經年不成。太子晃諫曰：「天人道殊，卑高定分，不可相接，理在必然。今虚耗府庫，疲弊百姓，爲無益之事，將安用之？必如謙之所言，請因東山萬仞之高，爲功差易。」世祖不從。

齊武帝時，竟陵王子良篤好釋氏，招致名僧，講論佛法。道俗之盛，江左未有。或親爲衆僧賦食行水，世頗以爲失宰相體。范縝盛稱無佛。子良曰：「君不信因果，何得有富貴貧賤？」縝曰：「人生如樹花同發，隨風而散。或拂簾幌墜茵席之上，或關籬牆落糞溷之中。墜茵席者，殿下是也；落糞溷者，下官是也。貴賤殊途，因果竟在何處？」子良無以難。

東魏自正光以後，四方多事。民避賦役，多爲僧尼，至二百萬人，寺有三萬餘區。至是東魏始詔牧守令長：「擅立寺者，計其功庸，以枉法論。」

梁武帝幸同泰寺，遂停寺省講三慧經。解講，大赦改元。是夜，同泰寺浮屠災。武帝曰：「此魔也，宜廣爲法事。」群臣皆稱善。乃下詔曰：「道高魔盛，行善障生。當窮茲土木，倍增往日。」遂起十二層浮圖。將成，值侯景亂而止。

唐太宗嘗謂張亮曰：「卿既事佛，何不出家？」蕭瑀因請。〔二〕

清源尉呂元泰上疏，以爲邊境未寧，鎮戍不息，士卒困苦，轉輸疲弊。而營建佛寺，月廣歲滋，勞人費財，無有窮極。昔堯、舜、禹、湯、文、武，惟以儉約仁義，立德垂名。晉、宋以降，塔廟競起，而喪亂相繼。由其好尚失所，奢靡相高，人不堪命故也。伏願回

〔二〕底本于此葉旁注「原缺第四葉」五字，是下葉缺失。

營造之資，充疆場之費，使烽燧永息，群生富庶。則如來慈悲之施，平等之心，孰過于此。疏上，不省。

睿宗以二女爲女官，以資天皇天后之福，欲爲造觀。諫議大夫甯原悌上疏：「釋道二家皆以清净爲本，不當廣營寺觀，勞人費財。又先朝所親狎諸僧，宜加屏斥。」補闕辛替否上疏，曰：「自古釋道破國亡家者，口説不如身逢，耳聞不如目見。太宗，陛下之祖也，撥亂反正，開基立極，官不虚授，財無枉費。不多造寺觀而有福，不多度僧尼而無災。天地垂祐，風雨時若。粟帛充溢，蠻夷率服。享國久長，名高萬古。陛下何不取而法之？中宗，陛下之兄也。棄祖宗之法，徇女子之意，無能而禄者數千人，無功而封者百餘家。造寺不止，度人無窮，奪百姓口中之食以養貪殘，剥萬民體上之衣以塗土木。人怨神怒，衆叛親離。享國不永，禍及其身。陛下何不懲而改之？自頃水旱霜蝗，未聞賑恤，而爲二女造觀用錢百餘萬緡，陛下豈可不計當今之蓄積有幾，中外之經費有幾，而輕用百餘萬緡以供無用之役乎？陛下族韋氏之家，而不去韋氏之惡；忍棄太宗之法，而不忍棄中宗之政乎？且陛下當韋氏用事之時，日夜憂危，切齒于群凶。今乃不改其所爲，臣恐復有切齒于陛下者矣。」上雖不能從，而嘉其切直。中宗以來，貴戚争營佛寺，奏度人爲僧。兼以僞妄，富户强丁多削髮以避徭役，所在充滿。姚崇上言：「佛圖澄不能存趙，鳩摩羅什不能存秦，齊襄、梁武未免禍殃。但使蒼生安樂，即是佛身。何用妄度姦人，使壞正法。」明皇從之，命有司沙汰天下僧尼，以僞妄還俗者萬二千餘人。

姚崇薨，遺令：「佛以清净慈悲爲本，而愚者寫經造像冀以求福。昔周、齊分據天下，周則毁經像而修甲兵，齊則崇塔廟而弛刑政。一朝合戰，齊滅周興。近者諸武、諸韋，造寺度人不可勝紀，無救族誅。汝曹勿効兒〔一〕女子，終身不寤。追薦冥福，道士見僧獲利，効其所爲〔二〕，尤不可延之于家。當永以爲法。」

代宗時，魚朝恩奏：以先所賜莊爲章敬寺，以資章敬〔三〕太后冥福。于是窮壯極麗，盡都市之材不足用，奏毁〔四〕曲江及華清宫舘以給之，費逾萬億。衛州進士高郢上書，曰：

〔一〕本頁底本有缺損，當作「効兒」，據文淵閣四庫全書本經濟類編卷九五補。
〔二〕本頁底本有缺損，當作「所爲」，據文淵閣四庫全書本經濟類編卷九五補。
〔三〕本頁底本有缺損，當作「章敬」，據文淵閣四庫全書本經濟類編卷九五補。
〔四〕本頁底本有缺損，當作「用奏毁」，據文淵閣四庫全書本經濟類編卷九五補。

「先太后聖德，不必以一寺增輝。國家永圖，無寧以百姓爲本。捨人就寺，何福之爲？陛下當卑宫室以夏禹爲法，而崇塔廟踵梁武之風乎？」又曰：「古之明王，積善以致福，不費財以求福；修德以消禍，不勞人以禳禍。今興造急促，晝夜不息。力不足者，隨以榜笞，愁痛之聲盈于道路。以此望福，臣恐不然。」皆寢不報。代宗始未甚重佛，元載、王縉、杜鴻漸皆好佛。縉尤甚，不食葷血。鴻漸亦以使蜀無恙，飯千僧。二人造寺無窮。上嘗問曰：「佛言報應，果有之邪？」載等對曰：「國家運祚靈長，非宿植福業，何以致之？福業已定，雖時有小災，終不能爲害。所以安、史皆有子禍，懷恩出門病死。二虜〔一〕不戰而退，此皆非人力所及，豈得言無報應也？」上由是深信之。嘗于禁中飯僧百餘人。有寇至，則令僧講仁王經以禳之。寇去，則厚加賞賜。胡〔二〕僧不空，至卿監，爵國公，出入禁闥，勢移權貴。良田美利，多歸僧寺。載等侍上，多談佛寺。由是臣民承化，皆廢人事而奉佛，政刑日紊矣。

〔一〕「虜」字原缺，據文淵閣四庫全書本經濟類編卷九五補。
〔二〕「胡」字原缺，據文淵閣四庫全書本經濟類編卷九五補。

中使迎佛骨至京師，憲宗留禁中三日，乃歷送諸寺。王公士民，瞻奉捨施，惟恐弗及。有竭産充施者，有然香臂頂供養者。刑部侍郎韓愈上表切諫。憲宗大怒，出示宰相，將加愈極刑。裴度、崔群爲言：「愈雖狂，發于忠懇，宜寬容以開言路。」貶愈爲潮州刺史。自戰國之世，老、莊與儒者争衡，更相是非。至漢末益之以佛，然好者尚寡。晉、宋以來，日益繁熾。自帝王至于士民，莫不尊信。下者畏慕罪福，高者論難空有。獨愈惡其蠹財惑衆，力排之。

進士孫樵上言：「百姓男耕女織，不自温飽，而群僧安坐華屋，美衣精饌。率以十户不能養一僧。武宗憤其然，髪十七萬僧，是天下百七十萬户始得蘇息也。陛下縱不能如武宗除積弊，奈何興之于已廢乎？日者陛下欲修國東門，諫官上言，遽爲罷役。今所復之寺，豈若東門之急乎？所役之功，豈若東門之勞乎？願早降明旨，僧未復者勿復，寺未修者勿修。庶幾百姓猶得以息肩也。中書門下奏陛下崇奉釋氏，群下莫不奔走。恐財力有所不逮，因之生事擾人。望委所在長吏，量加撙節。所度僧亦委選擇有行業者。若容凶麤之人，則更非敬道也。鄉村佛舍，請罷兵日修，從之。」

懿宗奉佛太過，怠于政事。嘗于咸泰殿築壇，爲内寺尼受戒，兩街僧尼皆入預。又于禁中設講席，自唱經，手録梵筴。又數幸諸寺，施與無度。吏部侍郎蕭倣上疏，以爲玄祖之道，慈儉爲先。素王之風，仁義爲首。垂範百代，必不可加。佛者棄位出家，割愛中之至難，取滅後之殊勝，非帝王之宜慕也。願陛下時開延英，接對四輔，力求人瘼，虔奉宗祧。思謬賞與濫刑，其殃必至。知勝殘而去殺，得福甚多。罷去講筵，躬勤政事。懿宗雖嘉奬，竟不能從。

徐、泗觀察使王智典〔一〕，以敬宗生日，請于泗州置戒壇，度僧尼以資福。許之。自元和以來，敕禁此弊。智興欲聚貨，首請置之。于是四方輻湊，江淮尤甚。智興家資，由此累鉅萬。浙西觀察使李德裕上言，若不鈐制，至降誕日方停，計兩浙、福建，當失六十萬丁。奏至，即日罷之。

武宗恶僧尼耗蠹天下，欲去之。勅上都东都两街，各留二寺，每寺留僧三十人。天下節度、觀察使治所，及同、華、商、汝州，各留一寺。分爲三等：上等留僧二十人，中等留十人，下等五人。餘僧及尼，并大秦、穆護祆僧，皆勒歸俗。寺非應留者，立期令所在

〔一〕據上下文，「典」當作「興」。

毁撤。仍遣御史分道督之。財貨田産，並没官。寺材以葺公廨、驛舍，銅像、鐘磬以鑄錢。

詔陳釋教之弊，宣告中外。凡天下所毁寺四千六百餘區，歸俗僧尼二十六萬五百人，大秦、穆護祆僧二千餘人，毁招提、蘭若四萬餘區，收良田數千萬頃，奴婢十五萬人。所留僧皆隸主客，不隸祠部。百官奉表稱賀。尋又詔東都止留僧二十人，諸道留二十人者滅〔二〕其半，留十人者滅〔三〕三人，留五人者更不留。五臺僧多亡奔幽州。李德裕召進奏官謂曰：「汝趣白本使，五臺僧爲將，必不如幽州將；爲卒，必不如幽州卒。何爲虚取容納之名，染于人口？獨不見近日劉從諫招聚無算閒人，竟有何益？」張仲武乃封二刀付居庸關，曰：「有游僧入境則斬之。」主客郎中韋博以爲事不宜太過，李德裕惡之，出爲靈武節度副使。

南唐主削邊鎬官爵，流饒州。初，鎬以都虞候從查文徽克建州，凡所俘獲皆全之，建人謂之邊佛子；及克潭州，市不易肆，潭人謂之邊菩薩；既而爲節度使，政無綱紀，惟日設齋供，盛修佛事，潭人失望，謂之邊和尚矣。

〔二〕「滅」當作「減」。
〔三〕「滅」當作「減」。

周世宗勅天下寺院非勅額者悉廢之，禁私度僧尼。凡欲出家者，必俟祖父母、父母、伯叔父之命。惟兩京、大名府、京兆府、青州，聽設戒壇。禁僧俗捨身、斷手足、煉指〔二〕、挂燈、帶鉗之類幻惑流俗者。令兩京及諸州，每歲造僧帳，有死亡、歸俗，皆隨時開落。是歲，天下寺院存者二千六百九十四，廢者三萬三百三十六，見僧四萬二千四百四十四、尼一萬八千七百五十六。

元仁宗命寫金字佛經，共縻金三千九百兩。初，宣徽院使歲會内廷佛事之費，以斤數者：麪四十三萬九千五百，油七萬九千，酥密共五萬餘。蓋自至元三十年間，醮祠佛事之目僅百有二。大德七年，再立功德使司，增至五百餘。至是，僧徒冒秋〔三〕無厭，歲費滋甚，較之大德，又不知幾倍矣。

閑道録卷之十七終

〔二〕底本「煉指」以下至下卷「或曰禱雨請龍」條之「余觀近世官民祈」乃抄配。
〔三〕「秋」疑當作「利」。

閑道録卷之十八

宣城沈壽民耕巖纂輯
孫　廷　璐編次
後學　鄭文熊校梓

摘稿

倪元恢

弋飛時獲摘稿

北齊顔之推撰家訓，既博學而又識務，宜其傳之久也。但文章篇以子游、子夏、孟子與枚乘、張衡、左思並稱，且謂其雖免過患，損敗居多；又歸心篇推尊釋氏，極口讚揚，且謂其與仁義禮智信符合，非堯、舜、周、孔所及，此則其失之大者。噫！使非喪心，何以歸心釋氏至于讕語如此哉！

世言諸子百家，而六子尤顯。然六子之中，余獨有取於文中子之中說，以其言多合于聖賢也。孟子之後，道統幾絶，惟董仲舒知尊孔子。迨至隋之文中子王通，自孟子遊梁，至仁壽獻策，已越九百餘年。又二百餘年而得昌黎韓愈。此兩人之於道統，譬猶蜂腰，然匪兩人則斷絶矣。由是又二百餘年，延至濂溪周子，而孟子之道統始續焉。楊子法言亦多中理，而有仕莽之失。其言然，其行不然，不足取也。荀子以人性爲惡，以子思、孟軻爲亂天下，可謂無忌憚之尤者。至于老子之道德，列子之冲虛，莊子之南華，皆爲異端邪說，在吾儒當麾之門牆之外，勿使接于目、聞于耳，以亂吾道之真可也。彼林希夷之口義，雖有功于三子，寧免于助邪之罪哉！

王安石字説，余未見其書。但當時攻者甚衆，後世辨者甚詳。其以觀卦爲鸛，雅詩爲雅，無論已。大率謂其雜揉佛老，穿鑿經傳，其取義則牽張，其分析則煩碎，以聾瞽天下學者。當時科場校藝，非此不録，故學者譁然從之。甫及二三十年，又謂程、朱之説爲謬誤，可勝嘆哉！至其子雱，亦撰字書，號曰元澤爾雅，不足道也。

吾婺文學，倡自劉孝標。孝標名峻，世爲平原人。生于秣陵，流寓于金華，而講授于紫巖之山。嘗作山棲志。梁書本傳謂其文甚美。余獨疵其頂禮釋教，崇信道流之言，何以謂之美且雅哉？若夫齊、梁餘體，時使之然，故在所弗論也。

今之時義，大率操戈聖賢之室，而屈膝佛、老之門者也。設使操文柄者抑之戒之，或舉其尤甚者一二人，褫其巾服而斥黜之，則積習自然潛消而默化之矣。昔者歐陽永叔黜劉幾軋茁之文未久，而堯、舜性仁之賦，永叔擊節嘆賞，取冠多士，此非明效大驗也哉？近日莆田林兆恩倡爲三教合一之論，瓊州唐妙陽倡爲父迦、君聃、師孔之論。噫！此皆異端之流，邪説誣民者也。曩在柯城見一鄉科，大言曰：「如以佛經爲非者，乃喪心病狂者也。」嗚呼！若斯人者，何爲其言之顛倒錯謬一至此哉！

邇來博士家言，大抵土苴五經，芻狗四書，假借佛、老、莊、列之談，發揮聖賢經書之旨。廷臣往往疏請釐正，期于典實。而督學憲臣，又剳厰條款，人給一紙，俾常目之。

然但禁其文法之小疵，而不禁其文理之大謬。甚者，督學之功令，反蹈諸生之唇吻而不自知。至勞天語叮嚀，頒行舉業正式于黌宫。又特命督學所拔優卷，送春官覆閲，置詭異一二人于劣等，以示嚴禁。可謂諄復勤懇，無所不用其極矣。夫何典貢舉者，籍録以獻，又惟詭異之文乃得儁焉？士子安得不群然而趨之哉？蓋既禁之而又取之，所謂以言教者訟也。此則典貢舉者不得辭其責矣。雖然，張目而作寐言，白日而爲鬼語，豈天行之數使然，而非人力所能挽歟？

宋朝設宫觀祠禄之官，凡在官者，不欲直令致仕，所以逸老優賢也。其後法制屢更，或以謫降居之，或以力請得之。其官有使有判，有提舉，有提點，有主管，有管勾。凡從便居住者不掌事，而掌事者則奉齋醮而已。每限任三十個月，亦毋得過三任焉。宋之大儒嘗受祠禄，余竊以爲不然。昔伊川門人張仲良，字師聖，人有欲舘穀之者，見其壁懸佛像，几積佛書，遂去之，曰：「吾聞用夏變夷，未聞變于夷者也。」噫！師聖之學，可謂正且堅矣。夫宫觀所以崇奉老子，習張道陵之術者居之，乃異端之教也。然則大儒而有祠禄之受，豈謂其識見曾不及師聖乎哉？道既不行，去位而隱可也。

或曰：「桑林之禱，大雨立應，有諸？」余曰：「天子位與天通，聖人德與天通，成、湯以聖人居天子之位，如家有克肖之子禀命于親，其速于感通，自然之理也。獨說苑身爲犧牲，乃附會之説耳。若果爾，不幾于褻天矣乎？後世若董仲舒之閉陽門，荆州記之鞭陰石者，妄也。若魯穆公之欲曝巫尫，魯僖公之欲焚巫尫者，不明也。若漢五官椽諒輔之自曝，漢西華令戴封之自焚者，過中也。乃若象龍致雨，楊雄且知非之。奈何唐代宗時，京兆尹黎幹作土龍祈雨，自與巫覡對舞，彌月不驗。代宗命毀土龍，減膳節用，即日而雨。同時有行營節度使馬璘，見里巷造爲土龍，聚巫祈雨。璘曰：『漢由德政之不修，土龍何爲？』即令撤之。明日遂雨。後唐莊宗時，五臺僧誠惠自言能降服天龍，呼風召雨，妄誕自尊，坐受莊宗之拜。及禱雨數旬，術窮懼誅，遂潛自逃去而死。如此等事，亦可以爲左道之明證矣。觀于今之鄉俗，尤屬可笑。陳兵奪雨，如同寇亂。僧道誦經，崇尚異端，名曰逆天。衆拜而謔笑盈路，犒勞而醉酒傾歌，名曰褻天。以魚蝦爲真龍，以食肉爲齋戒，名曰欺天。吾恐天心方且厭棄之，安望其矜憐，而有甘霖之降哉！雖然，愚氓蚩蚩無論已，乃有過期而雨，士庶獻諛，立石通衢，稱頌功德者。倘令洛陽年少見之，其不流涕而長太息也者幾希！」

或曰：「禱雨請龍，其理何如？」余曰：「龍能致雨，其説匪謬。而飛昇變化，惟神龍則然耳。時遇大旱，邑宰親往讶龍，必于巨壑深淵之處，虔恭下拜。巫祝陳詞，據其一時所見之物，或魚或蝦之類，藏于缾盎之間，置于壇場之上，供奉香火，護視惟謹。噫！天下豈有神龍乃肯變形縮體，入于缾盂罍盎，而受制于人哉！此與持戈逐魃之事，皆斷無是理者也。抱朴子西域方士縮龍之説妄矣。倘不得已而隨俗從衆，則請龍之形迹，不若請龍之神靈。惟形迹則假托神靈而褻瀆殊甚，惟神靈則行迹俱泯而莫測其然。于是設香案，結彩亭，詣水滸，焚祝文，迎其神而歸之。又必先迎風雲雷雨及本境山川、社稷、城隍、里社之神，聚于一壇。不召師巫，不誦經咒，朝夕而拜禱之。其餘則詣各神之祠廟而拜禱之，以盡吾荒政索鬼神，雲漢靡神不舉之禮焉。又必一色青衣，戒葷酒，禁喧笑，斷傘扇，沿途而步拜之。至于天之雨否，則非吾之所敢必也。蓋吾之祈禱，惟盡吾哀籲之心耳，敢謂藐焉一夫能感動天地而必得其雨哉？故天而雨焉，吾之幸也；其不雨焉，吾之心不敢以少懈也。如此而已矣。昔者周宣王爲天之子，則位與天通，側身修行，則德與天通，固宜昊天之惠寧矣。然且不能回雲漢之災，况蚩蚩之庶民乎！」

或曰：「周禮所載巫祝之官，殆近于後世術家之説。豈周公亦信巫祝乎？」余曰：「周時巫祝之官，即今日太常之職，非如鄉俗之端公，以鼓角代琴瑟，以旋走代綴兆，以極鄙極俚之語代陳詞者比也。况周禮亦多附會之言，非盡周公之書，難于憑據。余觀近世官民祈雨，藉口司巫舞雩，率用端公僧道，褻瀆神明，迷而不悟。故辨之如此，俾人識之，而但竭誠致禱，不泥古，不狥今，如前條所論云。」

稗官小説，自古有之。然多村學究所爲。惟幽怪録乃唐宰相奇章公牛僧孺之手筆，見于文獻通考。晁、陳二氏之説可證也。其間載明皇開元中，道士葉静能講經于明州興唐觀，救白龍之阸；又載開元十八年正月望夕，葉仙師駕虹橋，與明皇至廣陵觀燈。此云仙師，即静能也。殊不知静能以妖術干中宗，墨敕爲國子祭酒。及中宗晏駕，韋后亂政，明皇起兵匡復，併静能等皆斬之。綱目明甚。然則當開元時，静能之死已久，安得有救龍觀燈之事乎？夫是録之編，不知的在何時。但僧孺于憲宗元和三年登第，上距明皇匡復之歲，才及百年，而其言已繆妄者，何也？蓋由心好荒唐，故不暇辨其真贋耳。况論事于數千載之前，何以異于説夢哉！是以君子但言諸理，道其常而已。彼好事者不察，同聲和之，而以救龍事勒諸碑石，觀燈事繪諸圖畫，尤屬可笑。

或曰：「今幽暗之地，晦冥之時，每有影響之怪，何也？」余曰：「人死，偶爾精氣不散。聚而爲鬼，理或有之。物類亦然，非人人物物皆能聚而不散也。然其所聚，或以年計，或以月計，或以日計，各隨其精氣之多寡而散焉。方其聚時，則山水木石，各有所司之處。蓋有陽則有陰，有晝則有夜，有人則有鬼也。人自人，鬼自鬼，兩各不相干涉。我能明無人非，幽無鬼責，則我當敬彼，彼亦當敬我。孔子所謂敬而遠之者是也。若夫影響求食之鬼，彼方畏我，我何畏彼哉？」又曰：「無形無聲者，天地造化之大鬼神也，萬古常存者也。而有形有聲者，妖物作怪之小鬼神也，旦夕消滅者也。」或曰：「仙與鬼何別？」余曰：「仙即鬼也。死生有命，修身以俟之。苟謂修煉精氣即可以奪造化而長生不死，則安期、羨門之屬，當至今存矣。無是理也。且蟬蜕飛昇，誰目睹之？雲遊出現，徒耳聞焉。彼謂鬼爲邪魔，仙爲陽神者，惑世者也。其始而輕信，終而吠聲者爲之也。即果有仙，亦不過活鬼之靈覺者耳。天地尚有秋冬，豈有永聚不散之精氣哉！棄其人而求爲鬼，豈慕莊生髑髏見夢之樂乎？不惟惑世，抑且自惑之甚也。噫！聖賢非不死，聖賢之神亦有時而散，其萬世不泯滅者，聖賢之理而已。故今日見聖賢之理，猶夫見聖賢之神也。所以百官士子，罔敢不致敬者，要皆爲此理耳。」又曰：「晉之葛稚川，梁之陶通明，後世皆稱其儒而仙者也，皆不過八十餘歲而死耳。他復何言哉！」

仙言清虛，佛言寂滅，而以空無爲宗旨，宜其逍遥冲澹，無一嗜好矣。乃今讀方外雜録，動輒稱瓊樓寶殿，霞綃霧縠之類，計其費用，反甚于世人。而玉漿天酒，吸取不多者不計焉。是仙佛之徒，專禁其飲食男女之慾，而益增其宫室衣服之侈也，豈著書者實未嘗見仙佛之境界威儀，而妄爲浮説以張大之歟？不然，寧免于經營争奪之事乎？且安在其清虛寂滅哉？然則今之廟宇輝煌，衣服燦爛以崇奉之者，即有仙佛，亦非其所樂矣。

人之説仙者，每造爲「山中七日，世上千年」之語。如言東晉之王質，入爛柯山采薪，見二童子對奕，與一物如棗核，食之不饑。局終，質歸，鄉閭已及百歲，無復時人矣。又劉晨、阮肇入天台山采藥，遇二仙女，食以胡麻飯，後指示原路歸家，子孫已七世矣。噫！此决無之理也。日月乃法象之大物，晝夜乃晦明之大界，仙人總能變幻，豈能使日月之光常明，至千百年之久而不知晝夜寒暑哉？此必不得志而厭塵事者，託爲此言，欲得如此之術以度世耳。所謂「安得山中千日酒，酩然直到太平時」。其意分明可見。

事有出于常理之外者，眩術是也。列禦寇言周穆王時，西極之國有化人來，入水火，貫金石，反山川，移城邑，此雖眩術，實乃寓言耳。然史記言西域條枝國善眩，又言安息王以黎軒國善眩人獻于漢。蓋自漢武帝通西域，其術始入中國焉。按，眩字旁從眼目之目，爲其有迷眼法耳。凡呑刀吐火，植瓜種花，屠人截馬，變化萬狀，總之一迷眼法也。所可異者，吾眼眸子瞭然，視物炯然，胡爲乎此術能遮掩其光明哉？故曰出于常理之外也。孔子不語怪，此其一端矣。或曰：「子不信神仙，若此者其謂之何？」余曰：「昔左元放能令市人皆變形，皇初平能叱白石皆成羊，我朝則冷啓敬之擧身遁于瓶中，哈立麻之金花生于樹上，此等在吾儒不欲觀，亦不必知也。然能眩人之目于一時者，是彼之術也；而乃謂其術且能長生久視，凋三光而不死，豈不失之虚誕乎？既死而加以尸解坐化之美名，是求其説而不得，又從而爲之辭也。蓋至此而人之目，終不可得而眩矣。顔師古曰眩與幻同妖術也。」

城隍神，祀典無之，吴越有之。此唐李陽水〔二〕縉雲禱雨有應之記也。江右列郡後殿，配以灌嬰，此元吴澂江州城隍廟之記也。神有姓名，大率昉于搜神記，如江瀆楚屈原、河瀆漢陳平、文昌星張亞子之類。至我朝洪武三年庚戌，詔天下城隍盡去公、侯、伯封號，止稱某府州縣城隍之神。乃毁塑像，用其土坭壁，以繪雲山。迨永樂間，有南海周新者，嘗爲浙江按察使，後死于非罪，每見形于朝。一日，服緋衣立日中，上呵之，對曰：「臣周新也。上帝以臣剛直，命爲浙江城隍神，爲陛下治奸臣貪吏。」因忽不見，天顔憮然。此語具在彭森冷面寒鐵公傳。又南昌胡浩，爲南京刑部郎中，夢一使者持建昌城隍文憑授之，約以月日。至期果逝。此語具在侯甸西樵野紀，而他書並未之見，不足信也。夫朝制設官，必有黜陟。縱使命于朝廷，豈有更歷年代，而一無黜陟者乎？亦豈有既死之神，更歷年代，常聚而不散者乎？且忠肅于謙，民俗皆謂封爲京師都城隍，稽之典籍，未嘗一及其事。曩見萬曆乙未邸報，于八月二十四日以于忠肅與都城隍，同日命官行祭。其爲附會明矣。夫有城有隍，必有神以司之，今制然也。何必妄以姓名加之哉？昔包拯之知開封

〔二〕「水」當作「冰」。

也，峭直剛毅，人不敢干以私。京師爲之語曰：「關節不到有閻羅包老。」蓋以閻羅之無私，比包拯之威嚴也。今僧道之徒，因有此語，遂謂包拯之既死，直爲地府之閻羅。大都常人之情，好異喜怪，如風俗通所載鮑君、李君、石賢士之神，遠近靈異，卒歸于妄。然則神有姓名，庸有此等之類乎？同僚臨海王應豸，堅執城隍之神必有姓名，而以不傳姓名歸咎于作志者之失載，故爲之著此説焉。又洪武二十一年，始罷城隍等神之祭，而與風雲雷雨境内山川合祭于近郊之南，曰神祇壇。迄今咸遵守之。余謂此合祭天地人三界之神也。若城隍神者，既有專廟，當有專祭。有能援國初之例，奏請于朝。併各衙門土地之神，每歲定期一祭可也。詔毀聖賢及城隍塑像，載在令甲，可考也。不知何時復以城隍神摶土爲之，京師亦然。先聖之像亦間有存者，殊失神而明之之義。噫！知畏城隍，而不畏詔旨，不忍于毀神像，而顧忍于違詔旨，皆余所不解也。又各衙門土地之神，皆用土偶。而田叔禾西湖志餘載閩之興化陳文龍，爲太學生時，夢太學土神岳侯請交代。蓋太學乃忠武王故宅也，自謂必死于此。厥後登鼎元，官宣撫。宋亡被俘，拘縶太學。病革，語友曰：「吾得無爲太學土神乎？」夫以忠武之精忠、文龍之節義，即使爲神，必當膺專城執法之任，而乃止于一土神耶？不知居土神之上者，果何等人耶？此其爲附會誕妄，吾不信之矣。且像設起于〔二〕教，姚燧謂北史有云：「敢有造泥人、銅人者，門誅。」北朝且然，今堂堂大國，相率而拜泥人，少有知識者，能不赧顏愧汗也哉？又況所塑者，耳目鬚眉，長短豐瘠，工人隨意信手而爲之，不過取具觀美而已。凡冥間之神，皆當換形變貌，以就工人之巧拙也。神必不然也。蓋一毛不似，即非其人，則凡書院之塑像，影堂之畫像，皆可類推矣。

或曰：「世俗有事涉瞞昧不明者，面〔三〕衆詣神廟，鳴鐘擊鼓，咒于神前。其瞞昧之人，每每發狂讝語，自暴其罪，因而死亡者不少焉。非有鬼神，何以如是？」余曰：「此吾心之鬼神，人人皆有之者也。既欺此心，則其心已自不安，望見神像，懼而心驚，發狂讝語，懼心勝也。蓋非土木之鬼神能使之狂，乃由此心之鬼神畏土木之鬼神，自使之狂耳。若明理君子，既未嘗自欺其心，亦斷然不爲其惑也。噫！人而有欺，則雖名爲君子，而實與愚民無以異也，安得而不同其畏懼也哉？」或曰：「國初之馭西蕃，因俗爲治，賜以法

〔二〕此處原缺一字，當爲「胡」「夷」之類。
〔三〕「面」，當作「而」。

王、熾盛佛等號，外〔二〕以寧，何也？」余曰：「治中華之人，自有禮教，自有官法。安得以戎狄之俗爲比也。」又曰：「西方言佛，猶華言聖人，謂其善談名理也。若以佛爲不死之稱，則失其名佛之旨矣。」

嘉靖間，仁和有沈宏號蓮池者，年踰弱冠，棘闈不利，一旦無故掛儒冠而祝髮，棄青衿而披緇，乃于隔江建寺，聚僧誦經。區區老衲無異常人，非喪心病狂，何以至此！或曰：「文中子言佛爲西方之聖人，何也？」余曰：「未嘗言佛爲中國之聖人也。佛本異端，但目爲異人可也。」

嘗考中國自黄帝時已有道法，而佛法則自漢明帝時從天竺入焉。道家至嬴秦，又別出一種，曰神仙。釋家至唐季，又別出一種，曰禪宗。今觀史記太史談序六家，而止有道家；班固藝文志則依劉歆七略，而有道家、神仙家。可見禪宗則其時尚未有，釋祖則方有而未盛矣。釋本以寂滅爲教而求布施，道本以清净爲教而重符籙，若仙本以吐納爲教而煉黄白、置閨房，固已出于老莊之所不屑爲矣。若禪則謂釋氏之經論戒律，猶假

〔二〕此處原缺一字，當爲「夷」「胡」之類。

言詞；冥會頓超，便登彼岸；本體功夫，有何分别？直截簡易，有何艱難？此舉世之所群然而□[一]之者也。追觀古昔嗜仙者起于秦始皇，佞佛者極于梁武帝，諂道者莫過于魏大武拓跋燾。三君之篤信若此，固宜其長享天位，凋三光而不老矣。然而沙丘、臺城、宗愛之禍不能免也。此非前車之明鑒哉？至于禪家，皆山林之士爲之，不言不寢，兀坐窮年，置身枯槁，何異暴屍？胡不遄死，而乃作此癡騃形狀爲也？總而言之，彼四氏者，其書乃憂患之書，其人乃抑鬱無聊之人，抱負才猷，進退維谷，故託而逃焉。後世粗淺之徒，而欲假此以求延年，豈不瞀惑之甚哉！或曰：「閩有林兆恩號三教，不知三教果有合否？」余曰：「此異端之流也，悉足掛齒頰也！」

唐憲宗元和十四年正月迎佛骨，貶韓愈，明年正月以國喪書。懿宗咸通十四年正月迎佛骨，却忠諫，本年七月以國喪書。梁武帝蕭衍太清元年三月捨身于同泰寺，三年三月遂有侯景臺城之禍。元帝蕭繹承聖三年八月講老子于龍光殿，本年十一月遂有于謹江陵之禍。此奉佛奉道者非徒無益而又害之之明證也。至于餌金丹，求長生者，前車覆轍，後車

[一] 此字漫漶不清，似應爲「趨」。

蹈之，甘爲鬼朴，死而不悟，唐末諸帝是已。昔南唐主徐知誥謂其子曰：「吾服金石，始欲益壽，乃反傷生。汝宜戒之。」嗚呼！其言約而盡矣。

今人遇喪，即日具羹飯以請衆，召和尚以讚燈，則是爲羹飯忙，爲和尚忙，而死者反置之閒室，無人看守也。萬一傷其體膚，則終天之恨無所及矣。倘不得已，必葬事既畢，或斂事既畢，然後舉行羹飯之常規，可乎？若僧道，則決不可用也。

或曰：「子不信神佛矣，敢問令狐譔之逼供狀，何思明之遊酆都，柳萇地神之乳，張華博物志，漢末范友明等三事之載，皆非歟？」余曰：「此稗官小説家荒唐之言也。」或又曰：「然則阮瞻之遇冥客，干寶之記搜神，載之晉書，何也？」余曰：「晉書雜采世説、笑林，附會詼諧之事以參入之，非史體也。凡此乃儒生信道之不篤，抑或假託之以警世也者，皆不足信也。昔蘇東坡在謫所，每與客談，詼諧放蕩。有不能談者，則强之使説鬼神。或辭無有，則曰姑妄言之。又聞龍游有一學博士，欲輯爲幽怪之書，諸青衿故造妄言以戲之，輯成而剞劂焉。然則自令狐譔以下，悉此類之妄言而謬傳之者也。」

釋氏輪迴之説，至粗淺也。欲以警世之愚頑，使不敢爲惡，可也。若明理君子，豈可爲其所惑哉！最鄙俚可笑者，又有投胎託生之説，如牛僧孺載李擢託身于胡村，乃云此方別而彼即産。袁郊載圓澤託身于三峽，乃云此方死而彼即生。然則此身未死之時，彼身未生之日，胞中之兒，止有形魄而無魂氣，是死胎矣。胎既死，而能安于母之腹，有此理乎？無此理乎？蓋受孕之初，魂魄齊賦，兩不相離，安得云臨産之際始投胎以託生也？聽者不察，同聲和之，不明理矣。余因是博考載籍所記，羊祜爲李氏後身，房琯爲智永後身，張方平爲琅邪寺僧，蘇東坡爲真戒和尚，王十朋爲族叔師嚴伯成，史彌遠爲覺闍黎，馮京爲五臺僧，真西山爲草庵和尚，我朝胡尚書濙爲天池僧，鄭尚書曉爲本邑僧，凡此必緇流欲假重而妄傳之也。吾儒當辭而闢之。

水泡者，天地之一氣也，可以知生死之理焉。其始氣之聚則不得以不起，而氣顯于有形；其終氣之散則不得以不歸，而氣反于無迹。起者自起，不以前之既歸者而爲此起；歸者自歸，不以後之再起者而爲此歸。是以百千萬億，而皆無所妨，大小久暫而各隨所遇。起者其須臾也，歸者其長往也。即此以論人之死生，乃知輪迴之説妄矣。釋典云如泡影，如夢幻，如露亦如電，余以爲觀于水泡，尤親切。

嘗讀朱子感興詩，其略曰：「西方論緣業，卑卑喻群愚。號空不踐實，躓彼荆棘途。誰哉繼三聖？爲我焚其書。」蓋言無佛也。又曰：「金鼎蟠龍虎，三年養神丹。刀圭一入口，白日生羽翰。我欲往從之，脱屣諒非難。」蓋言有仙也。夫佛祖釋迦，仙祖老聃，皆異端也，皆非吾儒所當言者也。妄則俱妄，無則俱無。今乃謂佛無而仙有，何也？又語録中盛稱參同契之書，至年六十八，又與蔡元定相爲訂正，終夕不寐。然比及三年，竟爾屬纊矣。參同之説安在哉？司馬温公詩云：「太上老君頭似雪，世人浪説駐紅顔」，正中此病。由是後世往往招延方士，尋究龍虎鉛汞之術而修煉之，以求長生者，皆同聲藉口于朱子也。所係匪淺鮮矣。雖然，此詩必有爲而作也。陳子昂感遇之詩，託仙佛以爲高，朱子既言其非，而謂己之二十篇皆切于日用之實。且駐釋多家，而何北山先生亦嘗爲之駐釋，後學豈容無忌憚而輕議哉！或曰：「其旨何居？」倪元恢曰：「感興之詩，年譜不載，而自序中亦未嘗明紀年月。愚謂此必韓侂胄用事之時，沈繼祖誣論之日，難于顯言，故有所托而逃焉，而非其真欲如此也。昔者孔子發浮海居夷之嘆，今朱子亦結以『但恐逆天理，偷生詎能安』之句，豈非分明浮海居夷而不果往之意哉？信以爲真，是癡人前説夢也。若夫參同之注，本傳、行狀皆無之，附會可知矣。」或曰：「其闢佛之嚴，何也？」倪元恢曰：「佛氏之學，其後變而爲禪。當時陸象山倡爲頓悟之説，學者靡然從之。朱子目擊其非而闢之嚴，是又孟子闢楊、墨而不闢老聃、程子闢佛氏爲害尤甚之意也。我故曰謂佛爲無者，正言也。謂仙爲有者，託言也。其旨異，其理同也。」

孔子師老聃，昉于莊周。其言非一，不能悉舉。至于孔安國編次家語，小戴聖删輯禮記，司馬遷作史記老子列傳，皆出莊子之後，皆不察其誣，而同聲和之者也。以後軒渠附會，日增月盛，人皆深信以爲實然。且所謂問禮云者，朱子中庸集注亦嘗引之。今觀老聃曰：「禮者，忠信之薄而亂之首。」夫既以禮爲首亂之物，又何禮之可問乎？縱使問之，亦不過因其老于藏史，熟于典故，問其名物度數而已，又安得遽謂之師也？設使孔子果稱老聃爲龍，果自卑其道爲醯雞，則是倡天下以異端之教矣，何以謂攻異端之有害哉？蓋由莊周私淑老聃，故借重吾夫子，以尊其心所敬慕之師，而遂至假託之太過耳。且據其所言，老聃之教夫子者亦多矣，夫子受老聃之教者亦深矣。論語□〔一〕中，與吾夫子同時如子産、晏平仲、蘧伯玉之

〔一〕此處原缺一字。

賢，皆亟稱之，胡爲無一言及老聃耶？是可以識其誣矣。或曰：「孔子不闢佛、老，何也？」倪子曰：「春秋時佛教未入中國，而老聃、楊朱、墨翟，皆與孔子同時，孔子言異端而無所指，新安陳氏以鄉愿當之，爲其所嘗深惡云耳。據愚膚見，當孔子時，老子、楊墨之説未行，未嘗肆害于天下。至于孟子，亦但闢楊、墨而不闢老、莊。想老子之説，漢以前無人好之。至景帝時，竇太后始好治黄帝、老子言。明帝時，遣使之天竺，求得佛書及沙門以歸。由是天下化之，其教漸甚。故唐、宋諸儒，始倡言排之耳。以斯知孔子闢鄉愿而不闢老子，孟子闢楊、墨而不闢老、莊者，蓋目睹其害，則不得不言。其害未著，安得無故而豫爲指擿其隱，排擊其非乎？故曰孔子、孟子同道，昭代之理學盛矣。豐城楊廉録理學十五人，而首稱薛敬軒瑄；東莞陳建輯皇明通記，又謂當以曹月川端爲首；及至論定從祀，則首以河津薛敬軒瑄，繼以新會陳白沙獻章、餘干胡敬齋居仁、餘姚王陽明守仁其人也。蓋薛以復性，陳以主静，胡以爲己，王以致良知，則其所學之大概耳。至于崇仁吴康齋與弼，永豐羅一峰倫，蘭谿章楓山懋，晉江蔡虚齋清，皆淑氣間生，不可易得者。若論其著述，獨虚齋蒙引有功于周易，其餘諸公，皆未嘗釋經。濂溪、明道亦然，聖賢不專在此也。雖然，從祀四公，白沙、陽明，人疑其近于禪；敬軒、敬齋，篤實有餘而光輝未著。遽以之接朱子聞知之統，或者其有遺議歟？易曰：『雲從龍，風從虎。』蓋從之未衆，其道尚孤也，薛、胡以之。」又曰：「從祀位次，當論其年。今觀郭氏聖門人物志，乃躋陽明于陳、胡之上，非也。後有制作者，不可不一正之。」

王文成之爲人，古所稱三不朽，彼以一身併包之；今所稱三大擔，彼以一身負荷之，可謂本朝第一流人物也。然三者之中，獨講學有遺議焉。王氏願爲朱子忠臣矣，余亦願爲王氏忠臣，可乎？王氏以致良知爲簡易，以讀書窮理爲支離，且「良知」二字，昉于孟子，其言孩提皆有良知，及既長而反有不知者，氣稟之昏，物欲之蔽也。非讀書窮理，何以啓其昏、開其蔽乎？又倣程篁墩道一編之意，輯爲朱子晚年定論一書，謂其深自咎悔，難贖自誑誑人之罪。不知此朱子謙己誨人之詞耳。觀其易簀前三日，改誠意之注；而易簀之旦，門人侍疾者請教，但答曰堅苦問學而已，無他言也。乃謂其晚年自悔道問學而專主尊德性，可乎？況其書未必皆晚年筆乎？且德性學問，朱子嘗言大小相資，首尾相應者也。設使晚年果悔，亦必由早年從事問學，方能覺悟而知之。倘生出胞胎，目未嘗見書册，則雖至明至睿者，何由有晚年之悔乎？觀于傳習録立志説内考諸古訓一條，尤可見矣。且王氏必欲如三皇五帝，先天以開人耶？抑欲賢于孔子、孟子耶？孔子適周，則問禮問樂；訓伯魚則學詩學禮。子路云何必讀書，則深惡其佞。故其言曰：「學而不思則罔，思而不學則殆」，是已。孟子以孩提之愛親敬長爲良知，以不失赤子之心爲大人，以博學詳説爲反約，故其言萬世無弊。今闢朱子，是闢孔、孟也。不然，釋迦之不立文字，面壁默坐，以覺而得，以聞而入，以思與修落在第二三者，將爲至教也耶？我故曰：「陸象山之先立其大也，陳白沙之勿忘勿助也，王陽明之致良知也，皆執孟子之一端，乃遂以六經爲我注脚，糟粕而弁髦之者也。雖曰非禪學，吾不信矣。」又曰：「增城湛甘泉教人，每言隨處體認天理爲學問之要，自今觀之，陽明之虚，不若甘泉之實。」後學庶有所依據也。

王文成壯年讀書陽明洞，友人來訪，凡在□〔一〕之事，□〔二〕先知焉。既而悔曰：「此簸

〔一〕此處原缺一字。
〔二〕此處原缺一字。

弄精神，非儒者事。」□□□□〔二〕異，以爲非陽明不能。余曰：「是不難。邵堯夫病革時，二程諸公咸集廳上議後事，他皆得聞之。非惟堯夫爲然也，程子訪隱者董五經于山舍，董曰：『先生欲來，信息甚大，而發言舉足皆已豫知之。』非惟五經爲然也，今世邪術之徒，商陸之神，耳報之法，平日所爲莫不輒知之。嘗觀堯夫謂伊川不知雷所起處，伊川答曰：『起處起。』邵乃矍然嘆服。夫以堯夫豪傑之才，加倍之數，二程尚不貴其術，况其他乎？在聖門之論，則曰：至誠之道可以前知，其或繼周者，雖百世可知也。所謂知來者如此。彼謂孔子以秦誓繼周書，爲前知秦之代周者。此讖緯術數之流，何以爲孔子！」

今人從師，必其工舉業而善時義者也，不然即博物洽聞，能爲古文詞，人亦以爲淒風之絺綌，非其時莫之從矣。然自古講學之師，動稱門弟子千餘人，其間爲師，或有登甲榜，據要津者，則凡浮誇之子，速化之夫，名爲從師，實欲藉以干進，不足駭異。然亦有布衣聚徒，如元時吾邑許白雲先生，專講聖賢之學，不教科舉之文。史稱其幽、冀、齊、魯、荆、揚、吴、越，從學之士，皆百舍重趼而至。當時户屨之多，無踰于先

〔二〕此處原缺四字。

生者。抑又何也？嘗諦思之。我朝陽明講學，天下響應。迨張江陵議禁之，遂使天下視講學如仇讐，切齒而唾罵焉。不以爲僞學，則以爲弔詭矣。嗚呼！學之不講，尼父憂之。朋友相聚，不講聖賢之學，將講異端清虚寂滅，策士權謀術數之學乎？抑亦講世俗聲色貨利之學乎？蓋嘗論之：世之講學者，白雲、陽明，遇其時者也。江陵以來，不遇其時者也。聖賢之道，無時不然。而人之講學，則有遇有不遇耳。噫！此可以觀世變矣。

由孔子至于孟子，百有餘歲。若顔淵、曾參，則見而知之，若孟子則聞而知之。由孟子至于周子，千四百有餘歲。若樂正子則見而知之，若周子則聞而知之。由周子至于朱子，未及百年也。若二程子則見而知之，若朱子則聞而知之。聖賢之興，有遲有速。天之所生，不偶然也。由朱子而來至于今，四百有餘歲。見而知之者，則蔡季通、黄直卿是矣。而聞知朱子者，尚未得人。不知天意將何如哉？奈之何今天下學者溺于佛教久矣！佛者，戎狄也。□□□□□□〔一〕不可也。國之戎狄有形，易治；

〔一〕此處原缺六字。

心之戎狄無形，難治。然治之不容一日緩者。故余每焚香祝天，願天早生聖賢，接吾道聞知之統也。

倪元恢曰：「余生遠鄉，素乏師傳。習讀四書，取法孟子。嘗于刻集中，見今之講學者談禪説釋，茫無下手，杳無歸宿，直是夢語而已。余所學者，惟以爲己爲基本，以人倫爲踐實，以義利分明，言行相顧爲功夫，而總之則以真之一字爲成始成終之要焉。詩云：『夙興夜寐，無忝爾所生。』余每於嚮晦獨寢之時，檢點晝之所爲，乃知無心之失，太過不及之弊，無日無之。雖痛加克治，而氣拘物蔽，既去復來，誠有難爲力者。故吾人之學，必以孔、孟爲法，競競業業，死而後已，以求無忝所生可也。」又曰：「學之真僞，在爲己爲人之分而已。彼欲急人知而名者，乃爲學之大病也，不可與論學也。」〔一〕

閑道録卷之十八終

〔一〕以下原缺。

閑道録卷之十九

宣城沈壽民耕巖纂輯
孫　廷璐編次
後學　梅予摶校梓

詩

謝自然詩

韓愈

果州南充縣，寒女謝自然。童騃無所識，但聞有神仙。輕生學其術，乃在金泉山。繁華縈慕絶，父母慈愛捐。凝心感魑魅，慌惚難具言。一朝坐空室，雲霧生其間。如聆笙竽韻，來自冥冥天。白日變幽晦，蕭蕭風景寒。簷楹蹔明滅，五色光屬聯。觀者徒傾駭，躑躅詎敢前。須臾自輕舉，飄若風中烟。茫茫八紘大，影響無由緣。里胥上其事，郡守驚且嘆。驅車領官吏，甿俗争相先。入門無所見，冠履如蜕蟬。皆云神仙事，灼灼信可傳。余聞古夏后，象物知神姦。山林民可入，魍魎莫逢旃。逶迤不復振，後世恣欺謾。幽明紛雜亂，人鬼更相殘。秦皇雖篤奸，漢武洪其源。自從二主來，此禍竟連連。木石生怪變，狐狸騁妖患。莫能盡性命，安得更長延。人生處萬類，知識最爲賢。奈何不自信，反欲從物遷。往者不可悔，孤魂抱深冤。來者猶可誡，余言豈空文！人生有常理，男女各有倫。寒衣及飢食，在紡績畊耘。下以保子姓，上以奉君親。苟異於此道，皆爲棄其身。噫乎彼寒女，永託異物群。感傷遂成詩，昧者宜書紳。

誰氏子

非癡非狂誰氏子，去入王屋稱道士。白頭老母遮門啼，挽斷衫袖留不止。翠眉新婦年二十，載送還家哭穿市。或云欲學吹鳳笙，所慕靈妃媲蕭史。又云時俗輕尋常，力行險怪取貴仕。神仙雖然有傳説，智者盡知其妄矣。聖君賢相安可欺，乾死窮山竟何似！嗚呼余心誠愷弟，願往教誨究終始。罰一勸百政之經，不從而誅未晚耳。誰其友親能哀憐？寫吾此詩持送似。

學仙

張籍字文昌。和州人。唐國子司業。

樓觀開朱門，木樹連房廊。中有學仙人，少年休穀糧。高冠如芙蓉，霞月被衣裳。六時朝上清，佩玉紛鏘鏘。自言天老書，秘覆雲錦囊。百年度一人，妄泄有災殃。每占有仙相，然後傳此方。先生坐中堂，弟子跪四厢。金刀截身髪，結誓焚靈香。弟子得其訣，清齋入空房。守神保元氣，動息隨天罡。爐燒丹砂盡，晝夜候火光。藥成既服食，計日乘鸞凰。虚空無靈應，終歲安所望。勤勞不能成，疑慮積心腸。虚羸生疾疹，壽命多夭傷。身殁懼人見，夜埋山谷傍。求道慕靈異，不如守尋常。先生〔一〕知其非，戒之在國章。

〔一〕生，通作「王」，當从。

求仙行

漢皇欲作飛仙子，年年采藥東海裏。蓬萊無路海無邊，方士舟中相枕死。招摇在天囚白日，甘泉玉樹無仙實。九皇真人終不下，空向離宫祠太乙。丹田有氣凝素華，君能保之昇絳霞。

劉潛夫

嘲求仙

但聞方士騰空去，不見童男入海回。無藥能留黄帝在，有人曾哭老聃來。

方孝孺

題漢中三寺佛放光

三寺神燈古有名，我來惟見月華清。非關佛日今宵歇，應避文星不敢明。

丘濬

王初陽尚書致政家居，以姚少師道餘録見示，意欲予爲之分析。書此復之。

儒生不讀佛家書，道本無虧豈有餘。請問前朝劉太保，西來作用竟何如？

費宏號鵝湖。江西鉛山人。明大學士。

過靈濟宫

匹馬春風困馳逐，巍然仙宫驚在目。簷牙高啄總塗金，殿趾重鋪皆砌玉。雕牆畫壁擁周遭，梔茜爲泥間青緑。諸天相去僅尺五，世界依稀藏一粟。黿趺屹屹載穹碑，揩眼含辛三四讀。乃云二闕在清都，能與蒼生造冥福。誰知無益只勞民，敲骨捶髓心剜肉。神輸鬼運未應難，即使爲之當夜哭。憶昔鳩工庀材日，健卒頳肩車折軸。是時秦晉正苦饑，不雨經時巫可暴。爺娘食子夫食妻，米石寧論錢一斛。地下真應有劫灰，人間忍見生妖木。星摇石語皆緣此，下土狂夫謂神酷。誰能因鬼見上帝，移椽往覆逃亡屋。百金可惜臺可無，薄已憂民除秘祝。歸來偶讀漢文紀，稽首吾君繼芳躅。

李夢陽

冬日靈濟宫十六韻

貝闕崑崙外，浮生此路疑。蓬萊移舊國，塵世出瑶池。蕞爾雙仙迹，飛騰後晉時。論功竟恍惚，讖兆且逶迤。慫恿精靈託，呼嘘霹靂隨。先皇親議號，繼聖必修辭。爵陟王侯上，尊同帝者師。龍襦分内錦，宫女準昭儀。雨露宫城切，星辰天仗移。琳瑯摇繡栱，松柏蔭丹墀。瓶内金花踊，龕前紫凰垂。晴還日月秘，暝則鬼神悲。玉鼎推龍虎，瑶編述姹兒。漢惟欒大顯，秦竟羨門欺。五帝非無術，千齡今見誰？累朝盟誓册，玉櫝少人知。

吴宗周

登天界寺

餞行天界寺，偕上毘盧閣。鄰寺塔最高，此閣過尺弱。矯首望皇家，卿雲紛漠漠。群山拳石蘿，長江浮木末。開拓窮壯麗，金碧相輝曜。中人萬家産，茅茨泣霜葛。於世竟何補？竭力事營作。長嘯憶昌黎，餘音振寥廓。

感興

方寸萬善備，聖愚均此心。德業配天地，擴充由自任。吾儒經世法，墳典昭日星。舉措得要領，雍熙迭相承。捨此崇釋老，覆轍端可徵。道君終北狩，賣豎死臺城。亦有周天元，昏德尤可矜。偏崇懼爲祟，敬復同一誠。周隋掄國祚，不見相繩繩。媚子本求福，胡爲禍因仍。此皆雜異教，身亡國亦傾。假令純用之，治道焉所憑？彼既滅倫理，綱紀安從生。人類日消滅，物卉盈乾坤。縱成仙與佛，何捄世邅迍。誰爲三教説，心體全瞢惛。太陽與燐光，何可以等倫。萬物貴實用，虚無安足云。頑庸與何誅，惻惻悲高明。聖賢千萬語，徒爾誨諄諄。感極成浩嘆，狂詞聊重陳。

弔西川朱光正

佛法入中國，最後亢老莊。並與儒争衡，何翅聊相當。力排賴昌黎，吾道回耿光。卓哉耕樂翁，崛起鼇叢鄉。書史僅涉獵，邪正分蕕薌。絶口老與釋，百行表一方。此翁亦閑散，頽流孰爲防。此翁今不作，天地徒茫茫。

馮元飈字鄴仙。慈谿人。明。

首善書院感舊之作

維貞皇帝神授符，赫然浹月追黄虞。君臣羞道桓文事，詔出明光徵大儒。有臣元標首應詔，誰並進者臣從吾。一時諸儒相繼入，王道蕩蕩民所趨。貞皇雖逝嗣王少，譬之日出時未晡。聰明要自天所植，鬼子未向人揶揄。諸儒謂可睹上治，一往霍霍開荒蕪。請爲天子建書院，揚以首善天之衢。漢唐宋代何足數，升堂入室泗與洙。當使亂臣賊子懼，如陸有軌水有桴。豈無贗鼎相錯列，能由是路亦吾徒。越歲壬戌策進士，臣飈蒙與諸臣俱。二十爲學志方壯，晨起盥漱遵修途。少焉諸儒次第入，鳴鐘擊鼓聲淳于。衣冠肅對寂未語，森若披古賢聖圖。儒者寧盡闊世務，憂天往往多訏謨。有時抵掌説忠孝，秋風蕭颯吹眉鬚。乃知名教自足樂，照耀萬古焉可誣。鬼子見此氣沮喪，蠅聲相逐紛胡盧。讒之天子語横甚，曰宋之敗由程朱。曰今多事豺虎亂，褒衣博帶何其迂。輔臣向高爲此懼，手自伏疏震青蒲。誰爲此言告陛下，當付之吏法當誅。天子寛仁置勿問，忍見白日舞妖狐！嗚呼諸臣死不恨，魯尼鄒孟誠何辜？長夜慘澹鬼子嘯，天地反覆無事無。乙丙之際不可説，故老欲哭徒嗟吁。丁卯八月聖人出，讒者慄慄憂頭顱。湯綱吞舟倖不死，又聞奉書東降奴〔二〕。臣飈再入問書院，門外細草閒啼烏。聖人豈不重經術，時危未暇陳蒼瑚。竊見京師富梵舍，口語以唄拜以膜。亦有高閣祀天主，譚兵治曆喧齟壺。獨使書院屏弗事，臣飈敢復惜微軀。卿雲縵縵天子都，諸儒靈爽應未徂。大道經天終有乎，幸甚爲念臣區區。

〔二〕「奉書東降奴」五字原缺，據帝京景物略卷四補。明詩綜無「湯綱吞舟倖不死，又聞奉書東降奴」二句。

吴應箕

誦經行

西方妙道超空色，福田利益渺難得。稍修其法了死生，假託往往藏奸慝。受戒嘗爲聚衆資，焚香偏使愚人惑。或言劫火當盡燒，或稱再降有彌勒。勝國昔年起無爲，豈知後來兆鼎革。近日山東來白蓮，掃除太費師武力。乃知作賊多誦經，未聞誦經多殺賊。督師楊公總六師，小醜何難滅朝食。不言兵法言佛法，亟請誦經奉詔勅。古人一言敵愾生，此舉豈不墮軍實。若使賊聞必大笑，空王何處行誅殛！臺諫那能痛哭爭，大臣吁嗟相閔嘿。予始聞言不敢信，及覽邸書增嘆息。桑門從此九重開，鬼方何必三年克。嗚呼！即使誦經安反側，世間豈有佛社稷！紙上空言尚如此，何況有骨來西域。君不見潮州刺史古錚錚，又不見龍場驛丞在正德。

閑道録卷之十九終

閑道録卷之二十

孫　廷璐編次

曾孫堦　施榮登、陳廷概校梓

補録

六世祖侍御古林先生諱□〔一〕，字思畏。嘉靖丁酉舉人。由知縣徵授監察御史，遷廣西布政司參議。以母老致政歸。郡守羅公近溪聘同貢東平受軒、梅大參宛谿主志學書院講席，學者稱古林先生。

〔一〕此處原缺一字。

明教説

老氏曰無，釋氏曰空，聖人曰時中。夫無不可以爲空，空不可以爲中。中也者，無意無必無固無我，非真無也。艮其背，不獲其身，行其庭，不見其人，非真空也。無而不滅其性，空而不夷其倫。孰大而孰小，孰得而孰失，君子當自取衷焉而已矣。

先大父徵君貞文先生

諱□□〔一〕字眉生，號耕巖。崇禎丙子舉賢良方正，入都，不就銓選。三疏抗論兵部尚書楊嗣昌軼倫誤國，不報。歸隱深山。鼎革後，足迹不入城市三十年。門人私謚貞文先生。

復劉根生

道隱風義堅迴，故吾友爇地一流。其不得志于時，遯而之釋，何損吾道？然必沉湎禪寂助流揚波，以道德文章事功經濟，並後來增加之藉，一切掃去，毋乃君臣父子夫婦昆

〔一〕此處原缺二字，當爲「崑銅」。

弟朋友悉强設乎？白沙學術，先正彈射無遺力，其恐名教我壞等語，要亦體面籠束，究非由衷。同時一峰、立齋俱其石交，而其學必不與之合，况他哉！今之崇虚而喪真者多矣，厥驗亦已著矣。如醉如囈，了無棲泊。此屬何足貴，但願賢者慎所往耳。

答陳仲獻

二氏紛起，釋害尤甚。髡而緇者何足責？儒冠一群，借徑魯鄒，投身天竺。名人貴仕前倡之，闔夫下里踵效之。焰彌于天壤，毒中于膏肓。僕故輯有閑道一録，頗爲吾道張赤幟，爲斯人發沉矇。而寥落寡徒，敝郡自杜朋李、吴雨若、梅子翔二三子外，鮮可語者。餘悉堅壁拒境，自居强大。否亦貌笑口順，神不偕來。蓋先聖數仞之宫墻，至是破决頹圮，爲荆莽極矣。安得同心十數輩參錯天下，併力撑拄，豈非反經鋤慝一大助！近時譚理講學，人自專門，目不識有闕里之藩垣，謬云深入堂奥，真可怪駭。其最禍人心術者，三教一原之説，蠱及萬世。按以春秋家法，弑君與父，厥罪同科，斷斷宜服上刑，難曲貸者也。二氏之擬尼山，何但霄壤，儼然列之爲教而竟三之，妄推厥原而又一之。然則一塿一垤，可並嵩、岱稱嶽；一潢一澗，可並江、淮稱瀆，有是理乎？然則紫之奪朱，謂無異朱；鄭之亂雅，謂無異雅，有是理乎？反倫賊意，憑兹作俑，恨不急就賢者而與之剖露吾胸臆。恐卒然不諱，則鬱抑莫吐，與長逝者魂魄俱無窮。足下其如我何？我更如足下何？忽忽把牘千言，崇黜誅賞，不約以合。天祚吾道而以足下貺先師也，抑天憫吾道而以足下掖不佞也？奮踊壯厲，積弱頓起，所謂痛心力辯，漸次成篇者。好音東來，望不時飛寄，便得采登鄙録，流聲不朽。僕老矣，六十之年，彈指加二；浮齡如借，一擲不還。不幸而與金、許定宇諸公同其遇，蹈高踏厚，什百倍之。仁山易簀之歲七十二，其以前編授白雲也，曰：「他日或能爲我傳此書。」僕敢媿齒仁山哉！萬一有之，亦十易寒暑耳。但願近著早示，次第摭羅，以卒吾業。縱朝夕謝世，如得甘寢，書之傳與不傳，又白雲他日事也。遑豫計焉。後半未録

與胡白水

古老披緇計決，亦學焉而得其性之所近耳。三生之説，本係邪旨，吾儒何得沾沾口

頰！弟閑道一録，平生心力在此。惜家貧力弱，未能録布。若早繕寫行世，亦應救得高明一半。吾孔吾孟，至今日而爲入室者操戈反向久矣。一二同志好友，操見各別，他奚望哉？

書趙文肅集後

趙大洲貞吉以剛忠英偉之節，百挫不回，而見道未明。平日持論，至謂二氏學通吾儒，必出世乃可經世。道汴，遊嵩高、抱犢、伏牛諸山。巡撫蔡公汝南，逆而問學，公遂列爲圖，明三教之所繇起，曰：「儒者見之曰儒，僊者見之曰僊，佛者見之曰佛，其實一也。」晚更擬作二通，遺諸門人。內篇曰經世通，外篇曰出世通。內通之門八部，而百代九流之緒以備；外通之門四部，而頓漸半圓之旨以悉。開局編述，爲文祭諸聖賢，告始事，略曰：「身居臣子之地，每懷經世之憂；心慕道德之門，時發出世之願。」又曰：「經世者不礙出世之體，出世者不忘經世之用，然後千聖一心，萬古一道。」語具公內外篇都序及貽曾巡撫書中。論者稱其問學淵源，上探堯、孔之微，而并包逮于伯陽、子羽，爰達泥洹，其古之慱大人哉！嗚呼！大則大矣，殆于至道，猶有間也。夫三教决不可並提，老釋與吾儒决不可並位。予平生著論章明，玆不復贅。獨惜賢如文肅，而迷蔽失寤至此，他誰咎哉！其亦濫觴于傳習録，而流而忘返耶？謂姚江不禪學，吾不信也。

書吴石岡先生傳

吴子肅公撰次其先世石岡公傳。姑山氏讀之而書其後曰：「明諸儒昭世史者，澠池、河津兩公始也，而余不謂然也，正學先生先之矣。其録宣乘者，貢東平及我曾大父古林公始也，而余不謂然也，石岡先生先之矣。正學，洪武中人推程、朱復出，曹、薛故其後起。石岡第泰陵之世，時吾鄉無有以理學鳴者。更數十年，而乃逢嘉靖之盛耳。兩先生矗立一代，於家於官，行業斬斬，至毅然閑聖道，闢邪説，力剛以大，略無回阻。今遺集具在，前有孟、韓，後有方、吴，何忝哉！夫三教之習稱而惘察也。舉世以爲當然，而仲尼之徒之所痛嫉而深耻也。天下有大本三，父生之，君治之，師教之而已。吾有父而吾父之，吾父焉爾，而覆謂他人乎父？稱人子乎？吾有君而吾君之，吾君焉爾，而覆謂他人乎君？稱人臣乎？夫孔子者，萬世一人，亦萬世一師而已矣。少而習其書，老而莫踰其軌，譬諸五穀布帛，必不能一日去人之口體，譬諸天之高、地之厚，日月之明，必不能一人外乎覆載之中、照臨之下。道至著也，事至切也，抑衛至嚴也，有何虛無寂滅，叛經絶倫之屬，足以分席而抗之，而又何教克並齒之！父無二父，君無二君，師有二師乎哉？然則世之儒名墨行，妄援佛老，合轍先聖者，皆不免鄉愿亂德之惡，朱、翟禽獸之誅者也。石岡先生之守臨也，治迹卓然，余尤以易三教坊爲崇儒闢攷體甚大，臨志宜載勿載。而吾宣近志，粗列羅盱江往事，闢志學書院延東平及先古林數公講學其中，是矣。復迎金陵僧守愚，開堂景德寺，何耶？可以勿載而載者也。」

昔者詩十首示諸兒 摘十首之一

昔者李唐傅太史，觝排邪説洶人豪。上繼鄒公距頑獸，下啓韓伯回狂濤。蕭瑀請誅還自孽，妖□〔一〕妄咒何能撓！手集高篇署高識，殷勤戒子慎所操。吾編閑道亦如此，既菑終播視汝曹。方今儒冠不儒顧，歸楊歸墨巧逋逃。唐傅奕集晉魏以來與佛議駁者爲高識篇，貽其子

〔一〕此處原缺一字，據詩意及新唐書傅奕傳，當作「胡」。

戒以但習六經名教言。妖□〔二〕之法，慎勿爲。

古興六首戲謝諸公見邀智者寺聽講

餐松人去寶臺荒，饕餮龍蛇混此堂。不是國師還語戒，驅人北面學蕭梁。金華志：「智者國師辟穀苦行，惟食松柏，梁武北面受戒。」

逢時巧衲偶山庭，升座談高鬧未寧。豈是代唐彌勒出，神州遍解大雲經。浮屠法明等撰大雲經上武后，謂后乃彌勒下生，當代唐爲主。勅兩京諸州使僧升高座講解。

江上小堂帶月棲，浪傳青社白蓮齊。留衣不恕潮州守，那得鸞溪效虎溪。濂溪青林社事爲釋氏盛傳，陳用揚先生有辯。

大官側立爛如雲，偃蹇吾儕莫亂群。法寶若還無定力，愁將高座海陵聞。海陵杖法寶事，見金史張通古傳。

年前説法又維揚，一輩汪黄會食長。被甲官家何處去，傷心忍道雨花香。甲申，馬、阮

〔二〕此處原缺一字，當作「胡」。

延僧三昧講法天界寺，與宋汪、黄一轍。

相將呂富竟誰趨，佛者開堂聽者儒。獨樂園中人在否？却教何地覓堯夫。富公偕晦叔欲聽僧修顒説法，温公亟見康節，請往止之。

先大父力排二氏，其著論見之于詩文者，不一而足。詩已謹登七首而有不能盡載者。謹摘句于左，庶後之覽者有考焉。孫廷璐附識。

放歌别周鹿溪有云：「玉芝滿谷不愛僊，疏鐘滿雲不愛禪，洙則有源泗有泉，願乘赤麟追騫淵。」壽杜涇野有云：「明明厚地不肯踐，駕還梯空烏在乎？倒翻經文我注脚，混并孔域走聃瞿。公然皋比聯三幟，嗔韓笑孟真騃愚。」譚老七十歌有云：「譚老大噱何區區，鼎内龍虎事有無。浮丘、廣成即今在，吾不屈曲希汝徒。」又云：「乃信不死孔與孟，愚莫僊人智莫聖。山頭力盡鍊九陽，何似人間勅百行。」河上篇贈静公有云：「誰家幢幟插雲高，孔鼓不攻還扶獎。街東街西徧講説，南宗北宗競標榜。就中臨濟波動地，突户排疆尤攘攘。手提大棒口鬪鋒，誘壓儒甿群倒穎。我叩道人哂弗應，定耻虚空蹋平壤。」街南賣藥行爲吴雨若賦有云：「壺中老翁那足數，大道不登怪與僊。」又云：「公然肓下膏之上，二氏闌入穴其間。男號女呶狂滿路，心腸換易矧形顏。」又云：「請生厲鍼砭石更施手，當年夜約莫輕捐。」答歐公見示梅花詩有云：「上人擲簡何爲者，珍重梅花偏品題。却笑本師文膽大，來尋懶鬪老昌黎。」有感寄湛公有云：「百年垂死難徼佛，萬卷分看好賦詩。」

隨記

神農時，申政令曰：「惟天下生民，惟君奉天，惟食、喪、祭，衣服教化，一歸于正。林林生人，無亂政典。」

黃帝命天中建皇極，行六禁于天下，預闕其肇而隄其隤，乃下教曰：「聲禁重，色禁重，衣禁重，音禁重，味禁重，室禁重，國無衺教，市無淫貨，地無曠土，官無濫士，邑無游民。山不童，澤不涸，是致正道。官有常職，民有常業，夫子不比恩，兄弟不去義，夫婦不廢情，鳥獸草木不失其長，鰥寡孤獨各有養也。」

少昊氏衰，玄都九黎實亂天德，賢鬼而廢人。惟龜策之從，謀臣不用。喆士在外，家爲史巫。無有質要，方可類聚，物不群分。明禋于祀，神可私狎。嘉生不降，無物以享。禍災薦臻，不盡其氣。鬼神龜策，不足以舉勝。左右背卿，不足以專戰，於是顓頊舉師征之而滅其國。

汲冢周書并六韜俱謂玄都忠臣無禄，神巫用國而亡。所謂國將亡聽于神。此類非耶？

夏后孔甲即位，好事鬼神，肆行淫亂。作破斧之歌，是爲東音。諸侯化之，夏政始衰。

大紀論曰：「先儒謂商人尚神，余初疑之。及觀湯誥盤庚之文，然後知聖人以神道設教，非如末世及戎教之妄誕也。行妄誕而能成事者，未之有也。」論盤庚遷殷後

沈朝陽曰：「按，金氏前編，載列子穆王西遊化人之説，但莊、列多寓言，非有實事，豈可紀之信史，以滋後世之惑！故削而不録。」紀事前編穆王西征後

周惠王十五年秋七月，有神降于莘，王問于内史過曰：「是何神也？」對曰：「國之將興，明神降之，監其德也。將亡，神又降之，觀其惡也。故有得神以興，亦有以亡。

虞、夏、商、周皆有之。」王曰：「若之何？」對曰：「以其物享焉。其至之日，亦其物也。」王從之。内史過往，聞虢請于神，求賜土田之命。反曰：「虢必亡矣。」虐而聽于神，神居莘六月，虢公使祝應宗區史嚚享焉。神賜之土田。史嚚曰：「虢其亡乎！吾聞之，國將興，聽于民；國將亡，聽于神。神，聰明正直而一者也，依人而行。虢多涼德，其何土之能得？」晉師入，滅之。

周惠王二十二年冬，晉人復假道于虞以代虢。宫之奇諫，虞公曰：「吾享祀豐潔，神必據我。」對曰：「臣聞之，鬼神非人實親，惟德是依。故周書曰：『皇天無親，惟德是輔。』又曰：『黍稷非馨，明德惟馨。』又曰：『民不易物，惟德繄物。』如是則非德民不和：神不享矣。神所馮依，將在德矣。若晉取虞而明德以薦馨，神其吐之乎？」弗聽。許晉使。晉遂襲虞，滅之。

武帝時，少翁以鬼神方見上。上所幸李夫人死，能致見之。拜文成將軍。又勸上爲臺室，置祭具而致天神。歲餘，方益衰。乃爲帛書飯牛，佯不知。言曰：「此牛腹中有奇。」殺視得書言甚怪。天子識其手書，誅之。後頗悔其方不盡。有欒大見上，驗小方，鬭碁，碁能自擊。上方憂河決，而作黄金不就。大詐言往來海上，見安期、羨門之屬，言黄金可成，河決可塞，不死之藥可得，僊人可致也。然須貴其使者，令爲親屬，以客禮待之，乃可使通言。上拜大爲五利將軍，佩玉印，平立受之，示不臣。封侯尚主，貴震天下。使夜祠神，神未至而百鬼集，後竟坐誣罔誅。

憲宗晚好神僊，詔求方士。李道古薦柳泌能合長生藥。召之。泌言天台多靈草，誠得爲彼長吏，庶幾可求。乃以泌三知台州刺史。諫官争論，以爲人主喜方士，未有使臨民者。上曰：「煩一州之力，而能爲人主致長生，臣子何愛焉？」藥成服之，多躁急，暴崩中和殿。柳泌伏誅，李道古亦貶。

顔茂猷曰：「方士敢誑主上者，非無奇術，然如技之易窮何！且天地神明，自不容一狐質假託大道，浪享富貴也。我朝如王臣、李廣、李子龍等，皆以妖術獲誅，烏有能自脱哉！」

唐韋正貫，字公理，爲嶺南節度使。南海賈舶始至，大帥必取象犀明珠上珍，而售以下直。正貫既至，無所取。吏咨其清。南方風俗右鬼，正貫毀淫祠，教民無妄祈。會海水

溢，人争咎撤祠事，以爲神不猒。正貫登城，沃酒以誓曰：「不當神意，長人任其咎，無逮下民。」俄而水去，民乃信之。唐書

南唐時，齊王李景達好神僊修錬之事。記室徐鍇獻述僊賦以諷，遂絶所好。又諸王大臣皆喜浮屠，獨江王景遏非毁佛書，專以六經名教爲事。南唐書

南唐李平好神僊修養之事，而動多怪妄。自言僊人神鬼嘗與通接。潘佑亦好僊，平因與親善之，言佑父處常今已爲僊官，而已與佑，亦僊官也。家置静室，人莫能窺。既而壞法殃民，後主收平下大理，平縊于獄。并收佑，佑自剄。南唐書

明太祖嘗使人察聽將官家，有女僧引華高、胡大海妻敬奉西僧，行金天教法。太祖怒，將二家婦人及僧投于水。劉辰國初事迹記

景泰四年八月，工科給事中徐廷章條上七事，其六禁諂瀆。京師每節序，男婦雜踏寺觀，淫穢敗倫，乞懇榜禁約。今言

萬暦七年二月，上患疹。慈聖太后命僧于戒壇設法度衆。張居正上言：「戒壇奉皇祖之命，禁止至今。以當時僧衆數萬，恐生變敗俗也。今豈宜又開此端！聖躬遠豫，惟告謝

郊廟社稷，斯名正言順，神人胥悦，何必開戒壇而後爲福哉。」事遂寢。

萬曆九年夏四月辛亥，上御文華殿。張居正上言曰：「江南北大旱，河南風災，畿内不雨，勢將蠲賑。惟皇上量入爲出，加意撙節。如宮費及服御，可減者減之，賞賚可裁者裁之。至若施緇黃，不如予吾赤子也。」上曰：「然。」

萬曆二十九年二月，天津税監馬堂，進大西洋利瑪竇方物。禮部言大西洋不載會典，真僞不可知。且所貢天主女圖，既屬不經，而囊有神僊骨等物。夫僊則飛昇，安得有骨？韓愈謂凶穢之餘，不宜令入宮禁，宜量給冠帶，令還，勿潛住京師。不報。

崇禎十二年四月，時上頗于内庭建設齋醮。禮科給事中姜埰上言：「宗社之安危，必非佛氏之禍福。正德初年，遣大監劉允誠馳驅西域，可爲鑒戒。」山西道御史廖惟義亦言之。不聽。

崇禎十二年六月，禮部尚書林欲楫，欲覈僧道贍地，毁淫祠，括絶田，助餉。以上並明史紀事本末

儒教實，以其實實天下之虛。禪教虛，以其虛虛天下之實。陳白沙詩曰：「六經皆在

虛無裏」，是欲率古今天下而入禪教也。豈儒者之學哉！

東坡議學校貢舉書，斥士大夫主佛老之爲非。又策問云：「天子有七廟，今又飾佛老之宮，而爲之祠，固已過矣。又使大臣兼官以領之，歲給費以鉅萬計，此何爲者耶？其言與佛骨表何異！又作勝相院，謂治其學者，大抵設械以應敵，匿形以逃敗。窘則推墮滉漾中，不可捕捉，如是而已矣。」此數句，盡古今禪學自欺欺人之病。然東坡于禪學，深入冥契，而其言如此，何也？蓋其與世不合，姑以消其不平。莊子云：「因之以曼衍，所以窮年也。」殆東坡之謂乎！又賀坤成節表：「放億萬之羽毛，未若消兵以全赤子；飯無數之緇褐，不如散廩以活饑民。」

林靈素作神霄録，自公卿以下，群造其廬拜受之。獨李綱、傅崧卿、魯機移疾不行。元孛术魯翀不拜西僧國師。偉哉四公也！近有爲宗伯執香爐于道場，又有横玉三公而拜狸奴者。吁！異哉！以上並楊升庵外集

肯周濟貧親戚，或助人婚嫁，或代完官贖，却不做佛事，不修建庵觀。總此一佛，寺宇已多，何必更建！近日私建私度尤盛。將來必有一僧難存、是庵皆毀之慮。留心佛法者不可不知。〇大梁周坦然

觀宅四十吉祥相之一。

元儒謂儒如五穀，不可一日缺。是也。佛老猶珷玞耳，豈足以比金玉？隋儒謂佛如日，老如月，吾儒如五星，則謬之甚矣。吾儒如日月，佛老則彗星耳。言有似是而非者，不可以不察也。宣城王舜功給諫石溪閒筆之一

危素助教成均，順帝詔書釋氏書。素辭曰：「臣官胄監以教化民彝。外教之典，不宜書。」見宋文憲集

林俊，弘治時擢雲南按察副使。俗崇釋信鬼，鶴慶玄化寺有大佛，歲時集士女，以金泥其面。俊行部，命焚之。父老言犯之能致雹，損稼。俊與之約，積薪伺之，果雹即止。已，無驗，遂焚之。得金數百鎰，輸官償民逋。毀淫祠三百六十區，撤其材新學。

鄭紀爲國子祭酒。會萬壽節，修齋醮。禮部預取監生供事，紀以爲不可，上疏諫。

中官最信因果，好佛者衆，其墳必僧寺也。惟太監晏宏者，不知何許人，武廟時，曾鎮守陝西。與督臣王瓊同事。其墳在西山，不設佛像，止以石砌壁而鐫刻古來賢孝典故，爲勸化計，俗所稱晏公廟者是也。今經廠所貯晏公綱目板一部，宏遺物也。劉若愚見

聞雜記

一凡有故違祖宗家約，作齋打醮，用僧尼道冠，送葬往來，并家藏僧道經書者，杖四十，重罰入祠用。

一子孫有出家爲僧道，或學爲火居道士者，衆共攻之。再三誨諭。若婦女爲僧道姑，與娼優盗賊同，速殺之勿緩。

一婦人無外事，惟勤紡織。若入寺院燒香，上墳蹈青者，杖夫及男。惟送葬不禁。以上宣城吴氏家約摘

凡遇亡喪，不許輒用葷酒，及僧道齋醮之類。葬亦如之。宣城沈氏家訓摘

吴肅公字雨若，號晴巖。宣城人。石岡六世孫。

辯教上

修道之謂教。道所謂道，非吾所謂道，虛静焉耳。佛所謂修，非吾所謂修，寂悟焉耳。去禮樂，絶聖智，空苦慧定，豈足云教。乃鼎儒而三之，不亦異乎！教之三也，孰始

之？曰：其漢、晉之間乎？老子者，自喜其是，爲一家言，未嘗汲汲焉以名教也。孟子闢異端而勿之及，則其時其教未有名也。漢文、景時始表而出之，以與儒匹。佛之出也，自遠戎。懼其教之不足伸也，遂角儒、老而三焉。耻其晚也，曰：「周顯王時實生西域，與老與夫子並。」噫！孰從而徵之？且夫老氏，周史臣而中原之賢大夫也。異乎儒，猶爲近乎爾。佛，戎狄之民，且不得與老匹，況儒者乎！嘗試論之。道竊之儒，佛竊之道，曷言乎然也？老氏之徒，雖薄視乎禮樂仁義之事，而君臣父子之義，無所逃于天地之間。高語夫清静無爲之極，而實本乎性與天道之微。故其説近乎儒。佛之竊道也何居？曰：「吾嘗讀其書矣，老子曰出生入死，列子稱死生幻化，而佛有解脱之説矣。老子曰有物混成先天地生，道者强名之，而佛有假合妄身之説矣。列子曰精神入其門，骨骸返其根，我尚何存，而佛有『四大各離，妄身當在何處』之説矣。莊子曰有有也者，有無也者，有未始有夫有無也者，是無明亦無無明盡之始也，窈窈冥冥，嗒焉喪我，形若槁木，心若死灰，是面壁觀空之始也。道在薭稗、在屎溺，是庭柏、屎橛之始也。齧缺之語終而寐，子葵之七日而外物，九日而朝徹，是參悟之始也。狂屈言道而忘也，無爲謂欲答而不能也，南越榮偕來者衆也，是棒喝之始也。今惑者艷其説，以爲古未有也，而亦知襲焉者乎？譬之生子者，儒，嫡也；老氏，孽也。孽利嫡之有以自爲居矣，有盗焉，復竊而有之。佛者，盗而已。」或者曰：「老先孔子矣。佛去中國遠，安在其相竊也？」曰：「不然。儒不自孔子始，堯、舜、湯、文，皆儒也。佛書之必自佛也，吾不得而知之也。彼荒陋遠戎，語言頤指以爲教，安所著？即有，固無幾耳。皆中國之異端，聰明才辯者獵取莊、列，而緣飾以以〔二〕成之者也。秦之火，有鬻子、亢倉子、關尹子，士之托空名以傳者比比，而況其莫可辯，莫可徵焉者！世不察以爲信，亦已惑矣。嗟夫！術之異而教之紛，何時而已乎？君子曰：逃佛必歸于老，逃老必歸于儒。雖然，天下無所爲老之教也久矣。自道有全真，有方士，於老則已遠，今焉符籙已耳，謂之道。夫符籙之術，是妖妄所托，而巫覡者流也。漢張陵餘孽，而以爲老氏之徒乎？是老氏之罪人也。老之變爲符籙也，佛之變而禪也，一也，皆遞傳而失其本者也。然而老之變趣而下，其去理漸遠；佛之變引而高，其竊理愈微。遠者易知，微者莫測也。然則今天下之爲人心害者，禪而已。而

〔二〕原文如此，當誤衍「以」字。

尤可異者，曰三教同源也。嗚呼！自同源之説滋也，儒之徒，益茫乎不知所底矣。夫二氏之失，於我不啻冰炭，不得以相竊而同之也。顧佛之爲此説也有故：一則援我以自大，一則蠱我以相誘也。夫教之爲三也，亢也，僭也，可言也。教之三而復同之，亂也，不可言也。惟其亂，此大儒之大害也。今儒術之不明也，天下學者，若揭竿而求亡子焉。嗚呼！幾何其不以盜爲嫡耶！」

辯教下

古者異端之徒，若陰陽，若名法，皆足爲世用以有功。而二氏之學，獨寂然不可以有爲。何則？陰陽、名法，言術不言道，其用實。二氏言道不言術，其用虛。夫棄實用而尚虛名，即儒者不可以治天下，而况二氏之道乎！漢文帝以黄老治，後世稱之。而吾獨斷以爲不然。高帝承秦亂，未易優游，理也。文帝時，天下乂安，高帝經營已無餘矣，與民休息，固其時也。而文帝恭儉，好老氏，遂援以文之。豈真老子之術足以治國乎？晉之淪于戎而不振，抑又何也？故夫尚老子之術者，未有不至于放廢而淪喪者也。且夫稱黄帝自莊周始，蓋異端莫不有所托，故許行之説，托之神農。夫黄帝開天明道之聖人，亦儒之首出耳。果若所云，捐天下尚無爲，索玄珠而事無爲，謂是一異端也，豈足信乎？佛之道，是率天下而禽獸也。何則？悖君父，去人倫，行禽獸矣。屏妻室，絶胤嗣，而人之數不勝矣。戒牲殺，而爪牙强食矣。噫！充其類，不至滅天地不止也，又豈不足以治而已哉！然則佛之教窮矣，乃昌熾數千年，而偏足以鼓一世，則何也？其深入于人者，其説有二：曰禍福，曰心性。天下有不事佛之人，必無不畏禍而喜福之人。天下有不緇不髡之人，而必無離心外性之人。其説曰：「吾之道，非吾所自爲道也。人各有佛焉，而從吾道者，不必吾之徒也，人皆可爲佛焉。」天下之人雖衆，愚知盡之耳。禍福之説，足以驅天下之愚；心性之説，足以驅天下之智，禍福之説勝，而王公皆其比黨。心性之説滋，而文士皆其羽翼。佛之熾而不窮，以此哉！而或者不察，徒見其盛也，曰：非人力也，是斯世斯民所莫能外也。吾徒有疑之者，求其説而不得，亦且心折之，是皆過矣。嗟夫！其蔽不晰，其惑不解，其害滋裂，彼所謂禍福，果吾所謂禍福乎？所謂心性，果吾所謂心性乎？儒者曰自求多福，曰惠迪吉，而彼曰頂禮以自修，施濟以邀福也。儒者曰獲罪於天無所禱也，彼則懺可爲也。夫物物而濟，聖人不能也，而況所不忍者螻蟻，所漠視者同類，所施濟者浮屠，而所遠絶者懿親，何福之可求？使頂禮可自媚歟，佛固昏淫之鬼耳，不足取也。夫佛而非昏淫之鬼也，又安事頂禮爲哉？噫！烏有去孝弟忠信之事，而他有所謂福乎？烏有舍孝弟忠信之事，而可以爲修乎？若禍可以懺免，是天下不忠不孝不信不義之徒，有所庇蔭也。而不忠不孝不信不義之徒，心以爲一懺之可解免，則極其惡，反可以肆然而有所不顧。今夫小人以匪僻獲辠，既以自結于權豪，爲之解免，則勢且怙終，不至殺人不止。何則？彼有所恃也。然則藪天下之惡者莫如佛，而教天下以惡者尤莫如佛也。且夫人猶是生耳死耳，而彼必以生天地獄以神之。彼之説四大假合矣，獨何有于地下？五蘊空矣，獨何有於死生？形氣官骸爲妄身〔一〕，貧富貴賤爲幻境，復何有於既死之魂、來世之苦樂乎？亦見其自爲牴牾而已。是禍福之説無〔二〕也。正其心，盡其性，所以生之盡之之實可知也。存其心，養其性，所以存之養之之功何如也？今其言曰明心、曰見

〔一〕自「骸爲妄身」至全書末皆爲抄配。
〔二〕「無」字旁底本有一小字「誣」，當是後人校改之迹。

性，舉廢夫功能而求一朝之覺悟，亦已惑矣。且吾所謂心性，非仁義禮智哉？我固有之，則我必盡之，不特明之見之而已。苟不謂是也，而必曰作用是也，無生以前也，則又安取夫明且見之也哉？吾不識一悟之前安所附麗？一覺之餘果無餘事乎？逐之窈冥，求之誕妄，罔天下以不見不聞之説，而汨天下以倏此忽彼之言，而或以爲儒者之心性，莫精于是也。此之謂失其本心，是心性之説誣也。

書王元美集後

著書以識。古之爲文者，莫不嶄然以自立，岸然以自高，夸鬬之長，浮靡之習，皆所弗屑也。諸體百家，俳優比偶，演連離合，以迄浮屠之言，戎狄倡伶之語，津津語之以爲博，攻之以爲能，有所愛而不忍割。意豈不以舍是而一體弗備，非大也；一物或遺，非博也？噫！是徒殉俗以衒販古爲豪者耳。於著書之義，無一當焉者。君子曰無惑也。士以經學爲本，經學崇則文以明道，文以明道斯無道外之文。夸鬬浮靡云爾哉？韓、歐之文，弗文謂也，曰道耳。夫以文爲道，于道誠疏，于文不既優乎？且夫託于道，則異端者不足以惑之。獻吉不言道，予觀其書，未嘗溺佛老，而屑屑荒陋無根之説也。元美之佞佛無責已，彼曇陽何物哉，而師之而事之？其傳之也，誕怪誣妄，皆村儒里媪之所震説。其尊之也，儷君匹父，雖緇黄之于其師莫甚焉。余嘗病子瞻一代文人，經術不明，遂不免佛之溺。以若所爲，則子瞻不至是也。夫不知曇物〔一〕之僞而爲所蠱陋也，知之而有所難于太倉相國王元馭。相與爲飾以惑世誣民，尤陋也。且使其術果幻形以自異，亦鬼魅耳。誠向者韓、歐所斥急欲請而尸諸市者也。嗚呼！孰謂元美以著書軼韓、歐，韓、歐卒不可軼，而其識至如村媪里孺，可慨夫！

香燈詩爲江叟賦

曇屋障天孔牆毁，風雨夜吠守犬靡。操戈入室紛有徒，濂洛荒魂不其餒。宗南宗北走群迷，福田穰穰信啖餌。杖塵喝翻白日雲，要使羅刹無留鬼。豪牙胥喙朝噬人，多開佛面生塗髓。衿青黛緑錯講堂，滔滔莫辨何王軌。香煙噴薄梵宇霾，燈火憑燒劫灰壘。優婆夷

〔一〕底本「物」字旁有小字「陽」，當是後人校改之迹。

塞張皇行，佛亦有情佛頹泚。嗚呼！俎豆誰能闕里芬？膏油孰繼昌黎晷？我友古愚來，我謂新安江叟殊不爾。夷塞優婆豈其儔？心源的的蓮房水。有田給施衹念緣，何知儒釋分泰否。彼壑者欲丘者金，藐爾一視同泥滓。自昔文詞妙絶倫，孰向維摩不心委。所以長歌短偈費群騷，筆花貝葉光紙紙。子自孔墻守敗籬，那復拘墟吝餘齒。噫嘻古愚言則似，顧我穎禿詩腸骫。爲語江叟道如砥，香燈雖餤何足恃！神其德馨睇厥履，況彼渡江以來宗旨幻莫擬。旃檀叱同乾屎橛，無明無盡琉璃死。

杜名齊字朋李。旌德人。

張子顔説

宋張子顔晚年嘗見目前光閃閃，中有白衣人如佛者，信之彌謹。不食肉飲酒，體因瘠而多病。時泰陵不豫，汪壽卿自蜀入京，診御脉。子顔一日從壽卿求診脉，壽卿大驚，授以大丸數十，小丸千餘粒，諭以十日中服盡見報。既數日，漸覺白衣人變爲黄，而光不見矣。乃思食肉飲酒，又明日俱無所見，其體異前，乃詣壽卿謝。壽卿曰：「公脾初受病，爲肺所剋。心，脾之母。心氣不固，則多疑。自有所見，吾之大丸實脾，小丸實心。肺爲脾之子，既不能勝其母，則病自愈。」繇是觀之，則浮屠氏所謂持誦經咒，必先有驗。或見諸佛菩薩聖僧天女着黄衣沙門，或見燈高一二尺，乃至一丈，或見爐中自有煙起；或聞諸佛菩薩種種美聲，與夫一切耳目聞見諸怪徵，皆病也。浮屠氏謂爲持誦經咒之驗，人人亦不自知其爲病也。而信之至死不能悟。蓋未覩子顔此事耳。嗚呼，安得壽卿家曉而户起之。

回回説

回回教門，不供佛，不祭神，不拜尸，所尊敬者，惟一天字。天之外，最敬孔聖人。見其言曰：「僧言佛子在西空，道説蓬萊住海東。惟有孔門真實事，眼前無日不春風。」見中國人修齋設醮則笑之。而中國之人，重道隆僧，誦經禮懺，又視以爲應然必然，至與吾儒之教並列而爲三焉。甚且有卑黜吾儒，推崇二氏者。識見昏愚，曾回回之不若矣。悲夫！

僊佛

漢武與秦皇，姚興與蕭衍，求道修沙門，振古此其選。報應既無徵，禍患且不免。兩家欺天下，於焉已甚顯。愚氓困漸濡，千載仍莫辯。一二賢時王，此攻又彼善。往者三代衰，充塞無由轉。汲汲騶邑叟，大聲奮除撤。推禍極君父，比類到禽犬。先聖一以閑，禹功亦再展。洎乎沉雲迷，焉能日見晛。高明倡厲階，儒冠誰迹踐。如綫唐宋間，獨醒喚沉湎。原道韓諄諄，本論歐勉勉。程朱蔚然起，異端猛驅遣。卓哉聖人徒，孔孟賴非淺。

梅枝鳳字子翔，號東渚。宣城人。

答張某論佛書

佛氏之教，本由老、莊。老子始于周，而佛氏興于漢。説者謂老、莊之學，流爲申、韓。夫老、莊之去申、韓，奚啻千里？而其流遂謂至此者，蓋以清净無爲立教，若天地萬物悉屬烏有。洸洋恣肆，惟其説之是騁而莫之忌憚。故申、韓之流習聞之，遂謂天下可以任意立教。因以刑名法術糾鉗天下，亦惟其説之是騁而莫之忌憚。蓋謂彼以清净，我以刑名，各取快吾意焉而止。要之，得罪于聖賢，無別區〔二〕于其間也。天下事之異乎中庸者，即爲隱怪。五經、四子，童而習之，老而彌篤，歷千萬世而不易。生老病死，順而安之。自古及今，誰爲解脱者？如堯、舜、湯、文而死，孔、孟、顔、曾而死，如老子之猶龍而亦死，莊生之任達而亦死。使西域之佛獨不死，則唐憲之佛骨何自而來，韓愈之表何由而進？則所謂明心見性歸根復命者，又安有所據乎？吾輩但于庸德庸言，體之不盡，用之不窮，敢復他求以自叛于孔孟之門耶？經之最奥者莫如易、河圖、洛書，天以神道設教，變變化化，無有窮盡。而周易首乾坤：係乾曰庸德之行，庸言之謹，閑邪存其誠。係坤曰敬以直内，義以方外，敬義立而德不孤。即推之日用寒暑，屈伸往來，極之窮神知化，要不出于利用安身。六十四卦，三百八十四爻，引伸觸類，天下之能事畢矣。何嘗一言之涉于虚無寂滅邪？若云歸根復命，則全而受之，全而歸之，夭壽不貳，修身以俟，此善言復命者也。又其下者，創爲天堂地獄之説，曰吾以勸善而懲惡也。不知善惡分途，功罪自

〔二〕底本「無」下有小字「立」，「區」下有小字「別」，似後人欲改原文爲「無立區別」。

在千古。如顔淵之夭，比干之忠，伯邑考之孝，當世稱之，後世傳之，此即可見之天堂也。彼盜跖之得壽，伯嚭之得寵，操、莽之得遂其奸，當世詬之，後世戮之，此即可見之地獄也。舍其昭昭者，而託諸冥冥者，適足以見其誣妄而悖謬不經之至此極也。近見魏叔子地獄論，謂晚季人心險惡，即無地獄，可以造之使有。然亦憤世疾俗之談，而未可爲持世立教之言也。吾輩道不在己，力不能攻，方付之無可如何，而顧助餤揚波，毋乃不可乎！

閑道録卷之二十終

閑道録十六卷　浙江巡撫采進本

明沈壽民撰。壽民字眉生，號耕巖，宣城人。崇禎中，行保舉法，巡撫張國維以壽民應詔。甫入都，即劾楊嗣昌奪情、熊文燦撫賊。留中不報。乃移疾歸。疏中語侵阮大鋮。福王時，大鋮柄國，必欲殺之，變姓名遁迹以免。事迹附見明史田一儁傳。是書爲排斥佛、老而作，故名以閑道。取先儒格言，分條節録。凡不惑於二氏者咸載之，以爲世訓；不能無惑者，亦録以示戒。雍正戊申，其孫廷璐校刊之，復取壽民詩文、雜記等條補諸卷末。

中外哲學典籍大全·中國哲學典籍卷
已出版書目

《關氏易傳》《易數鈎隱圖》《删定易圖》，劉嚴點校。

《周易口義》，〔宋〕胡瑗著，白輝洪、于文博、［韓］徐尚賢點校。

《周易玩辭》，〔宋〕項安世著，杜兵點校。

《周易内傳校注》，〔清〕王夫之著，谷繼明、孟澤宇校注。

《周易外傳校注》，〔清〕王夫之著，谷繼明校注。

《易説》，〔清〕惠士奇著，陳峴點校。

《易漢學新校注（附易例）》，〔清〕惠棟著，谷繼明校注。

《周易學》，曹元弼著，周小龍點校。

《讀禮疑圖》，〔明〕季本著，胡雨章點校。

《王制通論》《王制義按》，程大璋著，吕明烜點校。

《春秋釋例》，〔晉〕杜預著，徐淵整理。

《春秋尊王發微》，〔宋〕孫復著，趙金剛整理。

《春秋集注》，〔宋〕張洽著，蔣軍志點校。

《春秋集傳》，〔宋〕張洽著，陳峴點校。

《春秋師説》，〔元〕黄澤著，〔元〕趙汸編，張立恩點校。

《春秋闕疑》，〔元〕鄭玉著，張立恩點校。

《春秋屬辭》，〔元〕趙汸著，張立恩整理。

《宋元孝經學五種》，曾海軍點校。

《孝經集傳》，〔明〕黄道周撰，許卉、蔡傑、翟奎鳳點校。

《孝經鄭注疏》《孝經講義》，常達點校。

《孝經鄭氏注箋釋》，曹元弼著，宫志翀點校。

《孝經學》，曹元弼著，宫志翀點校。

《四書辨疑》，〔元〕陳天祥著，光潔點校。

《張九成集》，〔宋〕張九成著，李春穎點校。

《錢時著作三種》，〔宋〕錢時著，張高博點校。

《吴澄集》，〔元〕吴澄著，方旭東、光潔點校。

《涇皋藏稿》，〔明〕顧憲成著，李可心點校。

《高子遺書》，〔明〕高攀龍著，李卓點校。

《閑道録》，〔明〕沈壽民撰，雍繁星整理。

《四存編》，〔清〕顔元著，王廣點校。

《小心齋劄記》，〔明〕顧憲成著，李可心點校。

《太史公書義法》，孫德謙著，吴天宇點校。

《肇論新疏》，〔元〕文才著，夏德美點校。

更多典籍敬請期待……